D1795985

# 長野殺人事件

目次

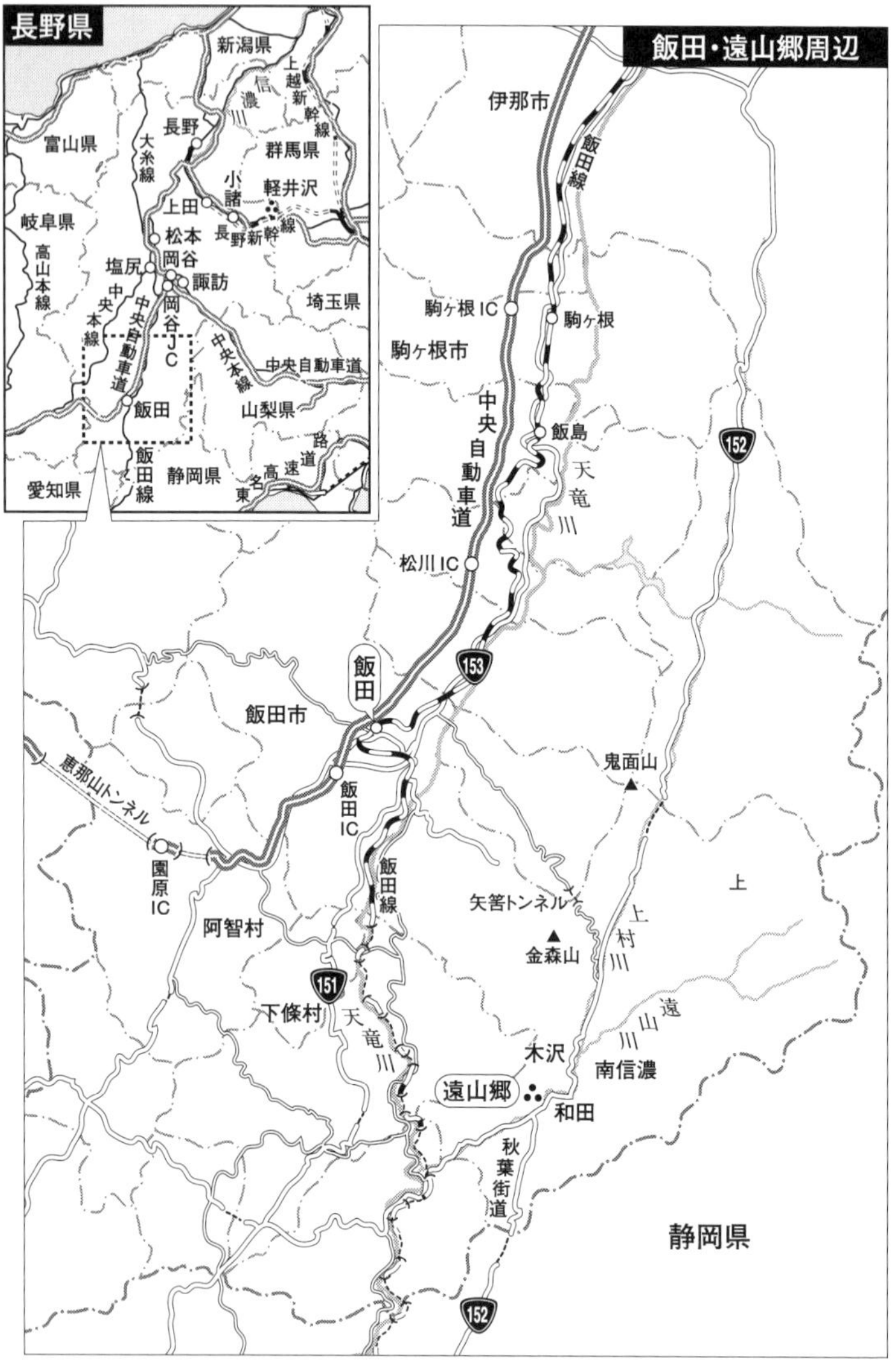
長野県
新潟県
上越新幹線
信濃川
長野
富山県
大糸線
群馬県
小諸
軽井沢
上田
岐阜県
長野新幹線
松本
高山本線
塩尻
岡谷
諏訪
中央本線
埼玉県
中央自動車道
岡谷JC
中央本線
山梨県
飯田
愛知県
飯田線
静岡県
東名高速道路
飯田・遠山郷周辺
伊那市
飯田線
駒ヶ根IC
駒ヶ根
駒ヶ根市
中央自動車道
飯島
天竜川
152
松川IC
153
飯田
飯田市
鬼面山
恵那山トンネル
飯田IC
園原IC
飯田線
上
矢筈トンネル
上村川
阿智村
金森山
151
下條村
天竜川
遠山川
木沢
南信濃
遠山郷
和田
秋葉街道
静岡県
152

# プロローグ

## *1*

上司はよほど私が取立屋に向いていると思っているんだわ——と、宇都宮《うつのみや》直子《なおこ》は半分やけぎみに自分を納得させている。

区役所に入った時には、よもやそういう運命が約束されているなどとは思ってもみなかった。しかし、いきなり年金課に配属されたのも、いまにして思うと何となく将来の姿を暗示しているようでもある。

基礎的な研修を受けて、すぐに実務に就かされた。最初は窓口業務で、主に年金保険への加入手続きを受け付けたり、納付や給付について説明したりするだけだから、作り笑いを浮かべてさえいれば、どうにか大過なく勤めていられた。

そのうちに、支払い状況の思わしくない住民に事情を聞きに行く仕事に駆り出された。先輩と帯同しての見習い期間を経て、単独で交渉に行くようになって、これがなかなか大変な仕事であることを悟った。

　会社に勤めていて、自動的に給料から天引きで厚生年金を納めている人はともかく、それ以外の国民年金加入者については、このところ年ごとに年金の未納者が増えつづけている。とりわけ、若いフリーターやニートと呼ばれる連中は、最初から年金に加入する意思すら持たない。

　そもそも年金に関しては、国民には納付の義務はあってないように理解されていることに問題がある。

「どうせ、国は将来、必ず年金を支給してくれるかどうか分からないのだろう」

　それが不払いや未加入の理由の大半を占める。確かに国の年金政策には腰が据わっていない面もある。給付年齢が六十歳から六十五歳に引き上げられたり、納付額が増加する割りには支給額が増えなかったり、先行き、年金制度そのものが崩壊するのではないか――などという噂も流れた。

「年金制度が無くなるはずはありません」

　直子はマニュアルどおりに説得する。

「皆さんがご自分で貯金するからいいとおっしゃいますが、預貯金は社会情勢の変化、たとえばインフレなどによって価値が激減してしまうこともあるでしょう。その点、年金は物価にスライドして、その時点での貨幣価値で支払われますから心配ありません。いま年金を納めていれば、老後の保障は間違いなく受けられるのです。そうでないと、定年後は生活費にも困ることになりかねませんよ」

これが行政側の「説得マニュアル」の代表的な言い方だ。

かつてはそれで結構、素直に応じてくれる区民が多かった。しかし最近ではマスコミなどのシニカルな論調が浸透して、年金への不信感が募っているから、おいそれと納得してくれないケースばかりだ。

「そんなこと言ったって、おれたちが受給年齢に達する頃は、四人に一人とか三人に一人とかで老人を養わなければならなくなるそうじゃないか。そんなことはできっこないに決まってる。それに、年金の最低給付額より生活保護の支給額のほうが多いって聞いたよ。だったらおれはそっちでいいよ」

こういう思い込みに対しては、説得の方法も難しいのだが、それを根気よく繰り返し説得しなければならない。いくら説明しても聞く耳を持たないような相手ばかりで、つくづく無力感を味わされる。

「いっそ、年金納付なんかやめて、全部税金にしてしまえばいいんですよ。社会保障の目的税の名目で、消費税を十五パーセントにするとか」

仲間や上司に憤懣《ふんまん》を漏らすと、慌てて制止された。むやみに消費税アップなんてことは言わないほうがいいのだそうだ。

「だけど、納付義務のある税金にしてしまえば、強制執行だってやりやすくなるじゃないですか。いまのままだと、加入しなくていいと言い張られたら、実際にはどうすることもできないんですから」

上司に渋面を作られようと、性懲りもなくそう主張したことが、税務課への配置転換に結びついたのかもしれない。

年金課に五年いたが、その途中で年金業務のほとんどが社会保険庁に移管された。区役所の主たる業務は年金加入手続きだけといってよく、余剰人員については配置転換が進められることになった。

その際に、直子は税務課を希望した。誰もが最も敬遠したがるセクションだから、周囲は「物好きな」と呆れ、上司は「熊谷《くまがい》さんは几帳面で正義派だから、税務課にはぴったりの人材です」とニコニコ笑った。

褒められてもちっとも嬉しくないが、「几帳面で正義派」という評はまんざら当たっていないこともない。まったく直子は自分でも呆れるほど几帳面で、正義派かどうかはともかく、融通のきかない性格であることを自認している。

あえて税務課を志望したのは、やり甲斐のある仕事だと思ったからだ。役所のほかのセクションは、おおまかに言ってサービス提供業務で、区民からなにがしかの感謝の言葉を送られる。そこへゆくと、税務は区民の天敵のようなものだ。しかし、考えてみると、行政のあらゆるサービス業務は税金の納付があって、はじめて可能なのだ。忌み嫌われようと、誰かがやらなければならない仕事であるなら、この私がやってやろう——と思った。

税務課に移ってしばらくはいろいろな研修を受けた。仕事内容は年金課と似たようなものかと思っていたのだが、納税は教育と並ぶ国民の義務である点に大きな違いがあった。理由もなしに納税を怠るのは犯罪と見做《みな》されるのだ。悪質な脱税はもちろんだが、そうでない場合でも、時には財産の差し押さえや強制執行もできる。

初めのうちは電話で納税相談を受けたりする仕事を与えられていたが、間もなく「外回り」の業務が増えた。通常は「臨戸《りんこ》」と呼ばれ、滞納整理事務の流れとしては「督促」「催告」の次の段階に当たり、周辺調査と同時進行で行なわれる。

税金を滞納すると、滞納者には自動的に二十日以内に督促状が送られるシステムになっている。それでも対応がない場合は、法的には即刻、差し押さえを実施できる。といっても、実際には猶予期間もある。催告書が送付され、その次の段階で未納者の自宅に出向くことになる。

その場合も、いきなり訪問して督促や通告をするのではなく、当初はその家の様子を見て、実際に税金を払えないような状況にあるのかどうかを推測することから始める。銀行口座の変動から収入状況を確かめることもある。その上でいよいよ悪質と見定めると、ドアをノックすることになる。

岡根寛憲《おかねひろのり》の場合もそういう経緯を辿《たど》って、難癖をつけられないよう万全を期してから、ついに自宅訪問を実施した。年度末になると、滞納者への最終催告や差し押さえ攻勢が熱を帯びる。上司にしてみれば、この季節にこそ成績を収めなければならないという思いが募るのだろう。

岡根の家は、品川区内でもわりと高級な住宅街にある。この辺りは住居専用地区で、きびしい建ぺい率と高さ制限もあるために、いまどき珍しい戸建て住宅の多いところだ。マンションでもせいぜい三階まで。敷地もゆったり取っている。

岡根のマンションは、そういう高級マンションが建ち並ぶなか、少し古ぼけたような佇《たたず》まいをみせていた。一人で住んでいるのだが、場所柄、どう見ても税金を納められないような困窮者には思えない。銀行の口座にも、かなりの預金があるし、不定期ながら振り込みもかなりの頻度である。それにもかかわらず督促にも催告にもなしのつぶてだ。直子はこういう横着な相手が最も許せない。

あらかじめ訪問の日時を予告してあるが、逃げられたり居留守を使われるおそれもあった。しかし案に相違して、岡根はちゃんと自宅で待機していて、ロビーのインターホンで声をかけるとすぐ、オートロックを解除してくれた。

三階でエレベーターを降りると、廊下の正面に見えるドアが岡根の部屋だった。

「ふーん、いつも電話かけてくるのはあんたか。もっとごつい人かと思ったが、ちびまる子ちゃんみたいに可愛いんだな」

顔を合わせたとたんの挨拶がそれだった。可愛いと言われても直子はちっとも嬉しくない。高校の時につけられたニックネームがやはり「ちびまる子」だった。身長が前から数えて二番目の小柄だったこともあるが、それよりも、小さい頃から一風変わった、こまっしゃくれた言動が目立つので、そう名付けられたらしい。

玄関先でと思っていたのだが、応接室に案内された。十六畳分くらいはある。マンション暮らしの直子の感覚からいうと、ずいぶん広い。その広さが寂しさを漂わせている。この部屋ばかりでなく、間取り全体に殺風景な感じがする。

空調の音がかすかに響いてくるだけで、奥のほうにも岡根以外に人のいる気配はなく、お茶は出なかった。

直子は名刺と一緒に、まず「徴税吏員証《ちょうぜいりいんしょう》」を示した。徴税吏員というのは、税務課の職員のうち、滞納処分に関する職務権限が与えられた人間を意味する。

例によって、型どおりに納税が滞っていることを伝え、納付の意思があるかどうかを確かめることから説得を始めた。あくまでも下手《したて》に、慇懃《いんぎん》な態度を崩さないよう、マニュアルにも書いてある。しかし、中にはこの段階で不快感を示し、怒鳴り散らし、はては暴力までふるう人もいる。

岡根は腕組みをして「ふんふん」と頷くばかりで、聞いているのかいないのか、さっぱり反応が摑めない。事前に調べた資料によると、岡根はことし五十八歳。結婚の経験はあるが、妻と死別。現在は独身で、このマンションに独り住まいのはずである。住民税くらい払えないはずはないのだ。

## 2

ひと通り解説を終えて、「いかがでしょうか」と納付意思を確かめると、いきなり「あんた、信州の人でしょう」と言われた。

直子は意表を衝《つ》かれたが、こういう変則アタックに対しては、はぐらかされないように警戒しなければならない。

「ええ、そうですけど、どうしてお分かりなんですか？」

「そりゃ分かるよ、訛《なま》りがある」

「そうでしょうか。ありますかねえ」

思わず心外そうな口ぶりになった。確かに高校時代までは信州にいたが、大学以降、東京に出てきてから十年、本人としては完全な標準語のつもりで喋っている。

「あるある、信州丸出しだ。それも、そうだな、南信の飯田近辺じゃないかな。ただ、あの辺りに宇都宮姓はないと思うが……ということは結婚して苗字が変わっているね」

ズバリ、当たっているので、思わず「へえーっ」と感心してしまった。

「どうして……あの、岡根さんも信州の方なのですか？」

「いや、僕は東京生まれの東京育ちだ」

「じゃあ、長野県に住んだことがおありなんですか？」

そう訊くと、岡根はとたんに顔を顰《しか》めて、そっぽを向いた。あまりそのことに触れられたくないのか、「まあね」とあいまいに答えて、「税金だけど、とりあえず滞納分だけ払うよ」と言った。

「ありがとうございます。そうしていただければ助かります」

「べつに、僕が税金を払ったからって、あんたが助かるわけではないだろう」

「いいえ、そんなことはありません。回り回って私も助かります。皆さまの税金からお給料をいただいているのですから」

「それはまあ、そうだけどさ。あはは、あんたは真面目な人だな。いかにも信州人らしいとこがいい」

「恐れ入ります」

「信州の人間は妙に理屈っぽいくせに、どこか抜けたところがあるんだよな。用心深くて慎重なようで、少したちの悪いやつにかかるとコロッと騙《だま》される。それでいてプライドが高いから、騙されたことを隠したがる。人がいいっていうのか、諦めが早いっていうか、まったくいい人たちだよ」

褒められたのか貶《けな》されたのか、よく分からないような言い方だ。

何はともあれ成果があがったので、直子はいい気分で引き上げられる。もう一度、「ありがとうございました」と礼を言って席を立った。部屋を出る直子を坐ったまま見送っていた岡根が、ふいに「そうだ、あんた」と呼び止めた。

「はい、何でしょう？」
一、二歩、室内に戻ると、岡根は立ってきた。それほどの長身ではないが、小柄な直子からは見上げるような位置に顔がある。
「あんたを見込んで、預かっておいてもらいたいものがあるんだけどね」

それまでの、人をからかうような表情とは違って、ずいぶん深刻そうだ。

「どういうことでしょうか？」

「ちょっとそこで待っていてくれ」

岡根はソファーを指さしておいて、奥の部屋へ引っ込んだ。

「ちょっと」と言ったが、十五、六分待たせて現れた。手には大きくて分厚い書類入れの角封筒を持っている。

「これなんだがね」

無造作に差し出したが、さすがに直子は手を背中のほうに引っ込めた。

「あの、これは、何でしょうか?」

「ははは、賄賂《わいろ》なんかじゃないよ。ちょっとした書類が入っている」

「どういう?……」

「まあ、それは訊かないでくれないか。説明すると長い話になるからね」

「そうおっしゃられても困ります。中身が何であろうと、そういう物をお預かりする理由がありませんから」

「それは分かっているけど、ぜひともお願いしたいのだよ。いや、あんた以外に頼める人がいないのだ」

「私以外って、きょう初めてお会いしたばかりなのに、どうしてそんなことを言えたりするのですか?」

「会ったのはきょうが初めてだが、電話ではずいぶん長いやり取りをしている。きょう、じかに会って話して、あんたの率直で一途な人柄はよく理解できたつもりだ。そこを見込んでお願いするのだよ」

岡根は姿勢を正すと、膝に手を置いて、深々と頭を下げた。大の男にこんなふうに頭を下げられたのは生まれて初めてだ。

「そんなふうに頼まれたって、困っちゃいますよ。そもそもどうして赤の他人に預けなければならないのですか？　保管してもらうなら銀行の貸し金庫なんかのほうがいいと思いますけど」

「貸し金庫には血が通っていない」

冗談かとおもったが、岡根は真顔だ。

「そんなの、当たり前です。無機質だからいいのじゃありませんか」

「いや、それがよくない。たとえば、僕が死んだとする。貸し金庫はそのことに気がつかないで、いつまでも預かったままだ」

「死ぬなんて、そんな……」

「あくまでもたとえばの話だけどね。しかし、あんたならすぐに気がついて、善処してくれるじゃないか。そこが大いに違う」

「そんなことを言われると、ますますお断りしたくなります。どなたか他の人にお頼みになったらいかがですか。どうしてもとおっしゃるのなら、上司に相談してみますが」

「いや、それはまずい、まずいのです」

岡根は慌てたように言って、右手を目の前に突き出し、左右に振った。

「この件は誰にも言ってもらっては困る。僕とあんたとのあいだの秘密にしておいていただきたい」

「そんなこと言われても……」

「それに、あんたにお願いする理由はほかにもある」

「どんな理由ですか？」

「あんたが長野県人であることだ」

「はあ？　長野県人だと、どうして頼まれなきゃいけないのですか？」

「それはさっき言ったような、長野県人の特性を備えているからだ」

「どこか抜けていて、コロッと騙されるというところですか？」

「ははは、そう悪く解釈しないで欲しい。僕の言いたいのは、つまり真面目で慎重だという意味だ。それと、この品は長野県にゆかりのある物だからね」

「えっ、長野県にゆかり、ですか？」

「そうだよ。だから、あんたは長野県人として預かる義務があるのだ。僕に納税の義務があるごとくに——だな」

ずいぶん飛躍した話だが、長野県人として義務があるというのには動揺した。

「いったい、何が入っているのですか？」

「だから、ちょっとした書類、それだけだ」

「それが長野県ゆかりの品なのですか」

「そう、長野県民にとって大切な品だ。だからあんたも、長野県民の一人として、義務だと思って預かってもらいたい」

「預かるって、いつまで預かっていればいいのですか？」

「そうだな……」

岡根は少し考え込んだ。預ける期間を指折り数えているように見える。

「一カ月先か、あるいは……」

言葉を停めて、顔を上げ、いたずらっぽい目で直子を見ながら、「僕が死ぬまでかな」と言った。

「冗談はやめてください」

直子は憤然として席を立った。岡根は慌てて押し止める仕草をした。

「あ、いや、冗談で言っているわけではないが、気に障ったら謝る。さっきも言ったように、あくまでもたとえ話なのだ。しかし、本当に僕が死んじまったら、期間もへったくれもないだろう。人間いつどうなるか分かったものじゃないのだから」

「だけど、一カ月間だけだとしても、どうして一カ月間なんですか?」

「はっきりしたことは言えないが、ちょっとした危険が迫っている。ここが家捜しされる危険だ」

「というと、税務査察とかですか?」

「ははは、税金はちゃんと払うから、税務査察の危険はないけどね。相手はよからぬ連中だから、こっちの迷惑を考えず、予告なしにやって来て、家中をひっくり返しかねない。その前に何とかしなければ——と考えていたところにあんたが来てくれた」

「私は何も、そのために来たわけではありませんよ」

「もちろんそうだけど、僕にとっては天の助けみたいなものだ。大げさでなく命の恩人と言ってもいい。とにかく、そういうわけだからして、ぜひ預かっていただきたい」

また頭を下げた。

「でしたら、もし……もしですよ。もし私が預かったとして、あなたが本当に亡くなった場合、これはどうすればいいんですか？」

「そうねえ、どうしたもんかなあ……あんたならどうします？」

「そんなこと知りませんよ。けど、ふつうに考えれば、たぶん警察に届けることになるでしょうね」

「だめだめ、警察はだめ。あそこは面白くないからね。それに、警察なんかに届けたりすれば、あんたは巻き添えを食うことになる。警察の取調べはしつこいですよ。税務署の比じゃない」

「うちは区役所です。税務署なんかではありませんよ」

「あ、失礼。いやたとえ話だから気にしないでくれませんかね。僕が死ぬ話も万一のことを想定しているにすぎない。とにかく、税金はすぐに納付しますから、預かってください。ただし、中身はなるべく見ないほうがいいでしょう。余計な悶着に巻き込まれないためにもです。そういうことで、何とかお願いしますよ」

また丁寧に頭を下げ、角封筒を強引に押しつけてきた。直子は何となく受け取ってしまった。後になって、どうして素直に受け取ったのか理解に苦しむのだが、その時は（ま、いいか——）程度の気持ちだった。「税金はすぐに納付する」という呪文にひっかかったのかもしれない。

結局、角封筒を預かることになって、税金納付の約束を土産に引き上げた。

その三日後に、約束どおり、岡根は滞納していた税金に延滞金を加えた額を振り込んできた。個人の納付額としてはかなり多いほうだから、上司は上機嫌で労《ねぎら》いの言葉をかけてくれた。

ただし、それで気分がすっきりするわけではない。直子の手元には例の角封筒が残っている。無くさないように、いつも目につく自宅のテレビ台に置いてあるのだが、何かにつけて気になる存在であった。

岡根が「長野県人だから」と言った意味が気になった。

そんなふうに言われるまで、直子は自分が長野県人であることなど、それほど自覚していたわけではない。「真面目で、理屈っぽくて、どこか抜けていて、用心深くて慎重で、プライドが高い」と岡根が言った、そのどれにも思い当たる部分がある。

そこまで見抜いている岡根という人物の正体は、いったい何者なのか……不気味だ。とはいえ、年度末の仕事の忙しさや、プライベートな遊びに取り紛れて、約束の一カ月はいつの間にか過ぎていった。

### 3

去年の三月に北海道旅行をした先で、直子は宇都宮正享《まさたか》から正式にプロポーズされ、帰ってまもなく入籍した。正享は大学で直子と同じワンダーフォーゲル部に所属していた。ただし直子より四年先輩だから、同じ時期に在学していたことはない。入部した年のＯＢとの交流会で知り合って、なんとなく付き合いだした。

宇都宮正享はどちらかというと大柄なほうで、それもかなり太めだ。小柄で痩《や》せっぽちの直子とは対照的である。誰が見ても釣り合いそうにないと思われていたのが盲点のようなことになって、どちらからともなく恋愛感情が生まれた。

正享のほうは、直子の几帳面さや正義感、それに目端《めはし》の利いたすばしこさが魅力だったそうだが、直子は宇都宮に、彼の体型どおり茫洋とした包容力の大きさに頼りがいを感じた。宇都宮に抱かれた時、この人に包まれていれば安心かな——と思った。

まったく、正享は好人物で決して怒ることのないような人柄だ。いま流行《はや》りのイケメンとは程遠いが、逆にいえば流行り廃《すた》りと関係なく、つねにマイペースで安定している。だからといって単なるおっとり型ではない。仕事は車のセールスだが、職場の中でトップクラスの成績を維持している。料理は直子よりはるかに上手だし、何をやらしても器用にこなす。

じつはそれまで、直子には結婚の意志はそれほど強くなかった。生涯、独身のままでもいいつもりでいた。正享のプロポーズを受け入れた究極の決め手は、いまのまま仕事を続けてもいいという条件だ。

おまけに、子供に関しても「きみがいらないのなら、それでもいい」と言ってくれたのがありがたい。ただし年金課に勤務していたのに後継者を作らないでいるのは、多少、後ろめたくもある。

夫婦共稼ぎで収入もそこそこ潤沢だから、休日にはよく遠出する。仕事柄、正享は車の運転が好きだし、二人揃ってワンダーフォーゲルの愛好者だから、寝袋持参で車をホテル代わりに使った安上がりな旅行も多い。

問題が持ち上がったのは、結婚一周年に、月半ばの土日と月曜を休んで、安芸《あき》の宮島まで行ってきた、その翌朝のことである。

ふだんどおり、時計代わりに何気なくつけたテレビから、「岡根寛憲さん……」というアナウンスが流れるのを聞いて、直子はギクリとした。

**〔……岡根寛憲さん五十八歳で、警察の調べによりますと、発見された時には死亡後二日程度、経過していたと見られます〕**

「えっ、うそーっ……」

直子は思わず叫んで、テレビの画面に釘付けになった。画面にはたぶん運転免許証から取ったと思われる、正面の顔写真が映し出されていた。口をへの字に結んだ鹿爪《しかつめ》らしい表情だが、顔はまぎれもなくあの岡根寛憲のものであった。

「なんだよ、どうしたのさ?」

正享が驚いて、歯ブラシを銜《くわ》えたまま、洗面所から顔を覗かせた。

テレビは警察が殺人・死体遺棄の疑いがあると見て捜査を進めていることを伝え、次のニュースに移ろうとしている。

「この人、このあいだ会った人」

直子はテレビニュースがほかの出来事に変わってからも、モニター画面を指したポーズを崩さずに言った。

「へえーっ、知り合いなのか」

「知り合いってわけじゃないけど、税金の督促に行った先の人」

「ふーん……」

正亨はとりあえず口を漱《すす》いでから戻ってきた。

「殺人事件だとか言ってたね」

「うん、そうみたい」

「知ってる人が殺されるなんてこともあるんだなあ」

「うん」

「事件は昨日かい？」

「死亡後二日だとか言ってたから、三日前よね」

「というと、われわれが安芸の宮島に渡っていた頃か」

「そうよね、つまりアリバイはあるってことよね」

「ははは、きみがアリバイを気にしてどうするんだい」

「気にするわよ。だって、一応、顔見知りなんだし、それに……」

「ん？　それに何さ？」

「あっ、時間……」

直子は慌てて時計を見て、身支度を整えるほうに専念した。

成城学園前駅まで歩いて十分ほど。そこから小田急で新宿へ出て、正享は池袋へ、直子は品川へ、山手線で逆方向になる。

「さっきのあれ、何なのさ?」

正享は歩きながら質問した。

「ん? 何のこと?」

「ほら『顔見知りなんだし、それに……』って言ったじゃないか」

「ああ、あれね。いいのよ、べつに大したことじゃないから」

「そうかな、そうは見えないよ。あれからずっと、きみの顔色はよくない。何か気になることがあるなら言ってみなよ」

「気にしてないって。ただ、税金の督促をした相手だから、ちょっと……」

「督促で追い詰められて死んだわけじゃないのだろう」

「違うわよ。税金は全部、延滞金込みで完納しました」

「それなら問題ない。第一、殺されたっていうんだから、きみには何の責任もないさ」

「そうよ、だから気にしてないってば」

直子は自分でも呆れるほど依怙地になって、夫の質問を斥《しりぞ》けた。

しかし、その日ずっと、事件のことは頭から離れなかった。職場の上司も同僚もテレビニュースを見なかったのか、それとも見ても気に留めなかったのだろうか。「岡根」という名前はわりと珍しいから気がつきそうなものに思えるのだが、誰もその話題を持ち出さない。

昼休みにテレビのニュースを注目していたのだが、続報はなかった。近頃は殺人事件なんて珍しくもないのだろう。

帰宅すると、食事の支度をそっちのけで、テーブルに夕刊を広げた。三面に小さな記事が出ていた。

**〔長野で殺人・死体遺棄――品川区の男性**

**十三日夕刻、長野県飯田市南信濃村を流れる遠山川《とおやま》で男性の死体が発見された。警察が調べたところ、この人は東京都品川区の経営コンサルタント業岡根寛憲さん五十八歳。死因は何らかの薬物を服用したことによるものと判明。死体の状況等から殺人・死体遺棄事件の疑いが強く、警察は捜査本部を設置して捜査を開始した。〕**

「えーっ……」と、直子は独りで大声を発してしまった。朝のテレビニュースでは事件の現場までは聞いていなかったのだが、南信濃は直子の郷里・下條《しもじょう》村のすぐ近くだ。高校時代の友人もいるし、従兄《いとこ》が街道際で蕎麦屋を営んでいる。

(どういうこと？――)

岡根があの時、直子の出身を「南信、それも飯田市の辺り」と見破ったことと、まさにその南信濃で殺されていたこととの関連を思って、ぞっとした。

(これはただごとじゃないわ――)

新聞記事をそらで言えるほど、何度も読み直した。テレビをつけて、各局のニュース番組のはしごをやった。そのうちの一局が、関東ローカルのニュースの中で、朝のニュースの続報と思われるコメントで報じていた。ごく短くて、新聞記事の内容と大差はない。

七時半頃になって、正亨が帰宅した。テレビにしがみついている直子を見て「あれ？　今夜の当番は僕だっけ？」と言った。食事の支度は交代でやる取り決めがある。

「ごめんなさい、私の当番なんだけど、それどころじゃないのよ」

直子は夫に新聞記事を突きつけた。

「ああ、これが朝のニュースで流れていたやつか。へえっ、南信濃というと、丸西屋《まるにしや》のあるところじゃないか」

丸西屋は従兄の蕎麦屋の屋号だ。手打ちで旨い蕎麦を食わせる。

「だけど、何だってあんな不便なところまで行って殺されなきゃならなかったのかな」

正亨は首をひねった。確かに南信濃付近は「遠山郷《とおやまごう》」と呼ばれるその名のとおり、遠い山の奥の山村だ。

「もしかすると、岡根っていう人、あの辺りに土地鑑があったのかもしれない」

「ふーん、どうしてそう思うのさ？」

「私に南信州の訛りがあるって言ったのよ。私は標準語で喋っているつもりだったのに、それを見破るくらいだもの」

「なるほど。じゃあ南信濃出身なのかな？　ま、それはともかく、飯の支度するよ」

正亨は気軽にそう言うと、キッチンに向かった。

(詳しい事情を何も知らないから気楽でいられるんだわ——)と、直子は夫の頼もしい広い背中を、恨めしそうに見やった。振り返ると、テレビ台の上の角封筒がやけに大きく見える。正享がまだその存在に気づいていないのがいいのか悪いのか、落ちつかない気分であった。

# 第一章　遠山郷《とおやまごう》に死す

*1*

長野県警捜査一課の竹村岩男《たけむらいわお》警部に古越《ふるこし》課長から声がかかったのは、ちょうど竹村が退庁しようと、玄関へ向かい、廊下を歩いている時だった。

「ガンさん、殺しだ、行ってくれ」

背後からリズミカルに呼ばれた。「ガン」とはもちろん「岩男」に由来するニックネームである。

「どこでしょうか？」

「飯田署だ。きみの古巣だ」

確かに、飯田警察署は竹村がまだ巡査部長——いわゆる部長刑事の時代に五年ばかり勤務したところだ。飯田市郊外の松川ダムでバラバラ死体遺棄事件が発生して、迷宮入りになるところを、竹村の八面六臂《はちめんろっぴ》の活躍で解決したという、いわば彼のサクセスストーリーの発祥の地である。陽《よう》子《こ》と結婚したのもその頃で、何かと思い出が多い（『死者の木霊』参照）。

その陽子と七時に待ち合わせて食事をする約束であった。「やれやれ」と虚しいぼやきを呟きながら、竹村は携帯電話のボタンをプッシュした。陽子はあっさりと「あらそう、残念ねえ」と言った。毎度のこととはいえ、諦めのいい女だ。

竹村はとりあえず、木下《きのした》部長刑事以下、残っていた刑事を五人集めてパトカー二台で現場へ向かうことになった。鑑識や機動捜査員は松本署とその周辺から人数を駆り集めて、すでに出動しているという。長野県は南北に長く、しかも山国だから、どこへ行くにも峠を越えなければならないような地理的ハンディがある。

そもそも長野県が生まれた頃、県北の長野市と県央の松本市の、どちらに県庁を置くかで揉めた。戦後間もない頃にあった「分県運動」に象徴されるように、県北と県南は仲が悪い。いまでもことあるごとに、いっそ分県してしまえ——などと不穏な話が囁かれる。青森県の津軽地方と南部地方の仲の悪さもよく知られているが、長野県の場合のほうがそれより過激らしい。

長野市の県警本部から飯田署まで、長野道と中央道を乗り継いで行っても一時間以上かかる。事件の概要についてはパトカーの中で仕込んだ。飯田市南信濃の遠山川で男の死体が発見されたというものだ。状況から殺人死体遺棄事件と見られ、捜査本部を設置する旨の連絡があった。

「園田《そのだ》署長から、わざわざ捜査主任に竹村警部を希望すると言ってきたよ」

古越課長は笑っていた。園田は竹村の飯田署時代に捜査係長警部補だった。イノシシというあだ名の豪放な気のいい男だが、仕事ぶりは腕力一点張り。それだけに竹村の「頭脳プレイ」に心服していた。巡りめぐって飯田署長に就任したいまでも、捜査に行き詰まった時など、相談を持ちかけてくる。

飯田署には寄らず、南信濃の現場へ直行することにした。園田署長を含む、飯田署員のほとんどが現場にいるそうだ。

飯田市南信濃――は、長野県の南端、静岡県との県境にある。南アルプス赤石山系に連なる山並を南東側に越えると、静岡の本川根《ほんかわね》や水窪《みさくぼ》に接する。逆に北西側には鬼面山《おにつら》、氏乗山《うじのり》、金森山《かなもり》、黒石岳《くろいし》、戸倉山《とくら》など、千四百メートルから千八百メートルクラスの伊那山地が屏風《びょうぶ》のようにそそり立つ。まさに山また山の秘境で、戦国時代から江戸末期の頃には、この地方を「遠山郷」と呼んだ。ただし遠い山の里――という意味からではなく、この地方を遠山氏が治めていたことによるもので「遠山領」とも呼ばれた。長野県に遠山姓が多いのはそのためである。

遠山郷は、本来はその領内にあった「上《かど》」「木沢《きざわ》」「八重河内《やえごうち》」「和田《わだ》」「満島《みつしま》」「鶯巣《うぐす》」などの村々の総称でもあった。のちに合併が繰り返され、昭和三十年代には遠山村、木沢村が合併して「南信濃村」となり、平成十七年のいわゆる「平成の大合併」で南信濃村は飯田市に編入されることになった。

秘境だけに、遠山郷にはこの地方独特の文化や風習が温存されている。中でも有名なのは「霜《しも》月《つき》祭り」で、国の重要無形民俗文化財に指定されている。

飯田署時代、竹村は五、六度、霜月祭りの警備に駆り出されたことがある。近在近郷はもちろんだが、全国から霜月祭りファンが集まってきて、当日は交通も混雑するし、神事が深夜から早朝に及ぶだけに事故も多い。

霜月といえば十一月のことだが、本来が旧暦だから、実際に祭りが行なわれるのは十二月の前半にほぼ集中している。南信濃だけでも九つの神社があり、開催日を少しずつずらしながら執り行なう。最もよく知られているのは「湯立て神楽」で、面をつけた舞手が、煮えたぎった釜の湯を、素手、または笹の葉などで左右にはじきとばし、その湯を被った者は縁起がいいとされるものだ。

この神楽面は南信濃の九つの神社だけでも二百数十ある。神、天狗、鬼、ケモノなどの面がさまざまあり、アニメ映画の『千と千尋の神隠し』の「カオナシ」はここの面を参考にして発想されたといわれる。

竹村は県警に異動してからは、霜月祭りを見る機会はなくなった。去年暮れの霜月祭りも盛大だったそうだ。テレビの季節ネタには必ず登場する。飯田にいる頃は、単なる仕事上の義務感だけで、あまり熱心に見物することをしなかった。しかし離れてみると、また出かけて行きたくなるものだ。

その頃は、遠山郷は峠越えの隘路《あいろ》を行かなければならないので、すぐ近くにいてさえ、そういうことでもなければ、なかなか足を踏み入れる機会はないと思っていた。こんな用事で訪問するのは本意ではないが、何となく懐かしい気分もあった。

飯田インターチェンジで高速を下りると、赤色灯をつけサイレンを鳴らして走った。かつての峠越えの道とは別に、矢筈《やはず》トンネルという長さ四キロの立派なトンネルが貫通していて、飯田からの時間距離は大幅に短くなった。

トンネルを出たところが旧上村で、現在は旧南信濃村とともに飯田市に合併している。国道152号を南下すると間もなく南信濃域内に入る。そこから三キロほどのところに木沢という集落があり、北からきた上村川に東から遠山川が流れ込んでくる。

死体が発見されたのは、その出合いから少し遠山川を遡《さかのぼ》った辺りだ。渇水期には川の真ん中に白い川原が現れるほどだが、いまは雪解けのシーズン、水量は豊かだ。道路下の岸辺近くまで波が寄せている。その岸辺に流れ着いている死体を、たまたま近くを通りかかった老人が発見した。被害者にとっては幸運と言うべきだし、犯人にしてみれば、予想外の不運だったことになる。

遠山川は南信濃域を出て天竜村域に入るとまもなく、天竜川に合流する、いわば天竜川の支流にすぎないのだが、地形的に周囲の山々に降った雨を集めるために、梅雨期や台風シーズンにはかなりの流量がある。

すでに日は暮れ、民家の明かりもない現場付近は漆黒《しっこく》の闇に包まれていた。山里の春はまだ浅く、日が落ちるとかなり気温が下がる。もちろん捜索隊はとっくに引き上げた後だ。

竹村たちは誰もいない現場を一瞥《いちべつ》しただけで、臨時の前線基地になっている旧木沢小学校に入った。

木沢小学校が平成三年に隣の和田小学校と統合され、廃校になったことは、竹村もおぼろげに聞いていた。幾つかの「教室」の窓に明かりが灯っているが、古色蒼然とした木造校舎である。

「おっそろしく古いね」

竹村は建物の前で思わず立ち止まって、木下刑事に言った。「われわれがドヤドヤ入って、壊れやしないかな」と、本気でそんな心配をしたくなる。

ふだんはちゃんと下駄箱に靴を納めてスリッパで上がるのだが、警察官の制服は編み上げ靴だ。玄関でいちいち靴を脱ぐのは面倒なので、廊下の奥のほうへブルーシートが敷かれている。その上を土足で通って、かつては職員室であったらしい、広い部屋に入った。園田署長以下、飯田署の面々はそこにいた。真ん中のダルマストーブを囲んで、捜査に関係のない話題で盛り上がっている。

「やあガンさん、早かったな」

園田は竹村を見ると、嬉しそうに寄ってきて握手を求めた。

「どうだい、いいところだろう」

部屋をグルッと見渡して言った。お世辞にもきれいとは思えないが、「そうですね、郷愁をそそられますね」と、当たり障りのない言い方をしておいた。

「そうだろう、いいだろう。じつはここはおれの母校なんだ」

「えっ、じゃあ園田署長は南信濃村の出身だったのですか」

「うん、中学までここにいた。高校から飯田に出て下宿して、結局、それっきりここに住むことはなくなったけどね」

「そうだったのですか。いやあ、いいところですねえ」

取ってつけたようだが、竹村は改めてお世辞を言った。

「しかし、だいぶ老朽化が進んでいるようですが、よく取り壊されなかったですね」

「いや、危なく解体の憂き目を見るところだったのだ。統合が決まった時点で、県の教育委員会でも村としても、すでに建物を取り壊す方針が決まり、跡地利用をどうするかの検討が始まっていた。ところが、一方では卒業生を中心に、解体するのを惜しむ声が多かった。こういう昔ながらの小学校なんて、全国でも珍しいからな。みんなで請願した結果、県知事さんのツルのひと声で保存が決まったというわけだ」

「なるほど、それはよかったですね」

竹村はそう言ったが、はたして本当によかったのかどうかはよく分からない。古い物にはそれなりのよさはあるにちがいないが、これだけの建物を保存するには、かなり手間もかかるだろうし、メンテナンス費用もばかにならないのではないだろうか。

「いまの知事さんは若いし、文化財保護にも理解があるからなあ」

園田は手放しの褒めようだ。

*2*

現在の秋吉《あきよし》知事が登場するまでの長野県政は、代々、ほとんど官製といっていいような知事がつづいていた。前知事も中央官庁から送り込まれた高級官僚で保守党の全面的なバックアップを受けて当選。四期十六年を大過なく勤め上げ、子飼いの副知事にバトンタッチ——するはずであった。

ところがここでちょっとした異変が発生した。東京在住の作家で評論家でもある秋吉泉《いずみ》が、にわかに立候補の意向を表明したのだ。秋吉は若くして芥川賞を取るなど、才気走った男を絵に描いたような性格で、一風変わった言行でも超弩級《ちょうどきゅう》的有名人だった。文芸活動はさほどでもないが、テレビを中心にマスコミに登場することも多い。政治的な発言もなかなか舌鋒鋭く、テレビのコメンテーターとしても活躍していた。

本人は長野県生まれではないが、父親の仕事の関係で、少年期に長野県で暮らした。地元の友人、知人なども少なくはないのだが、それにしても秋吉が長野県知事選に出馬するとは、誰一人として考えていなかった。実際、出馬の噂が流れたのさえ、選挙公示日のほんの数カ月前のことである。

県民はもちろんだが、全国的にもこの話題は注目を集め、マスコミを賑わせた。秋吉は有名人には違いないが、必ずしも良好なイメージの持ち主とばかりは言えない。むしろ奇矯《ききょう》な振る舞いがニュースネタになる場合のほうが多かったとも言える。ワインなど雑学の知識をひけらかして顰蹙《ひんしゅく》を買っているとか、スチュワーデスのあいだでは評判が悪いとかいった、他愛のない風評にすぎないと笑い捨ててしまえるようなものばかりだが、いずれにしても、お堅い県知事の候補としては、あまりいいことではない。

秋吉の出馬を受けて立つ長野県政界も、当初は歯牙《しが》にもかけなかった。名前ばかりが先走ったような変わり種が、またぞろ売名行為を始めたか——ぐらいの受け止め方だったらしい。楽観とか、そういう次元以前の、まったく無視した空気が支配的だった。

　また、それほどに長野県政の基盤は保守的で、長野県民自体が変化を望まない、温和で従順な性格だと思われていた。ただし、政治風土が保守的といっても長野県は伝統的に左派系が強いところだ。国政レベルでは戦後長きにわたって社会主義政党が議席を堅持していたし、とりわけ日教組の勢力が強いことでも知られる。

　保守的なのは何も保守系の政党ばかりではない、むしろ社会主義を標榜《ひょうぼう》する政治家のほうが、現状維持という点では保守的な生きかたをしている。要するに長野県の政界は右も左も、現状からの大きな変化に対してはアレルギーがあるということだ。

　しかし、変化を望まないのは政治家ばかりで、じつは県民はそうではなかったことがやがて分かる。表立って騒ぎ立てないのはそれこそ県民性なのであって、本心を明かせば、長く逼塞《ひっそく》したような県政に対してうんざりしていたのである。おそらく多くの県民は、自分でも気づかないうちにひそかに大変革を求め、新しい風の吹くことを期待していたにちがいない。ところが守旧派ともいうべき連中は誰一人として、新しい風が吹きはじめたことを読めていなかった。

　選挙公示日が近づいても、県政の主流派は安穏《あんのん》の裡《うち》に、無為のまま日を送っていた。県議会の四分の三以上を占める体制派議員は、地元である各市町村の首長以下、市町村議会議員の支持も確認し、磐石《ばんじゃく》の態勢を固めてある。どの角度から票読みをしてみても、圧倒的な優位性は覆るはずがなかった。

　公示日直前に、長野県唯一最大の地方銀行が会長談話で秋吉支持を打ち出した。これは驚くべきことだった。県庁に最も近い金融機関が、いわば県政の主流に対して反旗を翻《ひるがえ》すなどは、戦前戦後を通じて空前の出来事――椿事《ちんじ》と言ってよかった。

このことが、あるいは県民に動揺を巻き起こす直接的な引き金になったのかもしれない。少なくとも氷のように堅牢だと思われていた県の政治風土に、わずかながら緩みが見えたのは事実だ。不即不離の関係を疑わなかった県当局と銀行の一体性が崩れたのはなぜか？――と、県民はその裏にある真相を嗅ぎ取ろうとした。

もともと、信州人は知的レベルが高いと言われている。「教育県」とも称される。それまで長きにわたって自己抑制してきた「知的興味」が、いちど殻《から》を破ってしまうと、たちまち迸《ほとばし》る。行政の言うまま、議会の思うままに操られてきた過去は、いったいあれは何だったの？――と思い始めると、自分がいかに飼い馴らされた羊だったかに気がついた。県政の方向まで、彼らの言いなりになっていていいのだろうか？――という疑問が、生まれて初めて台頭した。現知事から副知事へと、まるで世襲のように知事の椅子が禅譲されるという、これまでは当たり前のようだった風潮への抵抗感が生まれた。

真に風向きが変わったのは選挙戦に突入してからだったかもしれない。秋吉は若さに物を言わせて、精力的に県内を駆けめぐった。お定まりの「お願い」の連呼形式ではなく、生の声で現県政への不信感と危機感を訴え、今後あるべき方向を提言した。眠ったような過去の県政に慣れきっていた県民は、目を開かれる思いがしたことだろう。

（そうか、そういう考え方もあるのか――）と愕然《がくぜん》とし、県政ばかりでなく、これまでの自分の生き方まで総括したくなるような名言や名案が、秋吉の演説には随所にちりばめられていた。

選挙戦が進むにつれ、様相が一変した。マスコミの世論調査結果で、これまでの圧倒的優位が崩れつつあることに、体制派はようやく気づいた。だからといって、最終的な勝利を疑うところまではいかなかった。何しろ県議会議員が再三再四、地元の市町村議会議員を通じて票読みを繰り返しても、絶対的な票数はかなりの差で秋吉側を上回っているのだ。「最後に笑うのは、どうせこっちに決まっている」と、まったく危機感がなく、選挙後の議会で、来年度公共投資予算の分捕り作戦をどうするか、そっちのほうに関心が向いていた。

そうして行なわれた選挙は、大方の予想を裏切って——というべきか、ある意味では予想どおりの結果として、秋吉泉新知事を誕生させて終わった。長野県政史上、未曾有の出来事であった。

選挙後に繰り広げられた悲喜劇のてんやわんやは、テレビニュースを通じて全国に報道され、長野県民の恥を天下に晒《さら》した。県庁の幹部が名刺受け取りを拒否して知事の名刺を折り畳んだり、一部を除いて県議会議員のほとんどがアンチ秋吉に回り、露骨ないやがらせで排除にかかり、行きつくところ、不信任案を上程し、賛成多数で可決成立させてしまった。秋吉下ろしのためには、なりふり構わぬ醜態《しゅうたい》を演じたと言っていい。

ここまでが第一幕。このピンチに秋吉知事がどう出るかが注目された。辞職するか、議会解散に打って出るか。

だが、そのどちらでもなかった。秋吉は期日ぎりぎりまで勤めた後、免職されたことによる失職——という道を選んだ。知事が失職した場合、それから三十日以内に再選挙が行なわれる。もちろん秋吉はそれに出馬した。対する議会側は自作自演のくせに、その緊急事態に対応するだけの準備など整っていなかった。俄《にわか》仕立ての対抗馬を出したが、惨憺《さんたん》たる敗北を喫した。秋吉はなんと、七十パーセント近い票を獲得、信任を得た。

県民は議会のごり押しに不快感を示したのである。それにも気づかず、議会はまたしても数の力を信じて不信任決議を突きつけた。それに対して今度は秋吉は決然と議会を解散し、信を選挙民に問うた。

結果は、議会側は知事選を上回る無残な敗北に終わった。古株議員の多くが落選し、あるいは辛うじて当選するという体たらくだった。守旧派議員たちは青菜に塩。対照的に秋吉はいまや朝日将軍のような勢いで県政を牛耳り始めた。ここまでが第二幕。

そして第三の幕が開きつつある。

朝日将軍・木曾義仲《きそよしなか》がそうであったように、あるいは驕《おご》る平家が久しくなかったように、このところ、秋吉泉知事の人気に急速な翳《かげ》りが見えてきた。当選時には七十パーセント以上もあった支持率が五十パーセントを切り、四十パーセントラインも危ういというところまで低下した。

原因の多くは、知事の自信過剰からくると思える独断専行にあると言われる。新鮮さが売り物だった政策も、裏付けのない思いつきばかりが目立つ。ブレーンや側近の意見に耳をかさないどころか、自ら採用した腹心を斥けるような独善性も指摘される。

頭を低くしていた守旧派議員たちは、がぜん息を吹き返した。知事の出張費の精算に疑義あり——といった、重箱の隅を穿《ほじく》り返すようなことから始め、秋吉の私的支援グループの不祥事を探り出すなど、攻勢に転じた。

秋吉自身の言動にも不可解なことが多い。とつじょ県名を「信州」に変えよう——と言いだしたのには、秋吉支持派の中にも戸惑いが起きた。

面と向かって「殿、ご乱心」と諫言《かんげん》する側近もいないのか、このままでは裸の王様を演じかねない。やがて来る知事選に三たび出馬するのかどうか、園田署長のような熱心な秋吉ファンにとっては、さぞかし先行き不安なことだろう。

もっとも、アンチ秋吉を標榜する側にも弱点がないわけではない。一九九八年に開催された長野冬季オリンピックの経費のうち、膨大な使途不明金の行方が、いまだに解明されていないのだ。秋吉らの追及に対して、会計責任者は堂々と「焼却した」と宣言したという。その鉄面皮ぶりもまた長野県人の県民性か——と、全国に報じられた。

## 3

「ガイシャは東京の人間だそうですね」

竹村は実況見分のデータに目を通しながら言った。

死体発見は三月十三日の夕刻、死後二日ほど経過しているものと見られた。死因に至るような外傷はなく、鑑識段階では何らかの薬物等による死亡と推定された。現場付近に車はなく、徒歩で来られる距離でもないので、何者かが被害者を車で運び、現場で殺害・遺棄したか、あるいは別の場所で殺害し、死体を遺棄したものと思われる。財布等の所持品がないことから、盗み目的の犯行である可能性が高い。運転免許証、名刺等もなく、その時点では身元は明らかにならなかったのだが、遺体を収容して、ひと落ち着きしたところで捜査員の一人が、三年半前までの一時期、秋吉知事の側近だった岡根寛憲であることに気づいた。

「あっ、この人」

愕然として、それから大騒ぎになった。

「それにしても東京の人間がなぜ遠山郷まで来て殺されなければならなかったのか、何となく例の松川ダムの事件を連想させます」

「そうだろう、私もそう思ったよ」

園田署長も頷いた。

飯田市郊外の松川ダム湖に、七個に切断されたバラバラ死体が浮かんだ事件は、被害者も犯人も東京の人間で、犯人はわざわざタクシー運転手を雇ってダム湖に死体を捨てに来たのである。その目的が何だったのか、必ずしもはっきりしないまま、犯人の自殺という結末で事件は解決したかに思えた。ところが竹村部長刑事（当時）の執拗な捜査の結果、意外な真相が浮かび上がる。軽井沢、戸隠《とがくし》から遠く青森、伊勢へと不可解な謎を追いかけて歩き回った。その日々のことを、今回の事件は彷彿させた。

「そう思ったから古越課長に頼んで、ガンさんにご出馬願ったのだ」

「ありがとうございます」

「いや、礼を言うのはこっちのほうだよ。ガンさんは引っ張りだこだろうから、無理じゃねえか訳ない」

と思ったんだが、ちょうどひとヤマ片づいて、手が空いたところだそうだね。休暇もなしで申し
「いえいえ、休暇なんて……」

言いながら、竹村は陽子の顔が目の前にちらついた。休暇はともかく、久しぶりの外食を楽しみにしていたにちがいない。デカを亭主にしたからには、それなりに覚悟はできているのだろうけれど、まったく因果な商売ではある。

春まだ浅い遠山郷の夜はしんしんと冷える。隙間だらけの老朽校舎では、いくらストーブを焚《た》いても追いつかない。現場付近にパトカーの張り番を残して、主力部隊は飯田に引き上げることになった。

飯田署は竹村が在籍していた当時は、木造の、それこそ木沢小学校と甲乙つけがたいような老朽庁舎だったが、いまは鉄筋コンクリート五階建ての瀟洒《しょうしゃ》なビルになっている。

会議室に落ち着いたところへ、県警本部と警察庁とのやり取りを通じて、被害者に関するデータが明らかになったものが運ばれてきた。

「ああ、この人ですか」

飯田署に入って、園田から岡根の写真を見せてもらった瞬間、竹村は思い出した。

「なんだ、ガンさん知ってたのか?」

「名前は失念してましたが、この顔は憶《おぼ》えてます。一度、いや、二度でしたか、会って話したこともありますよ」

県警は県庁と一緒の敷地にある。県の職員が県警を訪れることも珍しくない。どこで、どういうきっかけでかは忘れたが、岡根寛憲に話しかけられた。名刺をくれて、知事の手伝いをさせてもらっている者ですと自己紹介をしてから、「あなたが有名な竹村警部ですか」と言うので、竹村は苦笑した。

「いいえ、それほどのものではありません」と引き気味に答えると、妙に真剣な顔で、「そんなことはないでしょう。知り合いから聞きましたよ、あなたの武勇伝を。ほら、松川ダムの事件」と追い迫るように言う。

確かに、その事件のことは、長野県警内では伝説のように語り継がれている。

「古い話ですから」

「いやいや、それ以外にも戸隠の事件とか、野尻湖で調査隊が、ナウマン象ならぬ人間の骨を発掘した事件の話も聞きました」

「はあ、いろいろありますから」

「捜査一課だから殺人事件とか、いわゆる強力犯だけを扱うのでしょうな」

「まあ、そうですね」

「経済事犯のようなものには、興味はありませんか？」

「政治や経済のことはさっぱりです」

岡根はまだ何か言いたそうだったが、古越一課長が通りかかって「竹村君」と呼んでくれたので、「では」と一礼して離れた。古越は歩きながら「あの人物には近寄らないほうがいいぞ」と忠告めいたことを言った。

「なぜですか？」

「とかくの噂がある」

「どういう噂ですか？」

「変人だそうだ。まあ、類は友を呼ぶというからね」

際どいことを言った。職務上、公式の場で旗幟《きし》を鮮明にすることはないが、古越はどちらかと言えばアンチ秋吉派の考え方だ。

それから間もなく、もう一度そういう場面に遭遇した。偶然、出くわしたというより、岡根がこっちの行動をマークしていたのではないかと思えるふしもあった。庁舎を出たところで背後から声をかけられた。

振り向くと、肩を並べて歩きながら、「あなたにぜひ調べていただきたいことがあるのですがね」といきなり言いだした。

「どういうことでしょう？」

「知事の浮沈に関わる問題です」

「あ、それでしたら自分はだめです。とにかく政治がらみの話は苦手ですので」

「まあ、そう言わずに話を聞くだけでも聞いてくれませんか」

「いえ、とにかくだめです。ちょっと急ぎますので失礼します」

竹村は小走りに、脱出した。明らかに袖にして逃げたのである。相手は不愉快だろうと思ったが、正直、竹村はそういう厄介な話は苦手なのだ。政治がらみの抗争などに巻き込まれでもしたらろくなことにならない。ましてとかくの噂がある人物と聞いては、君子危うきに近寄らないにかぎる。

そんなことがあったのは三年以上前、古い話だ。岡根が言いたかったのは何なのか、かすかに気にはなったが、所詮、自分には関係のない話——と思い捨てた。

その岡根寛憲がいま、殺人事件の被害者になっている。竹村は反射的にかつての出会いとの連鎖を思い浮かべた。岡根が自分に告げたかったことと彼の死とは、どこかで繋がっているのではないだろうか——と思った。園田があえて自分を起用してくれたことも、何かの因縁かもしれない。

「自分はよく知らないのですが、岡根氏が知事のブレーンを辞めたのは、知事とうまくいかなかったためだと聞いたような気がするのですが」

竹村は園田に言った。

「ああ、そうらしいね。まあ、秋吉知事の側近はあまり長続きしないみたいだから、珍しいわけじゃないが、岡根氏の場合は相当な軋轢《あつれき》があったという話だ」

「原因は何でしょうか?」

「さあねえ、知事の改革路線に恐れをなしたってとこじゃないのかな。かと言って、ひとたび信念を持つと、他人がいくらブレーキをかけたって、おいそれと停まるような知事じゃないからね」

秋吉ファンの園田は、どちらかというと知事の肩を持ちたがる。

「その時の軋轢が、事件の遠因になっているということはないでしょうね」

「ん？　というと何か、知事がこの事件に関係しているとでも？」

園田はギョロッと目を剝《む》いた。周辺には誰もいないからいいが、相手が竹村といえども聞き捨てならない——と言いたげだ。

「まさか……」と竹村は苦笑した。

「そうは思いませんが、岡根氏は三年半前の一時期を除けば、もともと長野には縁のない人間なのでしょう。だとしたら、なぜわざわざ遠山郷で死ななければならなかったのか、その理由の一つに三年半前のことが関係しているのではないかと、仮説としてはあってもいいのではないでしょうか」

「そりゃまあ、仮説程度ならいいが、おれ以外の者にその話はするなよ。そうでなくてもいまは微妙な時期なんだから。そんな噂が流れでもしたら、知事はますます苦境に立たされることになる」

「私が話さなくても、いずれマスコミが嗅ぎつけて騒ぎ立てますよ、きっと」

「そうかな、気がつくかな」

「岡根氏の素性が分かれば、どこの社だって当時の問題と結び付けて報道しますよ。それに関しては連中のほうが警察なんかより詳しいでしょうからね」

竹村のその予言は、まもなく現実のものとなっていった。

# 第二章　知事室

## *1*

岡根寛憲が殺された事件のニュースは、県庁と議会を駆け巡った。岡根は三年半ほど前まで、県の特別企画室というセクションに在籍していた。特別企画室は、秋吉が知事に就任して間もなく、主に知事の施政方針のプランニングに参画する目的で新設された。

岡根はそれまで、東京の大手広告代理店の企画部門にいたのだが、秋吉が岡根の能力を買い、強く協力を要請した。岡根も秋吉の政治理論に共鳴して、共に選挙戦を戦うことになった。知事選に勝利し、岡根はそのまま秋吉のブレーンの一人として長野に住み着いたのである。

秋吉のブレーンは岡根以外に三人がいた。しかし、そのうち一人を除いて、次々に秋吉のもとを去っている。

側近が相次いで袂《たもと》を分かつ理由は、秋吉の独断専行癖にあるという。ブレーンとは言いながら、事実上は、ほとんどの場合、秋吉から発した提案を追認するための、ある種のセレモニー機関といった色合いが強く、反対意見はいれられず、逆に独自の提案を行なっても、多くは斥けられた。具体的に何があったのかは、外部の人間からは窺い知ることが難しいが、岡根の場合もそうした状態に嫌気がさしたためではないか――と噂された。

その岡根が南信濃で殺されていたというのだから、ニュースに触れた瞬間、誰もが、事件と秋吉知事との関係を連想したのは、むしろ当然といえる。

県議の金子伸欣《かねこのぶよし》は、議会棟に行く前に、秘書の斉藤洋史《さいとうひろし》に「金魚がいるかどうか、見てこい」と命じた。県庁舎に立ち寄って、知事室を覗いてこいという意味である。

長野県庁の知事室はガラス張りである。いわゆる「ガラス張りの政治」という比喩ではなく、本物のガラス張りの部屋が知事室だ。一階の玄関ホール奥に、県民ホールという、一般の県民が自由に出入りできる待合室のような部屋があるが、それとガラスの壁を隔てて、知事の執務室を作った。

秋吉知事は政治、行政の透明性を、視覚的にも強調したかったにちがいない。全国でも例のない試みで、その姿勢は高く評価された反面、露骨なスタンドプレイだとする、冷やかな見方もないではなかった。

金子のような意地の悪い県議たちは、それを評して「金魚鉢」と言い、そこから、その中の住人に、いつの間にか「金魚」のニックネームがついたというわけだ。

秋吉はことし四十三歳と若く、目鼻だちの整った、なかなかの美男子といっていい。日頃の派手ぎみな言動からいっても、「金魚」の呼び名はふさわしいともいえた。それにしても、ガラス張りの執務室の出現には、どちらかというと保守性の強い長野県民は驚き、概して評判もよかった。

このことに限らず、一事が万事、秋吉には鬼面《きめん》人を驚かすような破天荒を打ち出す、一種の癖のようなものがある。長野県を信州県に——などというアイデアを発表したのも、その一つの例といえる。本人にはそれなりの腹案なり、理由づけもあるのだろうけれど、根回しもなく、ブレーンの同意もないまま、いきなり結論を提示するから、大抵の人間は面食らう。

秋吉はそもそも、根回しのような、悪くいえば因循姑息《いんじゅんこそく》な政治手法を嫌う性格だ。そうでなくても、本来の拠点であった東京から長野県に、落下傘で舞い降りたような知事である。県議から県職員幹部に至るまで、周囲のほとんどがアンチ秋吉といっていい風土だから、根回しをするような環境でないこともなくはなかった。それにしても、もう少し事前の同意形成をすべきでは——とブレーンが諫《いさ》めても、そういう常識論に耳を貸さない頑固さも、彼の性格といえる。

知事選で秋吉が掲げたスローガンは「脱ダム宣言」である。ダム建設に象徴される公共投資予算を削減し、破綻寸前の県財政を建て直す——というのが出馬のバックボーンになっている。治山治水をダムに頼らず、自然破壊を最低限に抑制することこそ、観光立国、信州のあるべき姿だと強調した。

戦後、半世紀を超える県政にあって、こういう公約で選挙戦に臨んだ候補は、いまだかつてなかった。これまでは、ダムにせよ道路にせよ、とにかく公共事業を起こし、中央政府から予算を分捕り、企業を誘致することによって地元に経済効果を期待し、雇用を活性化するという方向で、まっしぐらに進んできた。日本中、どこの自治体でも、程度の差こそあれ、似たような政策が当然のごとく行なわれていた。

県民の目に、こういった秋吉新知事による県の政策転換は奇異に映り、同時に、しごく新鮮なものに映った。いままで気がつかなかったが、そういう行き方もあるのか——と、立ち止まり、来し方を振り返る気持ちにさせた。

公共事業は建設土木業者を潤し、ひいては県民に恩恵をもたらすのだが、ダムのような大型プロジェクトは、中央のゼネコンに吸い上げられてしまう部分が大きい。国の予算を分捕るとはいうものの、全体の何割かは県で負担しなければならない。それを補填するのは、とどのつまりは県民である。

しかも、公共事業に頼る経済や民生は、本質的にはいびつなものだ。工事期間中は何かと活気があるけれど、それが終わると元の木阿弥。自転車操業のごとく、またぞろ新規のプロジェクトを立ち上げなければならない。そのたびに県の財政に占める赤字の額は膨らむことになる。

しかし、毎年、当然のごとくに天から降ってくるはずの公共事業が縮小されたのでは、それをあてにしていた土木建設関連の企業にとっては、ただちに死活問題でもあった。企業自体だけではない。土木建設はすそ野の広い事業だから、末端の作業員の失職問題も無視できなかった。

それに対して、秋吉は余った労働力を別のほうに振り向けることを主張した。たとえばダム建設を廃して、その代りに護岸や堤防の強化、遊水池の拡幅《かくふく》などを進める。

単年度に集中的に巨額の予算を使い切るのではなく、長期にわたり、健全予算の中で事業を行ない、安定した雇用を創出しようというものだ。

県産業界の切実な要望も、知事が打ち出している新機軸も、それぞれに理屈はあるだけに、なかなか折り合いがつかない。かてて加えて、ダム問題などは、地元住民の生活に直接、関係しているから、ことは厄介だ。議会側は住民の安全を錦の御旗《みはた》に掲げて、ダム着工を主張した。

長野市内を流れ、千曲川《ちくま》に注ぐ浅川《あさ》という川がある。飯綱《いいづな》山麓に源を発する小さな川なのだが、大雨が降ると恒常的に氾濫《はんらん》して、周辺の民家を水浸しにする。台風など、千曲川上流で大雨が降っているような場合には、千曲川の水が逆流してくることさえあり、ポンプ施設による排水も間に合わないのだ。

浅川の治水は、長年にわたって県政の難問であった。上流域にダムを建設しようという計画は、かなり以前からあって、前知事の時代にすでに取り付き道路やダムの青写真まで用意されていた。もし、後継と目されていた副知事が知事選に勝っていれば、そのまますんなり、ダム計画は承認され、着工していたにちがいない。

その矢先、「脱ダム宣言」の秋吉知事が登場して、浅川ダム計画はあっさり白紙に戻された。当然のことながら、議会側はこの方針転換に抵抗した。業者から十億円単位の損害賠償請求を起こさせ、それを背景にして県と知事の責任を追及しようとした。

県側は窮地に立たされることになったかと思われたのだが、じつは、この賠償問題には無理があった。実際には十億単位などという損害は発生していないことが判明して、その件はすぐに取り下げられるという、いわば醜態をさらす結果となり、むしろ秋吉知事の株を上げたにとどまった。

とはいうものの、ダム建設中止に象徴される公共予算の大幅削減は、業者にとっては大打撃だった。

それでなくても、バブル崩壊以降、国の財政が逼迫して、大型公共事業の新規発注は大幅に削減、抑制されている。その中で、長野県が比較的、恵まれていたのは、何といっても一九九八年の冬季オリンピックの賜物《たまもの》である。オリンピック関連施設はもちろん、高速道路と新幹線などが集中的に建設され、県内業者は大いに潤った。

しかし、オリンピックが過ぎてしまうと、文字どおり宴の後、祭りの後の空虚な状況に落ち込んだ。陽から陰に、その落差はあまりにも大きく、県内の経済活動は冷えびえしたものになった。気がついてみると、オリンピック用の大型施設は、利用価値が低く、いたずらにランニングコストばかり食う、大きな「お荷物」でしかなかった。

おまけに、道路や施設に費やした予算の少なくとも三割程度は、国からの借金として計上されている。このままでは債務が膨らみ、いずれは債務超過団体に陥ってしまうおそれがあった。

そうした中で行なわれた知事選に、大方の予想を裏切る形で秋吉知事が誕生したのは、単に、新味を求めただけでなく、県政に危機感を抱いた県民の、理性と英知による審判の結果だったとも考えられた。

そういう県民の意思に後押しされたからこそ、秋吉は大胆過ぎるほどの改革路線を打ち出し、公共事業に大ナタを揮《ふる》うことができたのである。秋吉は前知事時代にほぼ決定を見ていた事業を、次々に停止した。

浅川ダムばかりでなく、諏訪湖に注ぐ川で進められていたダム計画も見直され、中止状態にある。ダム以外にも、松本市郊外に造られる予定だった「みどりのこども王国」という大型レジャー空間の建設計画も中止した。設計、デザインなどの準備段階を過ぎて、あとは作業にかかるだけというところまできていながら、白紙になった。

こういった事業の見直しによって、確かに県の財政はかなり健全化が進んでいる。しかし、その反面、仕事を失った企業やその関係者から、悲痛な怨嗟《えんさ》の声が上がったことは否定できない。

中でも浅川ダム問題は焦眉の急で、ことは流域住民の安全と生命にかかわるだけに、根本的な治水計画を早急に示す必要がある。秋吉は持論である「脱ダム」を推進するため、ダムの代案として、遊水池を中心とするプランをまとめ、県議会に提示した。

ところが、県議の多くがこれに反対している。洪水時の浅川の流量を計算した資料を示し、そんな生易しい計画では、洪水を防げない——と主張する。対する知事側は、元になる流量計算の信憑性をあげつらった。

議会側が「百年に一度」の洪水に対応できるものを想定するのに対し、知事側は「六十年に一度」の洪水を想定すれば十分であると反論する。百年にしろ六十年にしろ、とどのつまりは仮想の上の話だから、なかなかすっきりした結論が出ない。

ほとんどオール野党といっていい議会は、浅川問題を「知事は住民の安全を軽視している」と指弾して、それを突破口にして秋吉知事の追い落としを図りたいところだ。

強気の発言に終始している秋吉知事にしても、はたして「脱ダム」で水害は防げるものかどうか、絶対的な自信があるかといえば、そうとは断言できないことも事実だ。

どちらが正論なのか——結論を得るには、それこそ「百年に一度」の洪水が発生してくれれば、それに越したことはない（？）のだが、皮肉なことに、ここ数年間、浅川の水害は発生していない。

## 2

「知事は席におられました」と斉藤秘書は報告した。

「ふーん、で、どんな様子だった？」

金子は訊いた。

「忙しそうでした」

「だから、何をしていたかっていうの」

「デスクで、パソコンを打ってましたが、内容までは分かりません」

「知事室に、誰かいなかったか？」

「知事室には平木《ひらき》秘書がいました。それと、県民ホールには、見学の人たちが十人ばかりおりました」

「ほかには？」

「ほか、と言いますと？」

「小林《こばやし》とか、新聞記者連中は誰もいなかったのかね？」

「はあ、見当たりませんでしたが」

「ふーん、呑気なもんだな。何をしているのかね」

金子はじれったそうに、自ら電話をとって小林の携帯の番号をプッシュした。小林孝治《こうじ》は地元紙である信濃日報の記者で、金子とは、相互に情報を交換しあう関係だ。

小林は電話で叩き起こされたらしい。眠そうな声で応答した。昨夜、遅かったので——と弁解している。

「ずいぶん、のんびりしてるけど、岡根の事件はどうなっているんだい？」

「のんびりなんかしてませんよ。昨夜もそれで夜討ちをかけていたんですから」

「夜討ちとは、誰にだね？」

「もちろん、秋吉知事にです」

「ふーん、それでどうなんだ。何か収穫があったのか」

「いや、取り立てて言うほどのものはありませんでした」

「知事はどう言ってるんだ？」

「知らないという答えです。事件には関係がないと言ってました」

「そりゃ、誰だってそう言うに決まってるさ。だけど、ガキじゃないんだから、それで引き下がったわけじゃないのだろう？」

「まあ、そうですが、しかし何も出ませんでしたよ。いちおう、哀悼の意を表明するという談話だけは取りましたがね。それは朝刊に出てたでしょう？」

「ああ、見たけどさ。それで全部だとは思わない。何かほかにも、隠してることがあるんじゃないのか？」

「そりゃまあ、あるでしょうね。岡根さんの辞任の理由も、決定的なことは分かっていませんから」

「だからさ、それとの関連について、何も言ってなかったのかね？」

「ノーコメントです」

「ノーコメントは怪しいっていう証拠じゃないのかね」

「はあ、そうとも言えます」

「退職後の足取り調査とか、いろいろやることがあるんじゃないの？」

「もちろん、ありますが、いずれにしても、事件がらみのことは社会部の人間が追いかけていますから、そっちのほうから、おいおい何か出てくるとは思いますよ」

じれったいような口ぶりだ。小林は政治部に属し、県庁詰めを六年間つづけている。岡根が秋吉のもとを去った前後の事情についても、何らかの情報を摑んでいないはずはないと思うのだが、それをリークするところまでは、金子に対して心を許しきっていないのかもしれない。

議員控室に入ってくる議員仲間と顔を合わせるたびに、岡根の事件が話題になる。保守系会派の控室だから、誰もが秋吉知事に対しては抵抗勢力。岡根のことが、秋吉の失脚要因に結びつかないか――と考えている。

中でも、対秋吉強硬派の最右翼である保坂茂房《ほさかしげふさ》は、声をひそめながら強調する。

「岡根は裏事情を知っていただろうから、知事にとっては脅威だったのではないか。知事本人はともかく、誰かが手を回して、消してしまったことはあり得る」

もともと太めの体質だったのが、このところますます出っ張ってきた太鼓腹を揺するようにして、「予算委員会で、緊急動議を出して、質問してみるか」と言った。

「そうだな……」

さすがに、そこまでは考えていなかった金子も、そういう手もあるか――と気持ちが動いた。

「百条委も、ぱっとしないしな」

半年ばかり前から、秋吉後援会と業者の癒着問題が浮上している。後援会幹部が、特定の建設業者の入札に便宜を図ったのではないか――という疑惑である。

それを追及すべく設けた百条委員会が、このところすっかり手詰まり状態で、何となく尻すぼみに終わりそうな今日この頃だ。

殺された岡根は一時期、後援会に所属していたのだから、ひょっとすると、後援会の不祥事に嚙んでいた可能性もある。そこをつつけば、頽勢《たいせい》を挽回《ばんかい》するテコぐらいにはなるかもしれない。

緊急動議となると穏やかでないが、一般質問の中で、岡根の死に哀悼の意を示す――といったニュアンスで、秋吉の心境を尋ねることにした。この日の質問者は金子で、いくぶん緊張しながら委員会室に臨んだ。

しかしその出端《でばな》を挫《くじ》くように、予算委員会の冒頭、とくに秋吉知事から発言を求め、かつて自分のブレーンの一人であった岡根の死について触れた。

「県政改革において、必ずしも岡根さんの満足いくような結果を出すに至らなかったことは、ひとえにわたくしの不徳のいたすところでありました。ここに改めて遺憾の意を表するとともに、心よりご冥福をお祈りします。また、この上は一日も早く真相が解明され、犯人が逮捕されるよう、県警の捜査当局に、一層の奮励をお願いする次第です」

議会側の意向を察知して、先手を打った感じだ。この後、質問に立った金子が、「ただいまの知事のご発言に関連しまして」と、予定どおりに岡根の事件と秋吉後援会の関係について質《ただ》した。事件の背景には、秋吉後援会および業者との不祥事疑惑に、何らかの関わりがあるのではないか――というものだが、何となく後だしの観が否めなく、迫力に欠けた。

「岡根さんの事件と、わたくしの後援会との関係についてのお尋ねでございますが、岡根さんは確かに、後援会での活動を通じて、わたくしの知事選挙を応援してくださった経緯はございます。わたくしの知事就任後は、後援会を離れ、直接、わたくしの執務等につきましてアドバイスをいただくことになったのでありますが、折にふれ、後援会と接触を保っていたことはございます。しかしながら、議員がかねてよりご指摘の、いわゆる後援会幹部と業者との癒着に関しましては、これは現在、各方面の方々の調査が行なわれているところで、真偽のほどはさだかではなく、わたくしといたしましては、ご指摘のような事実はないものと信じておりますが、いずれにいたしましても、岡根さんのまったく関知しないところではあったと思います。ご案内のように、岡根さんがわたくしのもとを離れましてから、すでに三年半になりまして、最近では賀状のやりとり程度でしか、お付き合いもございませんでした。いまに至って、岡根さんが何か不祥事に関与されていたのではないかと詮索するのは、不祥事なるものが現に存在したかも含めまして、いかがなものかと考えるのでありますが」

秋吉は最後は、いかにも皮肉まじりに首をひねりながら降壇した。

口調はむしろ女性的で優しげだが、文筆と評論で鍛え上げているだけあって、ディベートとなると、秋吉は絶対に言い負けない主義のようだ。かなり苦しい場面でも、何とかかんとかすり抜けるか、時として、こんな風に嫌味を交えて反論する。

当然、質問者はいきり立つ。金子は議員の中でも最年長に属すベテランだが、秋吉の神経を逆撫でするような言い回しには、我慢がならない。

「百条委員会がまさに機能している現段階において、知事の立場でそれを批判するがごとき発言は、不遜《ふそん》であり、議会活動を軽視し、侮辱するものであります。その点について、知事に謝罪と発言の撤回を求めます」

「わたくしは委員会の活動を批判する気も、議会を軽視したり侮辱したりする気なども毛頭ございません。単純に、わたくしの感想として、いかがなものかと思ったことを、そのままお伝えしたかっただけでありまして、それを許さないというのでは、それこそ言論の封殺と申すべきではありますまいか。謝罪はもちろん、撤回する必要はまったくないものと考えます」

売られた喧嘩は買う姿勢だ。これでは金子も引っ込みがつかない。委員長に謝罪要求をつきつけたが、委員長の取りなしにも、秋吉は似たような対応を見せるだけで、むしろ、亡くなった岡根に対して、あらぬ疑いをかけるほうが侮辱ではないか——と、矛先をかわすようなことを発言して、ますます話がこじれるばかり。ために委員会は紛糾し、各派理事が鳩首《きゅうしゅ》協議した結果、この問題については後日、警察の捜査の進展を睨みながら、あらためて審議するという形で、ひとまず収束することになった。

*3*

夕刻、委員会がはねた後、知事室で記者会見が行なわれた。ガラス張りの知事室に、所狭しとばかりに各社の記者、カメラマンが入り込み、質問する。その様子は県民ホールから丸見えだ。知事と記者団との馴れ合いが、過去の県政では当たり前だったのを、秋吉はあえて火中の栗を拾うような、考えようによっては、きわめてリスクの高いやり方をすることに決めたものである。

記者側も、衆人環視を背中に負っているから、あまっちょろい質問をするわけにいかない。知事の側も、議員相手に公式的な答弁をするのと違い、県民に対して本音で語ろうとするので、時には思わぬ過激な言葉が飛び出す危険性もあった。

記者たちは、いずれも委員会を傍聴した流れで知事室に入っている。質問は主として、最前の金子議員の質問と、それに対する秋吉知事の答弁に関して行なわれた。

特別企画室時代の岡根は、知事の報道官的な役割を果していたから、記者連中との付き合いも、比較的、深かった。小林も酒を酌《く》み交わすといったことはなかったが、コーヒーで膝突き合わせる程度のことは、しょっちゅうあった。

「いまさらのようですが、あれほど知事に傾倒しておられた岡根さんが、なぜ突然、知事の側近の地位を離れたのか、その理由について、知事のお考えをお聞かせいただけませんか」

昨夜もその点について、しつこくつきまとって質問したのだが、体よく逃げられた。しかし、衆人環視のこの場では、同じ手は使えないだろう——と計算した。

「正直言って、ぼくにも本当の理由は分かっていません。岡根さんは、一身上の都合という事由をおっしゃってましたが、具体的な理由はついにおっしゃらなかった。先程も委員会で金子議員にお答えしたことですが、やはりぼくの不徳のいたすところとしか、申し上げられないのでしょうね」

「知事の不徳と言われますと、知事ご自身としては、具体的にどういった点が不徳であったとお考えですか」

意地の悪い質問だが、小林にしてみれば、むしろ委員会で、金子がなぜそういう言い方で質問しなかったのか、歯がゆい気分であったのだ。

小林の意図を読んだのか、秋吉は片頰を歪めるように苦笑した。

「日本語の場合、不徳という言葉は、しばしば抽象的な意味で、一種の慣用句として用いることが多いのではないでしょうか。ぼくはそのように理解しておりますよ。具体的にどこがどうという意味ではなく、漠然と、かつある種の謙遜を込めた、きわめて日本的な表現だと思います。強いて言えば、ぼくがこの世に生まれたこと自体をも、不徳であるというのかもしれませんね」

　記者たちのあいだに、失笑のような雰囲気が流れた。彼らの中でも、地元紙の小林は、日頃からリーダー格を自認しているようなところがある。いまの質問も、なかなか鋭いと思っていただけに、秋吉にあっさりかわされたのを、野次馬的に面白がっている。

　逆に小林は愉快ではない。小林は秋吉より五歳年下だが、まるでガキ扱いされて「かわいくねえな」と腹が立った。

「知事はそうおっしゃいますが、何の理由もなしに、岡根さんが知事のもとを去るというのは、常識では考えられません。お二人のあいだに何か軋轢があったのではないかと想像するのですが」

「べつに、軋轢というような事実は、まったくありませんよ」

「しかし、警察としては、その間の事情について無関心ではないと思います。知事のところに事情聴取にくることも考えられるのではないでしょうか」

「さあ、それはどうでしょうか、分かりません。県警本部長に聞いてください」

　秋吉は冷《ひや》やかに言って、「ほかに何か、別の質問はありませんか。なければ、このあと所用もありますので、お開きにさせていただきたいが」と、記者連中を見渡した。

「知事は県のリーダーとして」と、小林はなおも食い下がった。

「いざとなったら、県警に働きかけをするということはあるのでしょうか」

「くどい、ですよ」

秋吉は大きな目をジロリと向けて、低い声で窘《たしな》めた。居並ぶ全員が、ひやりとするほどの迫力があった。

その後は予算案の議会通過に関する見通しなど、とおりいっぺんの質問が出たが、取り立てて記事にするほどの内容ではなかった。かといって県政に問題がないわけではない。むしろ難問山積ではあった。

予算案そのものはもとより、人事に関する承認案件が、このところ軒並み拒否されている。副知事の人選に始まって、教育長も、公安委員人事も、何度も候補を立てて、議会に提出しては拒否され、また一からやり直しという状況が繰り返されている。

要するに、議会側としては、知事側から上程される議案を次々に拒否し、県政を手詰まり状態に追い込み、知事の責任能力のなさを指弾する構えなのだ。

それにしても秋吉はめげない男である。いいかげんのところで妥協すれば、もう少し県政がスムーズにゆくと思われるのだが、まったく屈する気配を見せない。

最大のネックになっている浅川ダム問題にしても、ダムの底部近くに穴を開け、一定の流量を逃がすような設計にすれば、浅川の水流は保たれ、水棲動物などの環境も保たれるのでは――という妥協案も出されているのだが、一顧だにする気はないらしい。

数少ない知事派の議員の中にさえ、この辺りで折り合いをつけては――と建言する者もいるのだが、首を縦に振ろうとしないのだ。こうなると、いっこくというより強情といったほうが当たっている。県民の支持率が低下しているのは、そういった秋吉知事の硬直した姿勢にも一因があるかもしれない。

　小林は知事と議会の対立で、委員会が紛糾した様子を、どちらかというと議会側の肩をもったスタンスで書いた。

**〔元特別企画室室長の岡根寛憲さんが、飯田市南信濃で殺害されていた事件について、岡根さんが辞任した際に秋吉知事と何らかの軋轢があったのではないか。また、現在百条委員会で審議が進められようとしている、秋吉後援会の不祥事疑惑との関連はないのかという質問が金子伸欣議員から出された。それに対して知事は岡根さんの辞任と事件とはまったく関係がないし、秋吉後援会の不祥事自体、詳《つまび》らかになっていない段階で、あえて岡根さんと結びつけるのはいかがなものかと反論。そのやりとりを巡って委員会は紛糾して、審議が中断した。**

**　金子議員はこの件について、岡根さんが当時、秋吉後援会と無関係だったことはありえないのだから、捜査当局は厳正に調べを進めてもらいたいと語った。〕**

　こういった長野県内の騒動は、県の外にはほとんど伝わらない。それどころか、岡根の事件ですら、東京では最初のニュースが流れたきり、その後の推移がまったく報じられなくなった。殺人事件など、珍しくもないし、被害者が生前、何をしていたのかも、一般市民にしてみれば、それほど興味のあることではないのだ。

　委員会のあった夜、金子と保坂、それに同じ会派の木島潤《きじまじゅん》、内藤正博《ないとうまさひろ》の四人が「風花《かざはな》」で落ち合った。風花は長野市内ではちょっと高級な料亭で、議員連中の集まりにはしばしば使われる。

話題は当然、岡根寛憲の事件に集中する。岡根の死の意味するところについては、四人それぞれに受け取り方が異なってはいた。しかし、岡根が秋吉の過去——とりわけ旧悪について、何らかの知識があったのではないかという点では一致した。ただし、それは引っ繰り返せば、長野県政全般にわたる陰の部分にも通じることだ。

「岡根が知事の傍にいたころは、正直、やりにくかったなあ」

内藤が述懐した。内藤はかつて、治水・利水ダム等検討委員会のメンバーとして、秋吉知事の脱ダム方式に嚙みついたことがある。県民の不安を無視して、ダム建設に否定的なのは怠慢ではないか——というものだ。

その際に秋吉は少しも騒がず、逆に過去の県政における公共投資のタレ流しを指摘し、反論した。その一つの例として、長野冬季オリンピックに関係する、膨大な経費の「無駄遣い」が、いまだに適正処理されていないことをあげつらい、そういう状況下で、さらに巨大ダムを建設するのは、県政を預かる者として、いかがなものか——と結んだ。

長野オリンピック問題を提示されると、どういうわけか、内藤の論調はトーンダウンした。オリンピック当時、内藤は長野五輪推進委員の一人として大いに「活躍」していたからである。

知事がその問題を知っているはずはないのだから、そういうデータを把握して、知事に知恵をつけた人間がいるにちがいない。その人物が岡根だったというのは、いわば常識のようなものであった。

「おいおい、内藤さんよ。それだと、岡根殺害の動機を持っていると、自ら言っているように思われかねないぞ」

老獪《ろうかい》な保坂が、冗談半分に言って、全員が白けた笑顔を見交わした。内藤も保坂も含めて、この中に清廉潔白を主張できる人間は一人もいないことを、誰もが知っていた。

# 第三章　使途不明金

## 1

宇都宮直子にとっては、岡根の事件は他人事ではなかった。彼女は下條村にいる兄の大司《だいじ》に頼んで、その事件に関する一連の新聞記事を送ってもらっていた。

夫の正享に、いつ岡根寛憲からの「預かり物」の一件を打ち明けるかで、直子の頭は一杯だった。役所で仕事をしていても、ともするとそのことに思考が向いてしまう。そういう時にかぎって、厄介な差し押さえ業務が発生したりするものだ。

差し押さえといってもいろいろ段階があって、家屋や器物の差し押さえは最終手段である。第一段階は銀行口座から手をつける。あらかじめ、銀行には内々に、当該口座の出入金状況を、報告してもらうよう手を打っておく。たとえば給与の振込みなど、定期的に入金のあることが想定できる場合には、入金を待って、口座を凍結してもらう。

もちろん、それ以前に滞納者に対しては再三再四、催告書や差し押さえの予告などを送付してあるのだが、そういう悪質な滞納者の場合、本来の住所地に住んでいないし移転先も伏せているケースもある。明らかに逃げていると見做されかねない。

税務課員は通常、一人で銀行に出掛ける。応対するのはたいてい課長クラスで、ふだんは融資の相談などに使っていそうな応接室に案内され、滞納者の口座を凍結することについての話し合いが行なわれる。

直子は「ちびまる子」のニックネームがあるくらいだから、小柄で実年齢よりははるかに若く見える。コンビを組む場合は、大学を卒業したての男性職員なのだが、悔しいことに、彼のお供で来たように見られることがしばしばある。その職員のほうが自分より六つも年下なのだから、面白くない。

銀行側の慇懃無礼《いんぎんぶれい》はいまに始まったわけではないけれど、初対面だと、まるで小娘を見るような目つきで、態度も悪く、言葉遣いもぞんざいなことがある。しかし、差し押さえ担当の「主任」が直子だと知ったとたん、それまでの軽く扱っていた態度を一変させる。その君子豹変ぶりが、おかしいような腹立たしいような気分だ。

その日の差し押さえ対象者は、四十三歳のサラリーマンだった。勤め先の会社は二流どころか、三流といっていいような土木建設の会社だが、給与は大会社なみのレベルでもらっている。

銀行口座の動きを見ると、給与以外にも何かアルバイトをしているのか、不定期の所得があるらしい。そんな具合で、収入はそこそこあるくせに、区民税をまったく払おうとしない。銀行口座には、最低でも常時、十万円台の預金残高がある。その気になりさえすれば、支払い能力は十分あるはずだ。直子はこういうのが最も許せない。

銀行側はどちらかといえば顧客を守りたいので、徴税にはあまり協力したくはないというのが本音だろう。しかし結局は役所に逆らいきることはできない。かくて口座は凍結され、現金の引き出しはもちろんカードの引き落としなど、差し押さえた分のカネの動きはストップしてしまう。給与の振込みがあったタイミングで差し押さえするのが、最も効果的とされる。

一般的にいうと、そうなってからようやく、滞納者は慌てる。慌ててどうするかというと、まず銀行に文句をつけ、銀行で埒《らち》があかないとみるや、役所に怒鳴り込んで来る。その矢面に立つのは差し押さえを行なった当事者である。

今回のサラリーマンも定石どおり、そうやって文句をつけに来た。

「いきなり差し押さえするなんて、ひどいじゃないか」

根は小心者なのか、青白い顔に血管を浮き上がらせて、指先を震わせながら言った。

「いきなりではありません。三度も催告通知は出しています。最後は内容証明付きでお出ししましたが、住所不詳で返送されてきました。しかしながら、あなたの銀行口座はちゃんと存在し、出入金も行なわれております。役所といたしましては、明らかに悪質なケースと見做し、徴税を目的として、銀行口座の凍結を執行させていただいたものであります。申し上げるまでもなく、納税は国民の義務でありまして、悪質な場合は告発することも可能なのです。今回、差し押さえさせていただいた金額は、なお、あなたの滞納額に達しておりません。今後、発生する税金に関しましても、お支払いの意思がなければ、逐次、同様の措置をとることになります。念のために申し上げておきますが、さらに悪質と認めた場合には、家屋や什器類などの差し押さえに進展することもあり得ます」

直子は諄々《じゅんじゅん》と、役所のマニュアルどおりに説明する。内心では「悪いのはあんたのほうだろう」と怒鳴りつけたい気分なのだが、どんな場合でも、感情を面《おもて》に出してはならないとされている。

「いやな女だな、マルサの女っていうのは、あんたみたいなのを言うのか」

「マルサの女」とは、伊丹十三《いたみじゅうぞう》が監督して映画になった、女性査察官のことだ。直子はその映画の主人公のようになりたいとは思わないけれど、同じく税務に携わる者としては、いかなる脅しにも屈しない税務官魂を見たようで、尊敬に値した。

「あれは国税局のほうのお話で、私は区役所の職員ですから、マルサの女のように立派なことはできません。ですが、かりにその必要があると認められれば、当然、国税局のほうで査察が行なわれることになります。お勤め先や他の収入源についても、調査が入る可能性もあります」

これはさすがにこたえたようだ。サラリーマンは怯んだような顔になった。

「なんだ、今度は脅す気かよ」

「脅すなどと、とんでもございません。ただ単に税務の仕組みをご説明申し上げただけです」

「分かったよ。とにかく税金は払うから、差し押さえは取りはずしてくれるんだろうな」

「もちろん、納付していただければ、ただちに差し押さえを解除いたします」

それでようやく引き上げて行った。

その一件が片づいて、直子が例の岡根寛憲の事件のことをぼんやり考えていると、課長から「宇都宮さん」とお呼びがかかった。カウンターの窓口に「お客さん」が現れたので、善処するようにという。

先ほどのサラリーマンのように、「お客さん」とは、差し押さえに不服を申し立ててくる区民のことで、そう珍しくはないのだが、なんど経験しても、この仕事に慣れるのは難しい。ことに今回の「お客さん」は見るからに強面《こわもて》で声もでかそうだ。カウンターで怒鳴られたのでは、周辺に迷惑だ。

差し押さえ対象者とは、何度か会って催告することもあり、すでに顔見知りのケースもあるのだが、今回の「お客さん」とは初対面だった。とりあえず別室に案内して、面と向かった相手は、百八十センチはありそうな大男で、頭から威圧されるような気分だ。

「あの、お名前は？」

「渡部公一《わたべこういち》だけど」

「あの、差し押さえの件でしょうか？」

直子がおずおずと訊くと、「は？」と、怪訝そうな顔をした。

「差し押さえとは何だい？　あまり縁起のいい話じゃないな」

「あ、失礼しました。では違うご用件でお見えになったのですか？」

「ぜんぜん違うよ。おれは税金の滞納なんかしたことがない」

「申し訳ありません。私は差し押さえ業務を担当しているものですから、お見えになる方は皆さん、そういう事例ばかりなんです。本当に失礼いたしました」

　直子は大慌てに慌てて、最敬礼した。

「それではあらためてお伺いします。どういったご用件で？」

「その前に訊くけど、ここはあんた以外にも女の職員はいるのかね？」

「もちろん女性職員は何人もおります。さっきの窓口にもいたと思いますが」

「いや、そうじゃなくてさ、マルサの女をやってるのは、あんたのほかにもいるのかっていう意味だ」

「マルサではありませんが、徴税に携わっているのは私だけです」

「ふーん、そうかね……じゃあ、岡根っていう人を知っているだろう、岡根寛憲」

「岡根……さん……」

　直子は心臓が停まりそうになった。たぶん顔色も変わっていたにちがいない。渡部はそういう直子をじっと見つめた。

「そうか、やっぱりあんただったのか」

「どういうことでしょうか？」

「岡根は死んだよ」

「ええ、そのことは知っています」

「岡根は差し押さえ寸前だったそうじゃないか」

「それは違います。岡根さんはちゃんと住所地にお住まいでしたし、催告に応じて、滞納分はすぐにお支払いになりました」

「しかし、あんたに迫られた直後といっていいタイミングで殺された。あんたが岡根のところに行ったのと、殺されたのと、何か関連があるんじゃないのかね」

「あるはずがないでしょう」

思わず、語気が荒くなった。渡部は少し驚いたのか、(この女、やるなあ――)といった面持ちで目を丸くした。

「岡根さんと渡部さんは、どういうお知り合いなのですか?」

逆に訊いた。

「まあ、友達ってとこかな」

「お友達というと、どのような? 岡根さんは確かコンサルタントをなさっていたと思いますが、渡部さんの会社のコンサルタントを務めておられたのでしょうか?」

「いや……そうかね、岡根はコンサルタントをしてるって言ってたのか」

「違うのですか?」

「いや、本人がそう言ったのなら、そういうことなのだろうな。おれも同業なんだけどね」

渡部はニヤリと笑って、

「それよりあんた、岡根から何か聞かなかったかい?」

「もちろん、岡根さんとはいろいろなお話をしましたが、何かと言いますと、どういうことでしょうか?」

「だから、税金とは関係のない話っていう意味だ」

「いいえ、税金以外のお話はしてませんけど」

間を置かずにすぐ答えたが、それはかえって不自然だったかもしれない。渡部は油断のならない目で、直子の様子を窺っていたが、満足そうに頷いた。

「ふーん……そうかね、何も聞かなかったのかね。それならいいんだけどね」

その言葉とは裏腹に、渡部が何かを察知したように思えて、直子は不気味なものを感じた。直子は根が正直な人間だから、腹芸だとか、平気で嘘をついたりはできない。すぐに表情に出る。こっちの嘘を見抜かれたかもしれない。

結局そういうことで、渡部はおとなしく引き上げたが、その後、直子は新しい不安材料を抱えた気分だった。渡部のねばりつくようなあの視線が忘れられなかった。

2

長野県飯田署の捜査本部からは、木下部長刑事と大竹《おおたけ》刑事の二名の捜査員が東京へ出張している。

岡根の住居はマンションの三階だが、一人住まいにしてはかなりの広さがある。マンションは賃貸で、三年半ほど前からそこに住み着いたそうだ。

岡根には驚くほど係累が少ない。妻はすでに死別しており、親しい付き合いのある親戚と呼べるのは、神奈川県厚木市にいる姉の嫁ぎ先一家ぐらいなもの。それ以外は賀状のやり取りがある程度の、わりと疎遠な関係だったという。秋吉知事に誘われるまま、長野に赴いたり、ごく短い期間で東京に舞い戻ったりできたのは、その身軽さによるのだろう。

岡根寛憲の自宅を家宅捜索した結果、木下は室内が物色された可能性のあることを嗅ぎ取った。部屋の中には洋服ダンス、冷蔵庫、テレビ……といった基本的な家具はあるものの、台所用品など、生活臭のある道具はほとんどないに等しい。ただ、本棚だけはふつうより多い。三列のスライド式の本棚が三台、リビングルームに並んでいた。小説本は少ないが、ありとあらゆる方面の専門書をズラッと揃えている。

ざっと見た印象では、男の独り暮らしとは思えないほど、きちんと片づいていた。「まるで、死ぬことを覚悟したような片づけ方でした」とは、木下が竹村警部に報告した際の感想である。ただし、整理整頓が行き届いているかのように見える中に、明らかに荒らしたと思われる形跡が残っている。たとえば本棚の本なども、一回取り出して仕舞い直したことが明らかだ。棚に戻す時に押し込みが足りなかったのか、背表紙が不揃いだし、ところどころ、天地を逆様に挿してある。洋服ダンスの引き出しの、ワイシャツや下着類の納め方も乱雑で、ほかが几帳面なだけに、その部分だけが違和感を発散させていた。

それに気づいてから、あらためてドアロックを調べてみると、どうやら違法なやり方でロックをはずしたようだ。キーの挿し込み口に、その場合にできる特有の傷が肉眼でも見て取れた。木下の報告を待って、県警の鑑識が東京へ向かい、指紋採取等を行なうことになった。

その結果がどうなるかは不明だが、それ以外は、家宅捜索による収穫は乏しかった。事件の手掛かりになるような物はもちろん、日記、日誌のたぐいも私信も、仕事や私生活に関する物は何もなく、木下の感想どおり、殺害されることを予知して、身辺を整理したような印象がある。

二人の捜査員は厚木市にいる岡根の姉・高木幸子《たかぎさちこ》を訪ねた。還暦を少し過ぎた年齢で、夫の高木敏夫《としお》は貿易会社を定年退職してから五年になるそうだ。息子夫婦と二人の孫との六人家族で、家も広く、悠々自適の暮らしといえそうだ。

高木夫婦とも、弟が殺された事件については、思い当たるようなことは何もない——という答えしか返ってこなかった。岡根は親戚付き合いの嫌いな性格だったが、高木家にはときどき立ち寄って、出張先の土産を置いていったりしたという。

「私たちには優しい弟でしたけれど、姉の私にも、少し分からない難しいところはありました。人さまに憎まれるようなことはないと思いますけどねえ」

高木幸子はため息まじりに、そう述懐している。

木下と大竹は、岡根が長野県へ行く前まで勤めていた、広告代理店にも行ってみた。岡根はその会社に十一年勤めたが、その前は別の広告代理店にいた。セクションはどちらも「企画室」という部署にいた。

広告代理店ではメディアとの交渉に当たる「媒体部」と、クライアントの掘り起こしや面倒を見る「営業部」、消費動向やテレビの視聴率、世論調査など、さまざまなリサーチを実施・管理する「調査部」、広告物の企画・制作に当たる「制作部」、それにクライアントから予算を預かり、総合的な戦略を立案する「総合管理部」などがある。あとは総務部と経理部。それぞれの会社で呼び方は違うが、業務の内容を分類すると、ざっとそんなところだ。

それとは別に存在する「企画室」というのは少し異質で、会社本来の業務とは、必ずしも馴染まないことをやっている。社長直属の機関だから、秘書的な役割もこなすのだが、実際の業務内容はあまりはっきりしない。時折、大きなキャンペーン企画やイベント企画などを提案したりもするが、それが本業かというと、そうでもないらしい。社員のあいだでは密かに「お庭番」だとか「ＣＩＡ」だとか、さらに悪意を込めて「企業内総会屋」などと噂されてもいる。

総会屋とは穏やかでないが、これと目をつけた企業に対してアプローチをかける場合、あらかじめその企業の内情なり、経営方針なりを探り出しておくことは、きわめて重要な作業だ。時にはその会社のスキャンダラスな一面までキャッチすることがある。そうなれば、正攻法ではない、いわば搦手《からめて》からのアプローチで攻め落とすこともできるわけだ。

そういう裏情報を仕入れてくる能力という点で、岡根は群を抜く存在だったらしい。前の会社からヘッドハンティングされたのは、その能力を買われてのことだったろうし、秋吉知事が声をかけて長野県に招いた理由もそこにあったと思われる。

となると、それ以前に遡って、広告代理店時代に、情報収集の過程で何か、トラブルの原因になるものがあって、それが尾を引いて犯行に繋がった可能性もある。

ただし、その場合は怨恨《えんこん》色が強いわけで、室内をあそこまで物色するものかどうか疑問だ。あの荒らし方はふつうではない。純粋に金目の物を物色したのであれば、荒らしたままで引き上げるはずだし、怨恨がらみで、何か特定の物を探していて、それを捜査当局に知られたくないのであれば、もう少し原状回復を策したにちがいない。実際はそのどちらでもなく、見る者が見れば、すぐにそれと分かる程度の「仕事」ぶりだ。犯人は、どうせ見破られる——とはらを括《くく》ったニュアンスが感じ取れる。

二人の捜査員から報告を受けて、捜査本部は方針を決定した。

まず、この事件は単純な物取り目的の強盗殺人事件ではなく、怨恨によるものである——ということ。そして、怨恨は私的なものではなく、会社勤め時代に端を発しているものか、あるいは長野県庁勤務時代の軋轢によるものであるということだ。

とくに、きわめて緊密だと思われていた知事の元を離れた経緯が唐突だったことから見て、何かその辺りに犯行の原因が潜んでいる可能性が強いと判断した。

問題は秋吉知事と岡根とのあいだに、はたして軋轢があったのかどうかという点だが、現段階では知事に事情聴取を行なうに足るデータは何もない。長野県庁時代の岡根をよく知る人間から、その間の事情を聞き出すところから始める必要があった。とはいえ、岡根が長野時代にどれほどの人脈があったのか、それもよく分からない状況だ。当面、県庁での同僚など、仕事上、比較的近い場所にいた連中に探りを入れるほかはなさそうだ。

その一方では、死体遺棄現場を中心に、遠山郷一帯での地道な聞き込み捜査を継続してゆく。どういう目的があるにせよ、遠隔地からわざわざ死体遺棄のためにだけ、犯人があそこまでやってくるとは思えない。犯行現場は意外に近いと考えるべきだろう。

だとすると、岡根自身も忽然とあの場所に現れたわけでなく、何かしら理由があって、遠山郷に足を踏み入れたものと考えられる。どこかに、岡根なり犯人なりが足跡を印しているにちがいない——というのが捜査本部の見解だ。

3

事件発生から間もなく一カ月。四月半ばともなると、雪国信州もすっかり春めく。

捜査本部の竹村警部から、県警捜査一課長の古越に、県知事の秋吉が岡根と知り合った経緯についての問い合わせがあった。じつを言うと、県警上層部でもその件に関してはまだ、よく分かっていないというのが実情だ。秋吉の政治理論に傾倒した岡根のほうから擦り寄ったという説と、秋吉が口説いたという説があるのだが、そのどちらなのか、あるいは双方とも、信憑性があるのかないのか、判然としないのである。

竹村警部が、その経緯なるものに興味を抱いているということは、彼が事件と秋吉知事との関係に、何かしら興味を抱いた証拠だと思うのだが、とはいえ、知事に真っ正面から「興味」をぶつけるわけにもいかない。

ところが、意外にも、その秋吉の側から小沢《おざわ》県警本部長に「岡根寛憲さんの事件のことで、ちょっとご相談したいのですが」という電話がかかった。

県警本部長の小沢裕彦《ひろひこ》は四十九歳。H大学から警察畑を志願してエリート警察官僚となった。

同じH大卒の秋吉の先輩に当たる。そういう誼《よしみ》はあるが、二人のあいだはそれほど親密な関係ではない。秋吉の後援会組織による、入札価格漏洩事件が百条委員会にかかっていることもあって、小沢の側からいうと、秋吉知事はあまり深入りしたくない相手ではあった。

二人は県庁からほど近いSホテルの一室で落ち合った。こういう場合、知事室がガラス張りであることがじつに不便だ。「ガラス張りの県政」を標榜しているが、時にはオープンにはできない、こういうケースもあるわけで、何もかもが理想どおりにはいかない、典型的な例といえる。

「お呼びたてして、恐縮です」

秋吉はのっけから低姿勢で挨拶した。大学の先輩に敬意を表して――というより、これから持ち出される「相談」の中身の難しさを予感させて、小沢は警戒姿勢を強めた。

「じつは、飯田市南信濃で遺体が発見された岡根寛憲氏のことなのですが」

案の定、秋吉はそう切り出した。

「捜査の進捗《しんちょく》状況はいかがですか？」

「捜査はまだ初動捜査の段階ですので、これといった進展はありません」

「そうですか……しかし、遺体を遺棄した場所等、状況からいって、強盗殺人事件のような単純なものでなく、怨恨がらみの事件であることは確かなのでしょうね」

「確かに、その方向を中心に捜査を行なっておりますが、だからといって強殺のセンも消したわけではありません。当初はあらゆる可能性を視野に入れて、捜査を進めるというのが、われわれのやり方です」

小沢としては、警察には警察の考えも手法もある——と言いたかった。

「おっしゃるとおりです」

秋吉は素直に頷いたが、それだけで引き下がるはずはない。

「小沢本部長もご存じかと思いますが、議会では僕と岡根さんのあいだに軋轢があって、それとこの事件とに関係があるのではないかとする質問があったのです。僕としては、はなはだ迷惑と言わざるを得ませんが、そういう疑惑がある以上、一刻も早い事件解決が望まれるのでして、そのために、できるかぎりの協力をさせていただきたいと思っております。捜査当局はもしかすると、僕に遠慮して事情聴取にこないのではないかという気もしないではありません。そこで本部長にお越しいただいて、僕のほうから、知りうるかぎりのことをお話ししたいと考えました」

「というと、知事は何か事件に関して、心当たりがあるということでしょうか」

「はっきりそうとは申し上げられませんが、一つの動機として考えられるのではないかということはあります」

「ほうっ、それはどういった？」

「あくまでもこれは、一つの仮説としてお聞きいただきたいのですが」

「はい、承知しました」

「つまり、この話が僕から出たということについては、本部長の胸のうちに仕舞っておいていただきたいということです」

「分かっております」

くどい――と、小沢は言いたかった。

「九八年の長野冬季オリンピック当時は、本部長はどちらにおられましたか？」

「警察庁におりました」

「では、あまり詳しくはないと思いますが、オリンピック終了後、膨大な使途不明金問題というのが発生しました」

「そのことでしたら、小耳に挟んだ程度の知識はあります」

「そうですか、それなら都合がいい。僕が申し上げたいのはその件でして、じつは、岡根さんはその資料の一部を入手した可能性があります」

「ほうっ……」

小沢は緊張した。事件に関わりそうな重大情報といっていい。

「それは事実ですか？」

「おそらく、事実と言っていいと思います。職を辞するに当たって、岡根さんがそれらしいことを匂わせていましたから」

「といいますと、具体的にどういうことを言っていたのでしょう？」

「そうですね……」

秋吉はしばらく思案した。言うべきか言わざるべきか、迷っている様子だ。

「岡根さんがどう言ったかを、正確に憶えているわけではありませんが、趣旨としてはこういうことです。要するに僕――秋吉知事が何らかの事情で窮地に立つようなことがあったら、伝家の宝刀とも言うべき書類があるということを憶えておいてくれ——と、それが何なのかまで言及したわけではありませんが、それほどの効力のある伝家の宝刀となると、さっき言った、オリンピック関連の資料以外には思い当たらないのです」

「なるほど……つまり知事は、犯人の目的はその資料を奪回することにあったとおっしゃるわけですね」

「おそらく」

「その資料というのは、具体的にどんな内容なのか、ご存じですか？」

「僕自身はそれを見たわけではありません。オリンピックは僕が知事になる数年前のことですし、使途不明金問題が発覚したのも、知事就任以前のことです。もしその時点で僕が知事であれば、そう簡単に闇から闇に葬り去るようなことは許さなかったでしょう。まして、あの資料は焼却してしまった——などと、嘯《うそぶ》いてことを済ますような無責任を放置しておくはずがありません」

「ほうっ、そんなことがあったのですか」

「あったと聞いております。信じられないことですがね。かりにそれが事実だとした場合、本部長としてはどう思いますか？　警察としても関心を抱かないはずはないと思うのですが」

「そうですねえ。まあ、前任者がどのように判断したのか分からない状態で、軽々には申せませんが、通常で考えるなら、行政側からでも議会側からでも、あるいは県民の側からでもそういう告発があれば、少なくとも犯罪性の有無ぐらいは調査したでしょう。ということは、そのいずれもが告発するに至らなかったのでしょうか」

「誰も何もしなかったということなのでしょうね。寡聞《かぶん》にして、資料を焼却した人物なり組織なりが、その後、処分されたのかどうかも知りません」

「参考までにお訊きしますが、その使途不明金なるものは、どれくらいの金額だったのでしょうか？」

「数億とも、十数億とも聞いていますが、あるいはそれ以上かもしれません。何しろ会計資料がないのですから、正確な数字を知るよしもないのです」

「十数億、ですか……オリンピック開催で、それほどの膨大な金が使途不明金になりうるものなのですかねえ」

「なりうるということなのでしょう。いや、そのこと自体も驚きですが、それよりも、その不正を、さしたる追及も行なわずに見逃してしまうというのは、議会や行政や、ひいては長野県民の意識の低さを露呈するような決着のつけ方だと思いませんか。心ある県民は、地団駄踏んだことと思いますよ」

「確かに……それが事実だとすれば、警察当局の怠慢を言われても、甘受せざるをえません。しかし、事実なのでしょうか。いや、知事のお言葉を疑うわけではありませんが」

「物証がないという点で、真偽のほどは確かめようがありません。ただ、資料を焼却したと言っているのですから、少なくともそういう事実もあったと考えられるのではありませんか？」

「それはそうです」

「そして今回の岡根さん殺害事件です。かりに岡根さんが、オリンピックに関係する資料の一部でも所持していたとすれば、岡根さんを襲った犯人の目的ははっきりしています。ひょっとすると、犯人はすでに岡根さんの自宅を荒らしているかもしれません」

「確かに……」と小沢は頷いた。

「東京品川区の岡根氏の自宅マンションに、何者かが侵入し、室内を物色した形跡があることを突き止めています」

「それだ……間違いありませんよ」

秋吉は顔色を変えた。

# 第四章　疑惑の構図

## 1

秋吉知事は岡根殺害犯人の目的は、岡根が所持していたであろう、「オリンピック関係資料」を奪うことにあったというのだが、小沢は県警本部長の立場から、それを全面的に受け入れるわけにはいかない。

「知事のお考えを、即刻、捜査本部に伝達することにします」

そう答えるに止めておくつもりだ。

しかし、秋吉はそれでは不満が残る様子だった。

「何でしたら、僕が直接、捜査本部のスタッフに説明しに行きましょうか。当時の状況については、いろいろ微妙なニュアンスもありますし」

「いえ、それには及びません。捜査当局には捜査当局としてのシステムがありますので、もし知事のご協力を必要とするような場合が生じましたら、その時はあらためてお願いに上がります」

小沢はきっぱりと拒絶した。その場合は、協力をお願いするのではなく、事情聴取という形になるかもしれない――と言いたいくらいのところだ。

「それはそれとして、知事、私としてはそれよりもむしろ、現在、県議会で進められている百条委員会による告発の動きのほうが気になるのですが」

「ああ、あれですか」

秋吉は苦笑した。

「あれは、とどのつまり、告発には至らないと思いますがね」

「そうでしょうか。私の得ている情報によれば、かなりの確度で、告発の議案が上程されるということのようですが」

「それは、入札価格漏洩に関する疑惑があったとかいうことでしょう。しかし、そんな事実はありませんよ」

「ああ、そっちのほうは確かに立証困難ということで、収束しそうですが、それとは別にですね、同じ後援会幹部による、県職員に対しての、下水道工事入札に関する働きかけがあったという問題が急浮上しております。その件については、知事もすでにご承知なのではありませんか」

「その話も聞いていますが、その問題にしたって、そもそも百条委員会にかけるほどの話ではないのではありませんか」

秋吉は彼の特徴である大きな目玉をギョロリと向けて、不快感を露骨に示した。

百条委員会というのは、地方自治法第一〇〇条第一項に規定された調査権を与えられた委員会のことだ。この委員会では、証人に出席を求めたり、必要な記録を提出させたりすることができる。これらの要求を正当な理由なく拒否したり、偽証した時は、禁固または罰金の刑罰に処せられる場合がある。

小沢が言った、議会側が秋吉知事を百条委員会にかけ、さらには刑事告発に踏み切ろうと意気込むきっかけとなった、秋吉後援会にかけられている疑惑とは、概ね次のようなものである。

長野県下で行なわれる、ある下水道工事に関して、秋吉後援会の幹部を務める、某下水道施設管理会社役員が、県下水道公社理事や県下水道課職員と会食した席上、公社発注業務の入札を県内業者に限定したらどうかという話をした。これはいわゆる「働きかけ」と見られてもやむをえない。

ちなみに、かつて秋吉知事は「地域経済の活性化と雇用の確保に寄与するため、管理維持業務は県内優先にシフトするべきだ」と、下水道課および下水道公社に指示しているのだが、その時期と会合が行なわれた時期とがほぼ重なることが、議員たちの心証を悪くしているとされる。

その後、公社は、業務発注の入札参加資格を県内業者に限定した形に変更。その入札には、秋吉後援会幹部が役員を務める会社も応募していた。しかし、実際には県土木部長が「県外業者をシャットアウトした入札では、公正な競争ができない」と判断、その方式による入札の中止を指示した。

したがって「実害」はなかったといってもいいのだが、問題はその後に生じた。県職員による内部告発が「信濃日報」の小林記者にもたらされたのである。告発は業者の「働きかけ」そのものについてではなく、端的にいえば、そういう事実のあったことを、秋吉知事が報告を受けていたにもかかわらず、もみ消しに動いたというものだ。

具体的には、秋吉後援会幹部が、県職員や県下水道公社理事と会食するなどして働きかけを行なった——という記録文書が存在したことに端を発する。

県職員がその文書の一部を破棄した後に、内部告発が行なわれたのだが、それに対して県側は「文書は存在しない」と主張したとされ、また、それに関連する情報公開請求に対して知事が「公開しないよう」指示したとされるものだ。

県が文書の存在を否定したにもかかわらず、関係文書を破棄した経緯は、当時の県下水道課長が知事にメールで報告し、知事はその内容を県経営戦略局幹部に、やはりメールで転送している。したがって、知事は後援会幹部による「働きかけ」や文書の破棄の事実があったことを知っていながら、公開しないよう指示したことになり、それはつまり「隠匿」に関与した可能性を示唆するものだ——というわけだ。

この事実をキャッチして、県議会のほとんどを占めるアンチ秋吉派は小躍りしたことだろう。ただちに、次々に証人を喚問して、この問題を追及した。そうして、秋吉の口から「記録文書の破棄には関与していない」という証言を引き出した。

これはしかし、議会側にとっては思うつぼだったろう。メールのやり取りという動かぬ証拠がある以上、これは偽証だとして、百条委員会にかけ、刑事告発しようというのである。後援会幹部の「働きかけ」という本来の問題より、むしろこっちのほうがおいしい獲物になった。

その動きがあることは、秋吉もとっくに察知していたが、よもや議会側が本気で百条委員会にかけ、刑事告発までもってゆくとは考えなかった。

秋吉本人が入札業務に圧力をかけたわけでもなく、後援会幹部に便宜を図ったわけでもない。後援会幹部が「虎の威をかり」た愚行はあったにしても、実際のところ入札業務に影響は及ばなかった。

それはそれとして、秋吉にしてみれば、その幹部を「大馬鹿野郎」と怒鳴りつけたいところだ。そういう、キツネのようなこすっからい輩が後を絶たないこと。しかもそれが自分を後援する陣営から出たということが、じつに情けない。

内部告発の経緯も不愉快きわまる。明らかにこれはタメにする者の仕業としか考えようがない。職員や公社役員が後援会幹部と会食したり、会合をもったりしたのは、知事はもとより、上司の指示があったわけでなく、あくまでも彼らの自己責任において行なったことだ。

それにもかかわらず、県職員がその記録を作成し、一部を破棄し、その事実をメールで送り、知事から情報公開を否定するかのごときニュアンスのメールを受け取ったとして、内部告発するなどは、自作自演の筋書きに知事を巻き込んだ、さながらヤラセのようなものではないか。

それをまた、鬼の首を取ったがごとくに、百条委員会にかけて、刑事告発に踏み切ろうという議会のやりくちは、県政を権力闘争の道具にしようとする以外の何物でもなく、憤りを通り越して呆れるばかりだ。

「恥ずかしいことです。そうはお思いになりませんか」

秋吉は冷やかな口調で言った。

「はあ……」

小沢はどういう意味に受け取ればいいのか摑みかねて、あいまいな相槌を打った。

「こんなつまらない問題で、県政を空転させることがです。県民はもとより、日本中の笑い物になっているにちがいありませんよ。知的レベルが高いはずの長野県が、いったいどうしちゃったのかと思っているでしょう」

「そうでしょうかなあ……」

小沢は視線を天井に向けた。秋吉の誘導には乗らないつもりだ。

「私はまだ、詳しい事実関係を聞いておりませんので、どちらとも申し上げられません。現実に議会からの告発があった時点で、精査してみるつもりでおります」

「あなたは長野県とは無関係な方だから、そんなふうに呑気に構えていらっしゃる。しかし、県民にとっては不幸なことですよ」

「長野県と無関係だからこそ、客観的に事態を判断できるという意味もありますが」

「ですから、呑気でお幸せだと言っているのです。そのような瑣末《さまつ》的な問題で感情的になって、議会では重要事案がつぎつぎに否決される。副知事をはじめ、教育委員や公安委員の人事もストップしたままです。そのとばっちりを受けるのは、ほかならぬ主権者である県民なのですよ」

「その点は十分、承知しております。とはいえ、警察はいずれが正しいかを申し上げる立場にありません。あえて失礼を省みず申し上げるなら、卵が先か鶏が先かということになりましょう」

「なるほど……そうしてあなたは、二年の任期を大過なく送れば、無事に勇退への花道を歩むことができるというわけですね。知事である僕はともかく、長野県の土地を動くことのできない県民や、一般警察官たちから見ると、まことに羨ましいかぎりです」

精一杯の皮肉だが、小沢はわずかに片頬を歪めて見せただけで、反論もせず、席を立った。

## 2

古越捜査一課長から呼び出されて、竹村は県警本部に出頭した。古越は難しい顔で、黙って立ち上がり、本部長室へ向かった。

「何事ですか?」

古越の表情や、いきなり本部長室へ引っ張りこまれる事態に、竹村はいささか不安であった。自分の知らないうちに、何かヘマでもやらかしたか——と気になった。

まさか、南信濃の殺人事件で捜査に進展がないことで叱責を受けるとは思えない。捜査はまだ緒についたばかりと言ってもいい段階である。

「まあ、詳しいことは中に入ってからにしてくれ」

古越は相変わらずの渋い顔で、ドアをノックした。「どうぞ」と、小沢本部長のやや野太い声が応じた。

室内には本部長のほかに中山潤平《なかやまじゅんぺい》刑事部長の顔もあった。中山は警視正で、去年の春に松本中央署長から栄転してきた。

　これだけ県警のトップが揃ったとなると、いよいよただごとではない。竹村は緊張しながら、応接セットの末席に腰を下ろした。

「竹村君、もうちょっとこっちに寄ってくれないか、あまり大きな声で話したくないもんでね」

　小沢本部長が手招きして、四人が顔を寄せ合うくらいの場所に坐り直した。

「どうかね、捜査の状況は」

　やはりそのことだった。

「まだ、これといった手掛かりの発見には至っておりません。すでにご報告いたしました通り、東京の岡根宅を捜索したところ、室内がかなり荒らされておりました。しかし、単なる物取り目的の強殺ではなく、怨恨の疑いが濃厚であると思料されます。室内には金目の物がそのまま残されており、その点から見て、犯人には岡根の所持する特定の何かを盗み出す目的があった模様です。現在の状況は、その程度のところです」

　報告と同時に、申し訳ありません――という意味をこめて、竹村は頭を下げた。

「なるほど、そうだろうね」

　意外にも、小沢本部長は満足そうに頷いている。

「それで辻褄が合っているよ」

「は？　どういう意味でしょうか？」

「それについて、これから説明しようとするところだ」

小沢は中山刑事部長に「君から説明してくれないか」と促した。

「一九九八年に冬季オリンピックが開かれた時、竹村君はどこにいた？」

中山の質問も思いがけなかった。

「はあ、確か、飯田署にいたと思います」

「そうか、それじゃ、あまり記憶に残っていないかもしれないな」

「そんなことはありません。警備の応援に参加しましたし、白馬のジャンプで、日本が金メダルを取った日には、すぐ近くでテレビ観戦をしていましたので」

「いや、そういうことでなく、自分が言いたいのは、オリンピック後のことだ」

「オリンピック後のことと言いますと？」

「オリンピック招致委員会というのがあったことは知っているだろう」

「知っていますが、それはオリンピック以前のことではありませんか」

「あ、そう、それはそうなのだがね」

中山刑事部長は苦笑した。

「じつは、オリンピックの招致には、各国間で猛烈な招致合戦が繰り広げられ、ＩＯＣの構成メンバーに向けて実弾も飛び交うと言われている」

「それは聞いたことがあります。すると長野オリンピックの際にも、それに類することがあったというわけですか」

「まあ、常識的に言って、あったと考えるほうがふつうだろう」

「なるほど……」

竹村は、それで？――という目を中山に向けた。

「オリンピック招致には、およそ十億円の現ナマが動いたと言われる」

そう聞いても、十億円がどれくらい多いのか少ないのか、竹村にはピンとこない。

「最初に疑惑が発覚したのは、その十億円と言われる招致資金のうち、九千万円が使途不明であることが判明したことによる」

その九千万円も多いものやら、少ないものやら。

「長野オリンピックがもたらした経済効果については、数百億という試算があるそうだ。長野新幹線や上信越自動車道の開通などを含めると、あの時期を中心に、数千億円のカネが動いたと言われ、長野県内に限定しても、おそらく一千億をはるかに超える資金が流入したものと考えられる」

「つまり、十億だとか九千万だとかは、氷山の一角にすぎないと言われるのですか」

「早く言えばそういうことだ。そこで、県民有志によるオンブズマンが調査委員会を発足させ、オリンピック招致委員会と県当局を告発する動きを見せた。自分はその時期、県警の捜査二課にいたが、告発を受けて、招致委員会の帳簿を洗うことになった。ところが、いざ調べてみると、招致委員会はとっくに解散していて、帳簿類はすべて廃棄処分にしてしまったということだった」

「えっ？　そんなことがあっていいのでしょうか？」

「本来から言うと、まずいだろうね。しかしまずくても何でも、現実に破棄してしまったものはどうしようもない。聞くところによると、オリンピック終了と同時に、招致委員会も役目を終えて解散したのだが、その際、移転のゴタゴタの中で書類等を、ほかの不用のものと一緒に廃棄した……ということになっている」

中山は妙な言い方をした。

「つまり、そうでなかった可能性もあるという意味ですか」

「さあ、自分には何とも言えないが、当時、明らかにされた事実関係なるものを説明すると……」

ここでもまた、中山は微妙な言い回しをしている。

「帳簿類をなぜ廃棄処分したかについて、招致委員会の職員は、こう答えている『保管する場所がなくなったので、どう処理したらいいのか教育委員会に問い合わせても、格別の指示がなかったから』というのだ。しかし、この弁解に対しては、実際のところは、残しておくとまずいので、処分したのではないかとする疑問があった」

「当然でしょうね。弁解するにしても、お粗末すぎます」

「しかも、その直後といっていい時期に、それこそまずいことに、招致委員会の『支出記入帳』と見られる資料のコピーが発見されたというのだ。このコピーの原本がもし正規の支出記入帳だとすると、およそ九千万円の使途不明金があって、決算をごまかした可能性が出てくる」

「それで、原本の帳簿類を処分したというわけですか」

「調査委員会はそう判断したが、証拠はなかった」

「なるほど、それで捜査打ち切りですか。何だかあっけない幕切れですが」

竹村としては、珍しい皮肉な言い方になった。日頃から捜査二課の連中は利口ぶっていて、あまり好きではない。確かに頭のいい連中が揃っているのだろう。だから政治・経済事犯を担当しているのだ。しかし、それだけに上のほうの意向に迎合する体質があるのではないか——という気もする。

「まあ、そう言いなさんな」

中山は気を悪くした様子もなく、ニヤニヤ笑っている。

「その時は、それで幕引きになるかと思われたのだが、その後、思わぬところから問題が再燃した。しかもそのスケールたるや、九千万どころの騒ぎではない。数億から十数億にも及ぶ使途不明金があるのではないかという疑惑だ」

「何ですか、それは?」

竹村は思わず口を開けて、刑事部長の顔を見つめた。

「じつはね、地元の銀行が、招致委員会を通じて五十億円にものぼる出資を行なっていたことが、浮かび上がったのだよ」

「五十億……」

竹村にはもはや、想像を絶する金額だ。

「しかも、その五十億は表に出せない金だ。オリンピック招致を実現させる工作資金として、それだけの金を出すことが必須条件だという申し入れが、銀行トップに行なわれたらしい」

「誰ですか、その申し入れを行なったという人物は」

「それは、相当上のほうの人物――というか、政財界の上層部の意向が働いたと考えていいのじゃないですかね。どうでしょう」

中山は小沢本部長の意向を確かめた。「そういうことだろうね」と小沢は言い、古越も黙って頷いている。

「しかし、そんな法外な要求に、銀行側が素直に応じたのですか」

「素直かどうかは知らないが、結局は了承したということのようだ。それこそ、長野県経済の活性化につながる融資であるし、オリンピック開催後には、何らかの形で返還するという約束があったと思われる」

「そうでしょうねえ。いくら銀行には金があるからといって、見返りのない融資をするはずがありません」

経済感覚ゼロの竹村にも、その程度のことは理解できる。

「それで、その金は無事に返還されたのですか？」

「およそ八割程度は返還されたそうだ」

「えっ、というと、つまり、二割は戻らなかったのですか。五十億の二割というと、えーと、十億、ですか」

竹村はまた開いた口が塞がらなくなった。

3

五十億円は実際には、銀行トップの責任で捻出されたものだった。したがって、返却されなかったおよそ十億円については、このままだと、トップ個人が引っ被ることになる。それは損金扱いで、泣く泣く処理するにしても、使途が明らかにされないままでは承服しがたい。

銀行側は招致委員会に対して、その点を強く申し入れたのだが、とどのつまりは招致委員会の解散と、関係書類の散逸や破棄を理由に、責任の所在がまったく不明になった。

まさに九千万円の使途不明金のケースとそっくりなことが、その十倍のスケールで行なわれたというのである。

「はあ……」

竹村は驚くより呆れるより、むしろ感心してしまった。そういう巨額の金が、闇から闇に流れ、流れ着いた先がどこなのか分からないまま、うやむやのうちに片づいているということが――である。

「なるほど……よく分かりました。それで、いまのお話はいったい、どこに繋がるのでしょうか？」

九千万だろうと十億だろうと、所詮は、一課の殺し専門みたいな自分には、まったく無関係な話のはずであった。

「じつはね、竹村君」

そこで初めて、小沢県警本部長が身を乗り出してきた。

「その使途不明金の行く先を明らかにするような資料が、存在するのではないかという情報を入手したのだよ」

「ほうっ、それはすごいですね」

竹村は用心深く、本部長から少し間を取るように、身を引き気味にして言った。

「それで、その資料はどこにあるというのですか?」

「それは分からない」

あまりにもあっさり言うので、竹村は拍子抜けした。

「分からないが、もし現実にそんなものがあったら、これは大変な騒ぎになる。当時、オリンピック招致に動いた人々……県の中枢にいた人々にとっては、青天の霹靂《へきれき》と言っても過言ではないだろうね。すでに引退した人はいいとしても、現に職にある人だって、少なくない。おそらく県政の力関係が根底からひっくり返るにちがいない」

「確かに、本部長のおっしゃるとおりだと思いますが、それはあくまでも、その話が事実であると仮定してのことでしょう。そんなものは、それこそ最近はやりのガセネタなのではありませんか?」

国会の予算委員会で、民生党の議員が、与党幹事長の不正を暴露する情報をキャッチしたとして、舌鋒鋭く追及した。そこまではよかったのだが、調べてみたところ、それは、イカサマ情報屋に踊らされた、完全なガセネタであることが判明して、追及どころか、逆に質問議員のクビが飛び、民生党が瓦解の危機にさらされることになった。そのことを連想して、竹村は訊いている。

「それはいったい、どこから出てきた話なのですか？」

「まず、信用するに足る、確かな筋であると言っていいだろうな」

「何者ですか？」

小沢本部長は、中山刑事部長と古越捜査一課長を交互に見た。どうする、話してもいいのかな？——という顔である。

「とりあえず、問題の資料がどこにあったと思われるのかという、その点だけをお話しになったらいかがでしょう」

中山が建言した。

「そうだね、そうしよう」

小沢は腹を決めて、「じつはね、その情報によると、殺された岡根寛憲が持っていたのではないかというのだ」と言った。

「なるほど、そういうことですか……」

竹村は一瞬のうちに、何がどうなっているのかを理解した。

「情報の出所は、秋吉知事さんですね」

「おいおい……」と、小沢は慌てた。

「どうして決めつけるんだ。私はそんなことはひと言も喋っていないからね」

「承知しております。自分も何もお聞きしておりません。そもそも、このお話はお聞きしなかったことにします。ただですね、いつだったか、岡根さんがまだ県庁にいた頃、自分に対して、何か話したいことがあった様子なのです。それが長野オリンピックの不正に関係する情報だったのではないかと……しかし、いまとなっては推測するに止まりますが……それでは南信濃の前線基地に戻らなければなりませんので、これで失礼します」

竹村は立ち上がった。

「きみ、竹村君、待ちなさい」

小沢が叫び、古越がドアのところまで追いかけてきて、小声で囁いた。

「まあ、待てよ。確かにガンさんの言うとおり、知事さんから出た話なのだ。しかし、本部長は立場上、明言はできない。ここはひとつ、阿吽《あうん》の呼吸ってやつで頼むよ」

「分かりました。しかし、知事さんがそう言われるについては、どのような根拠があるのか。なぜそれをご存じなのかを知らないままでは、その事実を捜査に反映させることはできないと思いますが」

「うん、それはもっともだ。分かったが、ともかくもう一度、席に戻ってくれ」

古越に腕を引っ張られ、竹村はいかにもしぶしぶという思い入れを見せながら、元の椅子に腰を下ろした。

「それじゃさ、竹村君、本部長にきみの考えを申し上げてみろや」

古越に促され「よろしいのでしょうか？」と視線を向けると、小沢は「ああ、言ってみたまえ」と頷いた。

「では申し上げますが、まず、自分を知事さんに会わせていただけますか」

「ん？　そうだな……いや、正直を言うと、知事さんのほうも、現場の捜査員に直接、話したがっておられたのだよ。ただ、あの人には、こう言っちゃ悪いが、猪突猛進するようなところがあるからね。あまり深入りしたくもされたくもないというのが、私の本音だ。きみが直接会うことを否定するわけではないが、くれぐれも注意するように。とくに気をつけてもらいたいのは、利用されないことだね」

「と、おっしゃいますと？」

「きみも承知しているように、いま知事さんは、議会との対立で、きわめて微妙な立場にある。もし問題の資料なるものが実際に出てこようものなら、それを持ち出して政争の具に利用するおそれがある。現に、その目的のために警察を動かそうとしているのかもしれない。そのことを言っているのだ」

「承知しました。自分としては、相手が知事さんであろうとなかろうと、誰がどのような思惑を持っていようと、それに左右されることなく、捜査の目的を遂行するのみでありますので、ご安心ください」

竹村にしては珍しく大見得を切った。まったくのところ、知事だろうと議員だろうと、政治的な配慮みたいなことで、事件捜査の矛先を鈍らされてたまるか——と、ほとんど腹立ちまぎれのような気分ではあった。

秋吉知事と竹村警部が、どこでどうやって「密会」するか、小沢本部長は二人の腹心と相談した。秋吉はむろんだが、竹村もこれでなかなかの「有名人」なのである。とくにマスコミ関係者には「信濃のコロンボ」というニックネームで顔を知られている。ニックネームの由来は、テレビドラマの「刑事コロンボ」が着ているのとそっくりの、古ぼけたバーバリーのレインコートを愛用しているところからついた。

その二人が、たとえば例の金魚鉢――知事室で会ったりしたら、たちまち大問題になるだろう。

いや、それ以前に、竹村が不用意に県庁内をウロウロしただけでもマークされる。

ということで、結局、会合場所はSホテルの会議室で――と決まった。あらかじめ竹村が先に部屋に入っていて、秋吉は昼食の席を中座した形で、密かにそこに合流するという筋書きだ。

翌日、指定されたとおり、竹村はホテルの会議室に入った。知事が現れるまで一時間以上もあるのだが、そのくらいの間を取ったほうが安全だろうという判断だ。

知事を待つあいだ、さすがに竹村も緊張した。テレビではしょっちゅうお目にかかる相手だが、選挙で投票した時以外、自分とはまったく無関係だと思っていたのが、こういう形で「密会」するのだから、世の中、何が起こるか分からないものである。

会議室にはポットと紅茶の用意はしてあるのだが、いくら所在無いといっても、紅茶をガブ飲みしてトイレが近くなっても困る。むやみに廊下に出たりすれば、どこで誰が見ているか知れない。

そうして、ようやく十二時を回った時、コツコツとドアをノックする音がひびいた。竹村が「どうぞ」と応じるとすぐ、ドアが開いて、お馴染みのギョロ目の顔を突っ込むようにして、秋吉の太めの体が入ってきた。

# 第五章　パンドラの箱

## 1

竹村のほうはテレビニュースでよく見ているから、秋吉とは旧知の間柄のような錯覚があるが、秋吉にとってはむろん、竹村は初めて見る顔である。

「やあ、あなたが有名な信濃のコロンボですか」

名乗る前に、いきなり親しげに手を差し出して、握手を求めてきた。

「初めてお目にかかります。長野県警捜査一課警部の竹村です」

いかに毀誉褒貶《きよほうへん》がかまびすしいといっても、相手はとにもかくにも、れっきとした長野県知事だ。竹村はいくぶん緊張ぎみに、三十度に上体を倒してお辞儀をした。

「まあまあ、そんな堅苦しい挨拶は抜きにしましょうよ」

秋吉は軽い調子で言い、応接セットのソファーを勧めた。

「どうですか、南信濃の事件のほうは、順調に進んでいますか」

「いえ、捜査はまだその緒についたばかりでありますので、取り立ててご報告できるような成果は挙がっておりません」

「いや、僕なんかに報告していただかなくても結構ですよ。しかし、そうですか、そうすると、まだ手掛かりを摑んだとか、そういう状況でもないのですね」

「はい、残念ながら」

「いやいや、まだ始まったばかりじゃないですか。それはともかく、すでに小沢さんのほうからお聞きになっていると思うけど、長野冬季オリンピックにまつわる、巨額の使途不明金の問題のこと。その件について、竹村さんはどう思いますか？」

「ひととおり聞きました。しかし自分は初耳ですから、事実関係や、あるいは信憑性について、詳細かつ具体的に把握しているわけではありません」

「なるほど。しかしまあ、そういう事実があったという前提で話しませんか」

「承知しました。要するに、使途不明金の行方を示唆する書類を、殺された岡根さんが持っていた可能性があり、犯人の狙いは、その書類を奪うことにあったのではないかと、そうおっしゃりたいのですね」

「そういうことです。そのことを踏まえた上で、捜査の指揮を執っていただきたいと思っています」

「その前に、ちょっと待ってください」

竹村は秋吉を制した。

「知事がおっしゃるように、岡根さんがその書類を持っていたというのは、間違いのない事実なのでしょうか？」

「事実です」

秋吉の言い方は、いつも彼がそうであるように、断定的だ。それが議員などには、独善的かつ一方的な姿勢に映り、顰蹙《ひんしゅく》を買う原因となる。

「根拠はありますか？」

「あります。岡根さんご本人の口から聞きましたから」

「それは、いつのことですか？」

「三年半前、岡根さんが職を辞する際、僕にそのことを言い残して行きました」

「なぜでしょう？」

「ん？　なぜ、とは？」

「失礼ですが、岡根さんは知事との折り合いが悪くて、喧嘩別れのようにお辞めになったと聞いております。それにもかかわらず、知事にそういう重大情報を打ち明けたというのは、奇妙なことに思えますが」

「喧嘩別れとは大げさですが」

秋吉は苦笑した。

「確かに竹村さんの言われるとおり、僕と岡根さんとには、感情的な行き違いがあって、その結果、お辞めになったことは事実です。しかし、それはあくまでも個人的な性格の不一致みたいなものです。現在も、僕のやり方を独善的とおっしゃって、袂を分かって去られる方は少なくないが、岡根さんは、いわばそのハシリのようなものでした。

当時もいまも原因はむろん、僕の不徳の致すところなのだが、ただし長野県政の改革を夢見たという点では、僕も岡根さんも、その志は等しかった。岡根さんは改革の成果は認めるが、秋吉の手法がご自分の肌に合わないとおっしゃって去ったのです。

正直言って、僕の政治手法については、僕自身、これでいいのだろうかと疑問を抱くことがあります。もっと穏やかに、議会とも妥協しながらやれば、うまくことが進むのかもしれないと思う。たとえばダム問題にしても、強硬に自説を主張するのをやめて、ダム建設に同意すれば、どんなにか気が楽になるかしれないと思うこともあります。

しかし、そんなふうに節《せつ》を曲げてしまうのでは、これまでの馴れ合い行政と同じことになるのではないか。ダム建設などの公共事業を進め、国から予算を分捕ってくれれば、短期的には県下の景気が上向いたように見えるけれど、行き着くところ、長野県が債務超過団体になり下がるのは目に見えています。そうなってはいけないという、根本的なところでは、僕も岡根さんも考え方は一致していました。だから、去るに当たり、岡根さんは僕がやがて苦境に陥ることを見越して、伝家の宝刀を残して行こうとしたのでしょう」

「その伝家の宝刀が、使途不明金に関わる書類の存在……ということなのですか」

「おそらく、そのとおりでしょう。何にしても彼はその書類を入手し、密かに所持していることを匂わせました。もしも僕が、不当に邪《よこしま》な理由で失脚させられるようなことがあれば、それを回避するために役立てることができるだろう、とも」

「なるほど。そうしますと、知事は犯人側が岡根さんを殺し、その書類を奪取したとお考えなのですね」

「はたして、すでに奪われたのかどうか、それは僕には分かりません。むしろ、捜査に当たっているあなたのほうにお聞きしたいくらいなものです」

「じつは、東京の岡根さんの自宅が、何者かによって荒らされた形跡があります。したがって、知事のおっしゃるように、犯人の目的がそこにあるとすると、ひょっとすると目的を達した可能性も考えられるのです」

「そのようですね。やはり手遅れでしょうか」

　秋吉は沈痛な表情になった。すべてが大振りな目鼻だちの彼がそういう表情を作ると、歌舞伎役者のように芝居がかって見える。

「いえ、手遅れかどうか、はたして犯人がその書類を手に入れたかどうか、まだ断定できたわけではありません。重要な証拠物件を、不用心な場所に置いてあったとも考えにくいですから」

「確かに、岡根さんほどの人が、そんな無策であるはずはありませんね。となると、まだ望みはあるわけですか」

「はい、どちらとも言えませんが、まだどこかに隠されている可能性もあります」

「それを確かめることはできるのですか」

「結果はともかく、警察としては努力するばかりです。岡根さんの自宅を荒らしたといっても、床下や天井裏まで捜したわけではなさそうです。場合によっては、壁紙を剝がすとか、そういう余地もあるわけでして、警察が本格的に家宅捜索すれば、あるいは発見できるかもしれません」

「なるほど……そうですね、銀行の貸し金庫ということも考えられますね」

「おっしゃるとおりです」

「なるほど、なるほど……いやあ、ありがたい。じつに頼もしいですねえ。ひとつ、よろしくお願いします」

「承知しました……」

竹村は軽く頷いてから、「ただ」と付け加えた。

「このことだけは事前にはっきりさせておきますが、かりに、われわれの捜査で、知事がおっしゃったようなブツが発見されたとしても、それをただちに知事にお届けするということにはなりませんので、その点はあらかじめご了解ください」

「ん？　と言いますと？」

「そのブツはあくまでも、岡根さん殺害事件捜査に関わる証拠物件です。発見後は警察で管理することになります。内容を確認してみなければ何とも言えませんが、そこには岡根さん殺害の動機を持つ人物を特定する上で、参考になるような情報が入っているかもしれません。そういう意味で、事件捜査に一応のメドがつくまでは、重要機密として保管しなければなりません」

「うーん……しかし、その書類自体は、岡根さんが僕のために残してくれたものですよ。しかも、そういうものが存在することを警察に教えたのはこの僕です。当然、渡してもらうか、せめて内容を見る権利は、僕にあると思いますがね」

「知事と岡根さんとのあいだで、どのような約束が交わされたのかは知りません。その事実を証明する確かな証拠があればべつですが、そうでないかぎり、ご希望には沿えないと思っていただきます」

竹村はあくまでも無表情を保って、冷やかに聞こえるような口調で言った。

「おやおや……」

秋吉知事は、目をいっぱいに丸くして、おどけた顔になった。この誇り高い男が不快感を示す時の、一種の癖のようなものだ。その「おどけ度」によって、彼の不快の度合いを憶測することができる。

もっとも、その辺りの事情に疎い竹村にとっては、その表情はむしろ、好意の表れにしか見えなかった。

*2*

宇都宮正享が妻の直子の変調に気づいたのは、テレビで、直子が税金の督促に行った相手の男が、長野県で殺されていたというニュースを見た、あの朝のことである。

その時に、直子が「えっ、うそーっ……」と絶句したような声を発したのに驚いた。それから出勤までの慌ただしい時間のあいだ、確かに屈託した様子を見せていたのだ。

しかし、問い詰めようとすると、直子は例によって強気一点張りの口調で、「べつに気にしてない」と言い募った。そのくせ、夜になると、食事の支度も忘れていて、それまで読み耽っていた新聞記事を、帰宅したばかりの亭主に突きつけた。

死体発見の現場が、長野県南信濃――直子の実家のある下條村にほど近いところ――というのも、彼女にとってはショックだったのかもしれない。

それからというもの、直子はまったくふつうではなかった。ときどき、あらぬ方に視線を向け、話しかけても上の空で、ぼんやりしていることもある。そうかと思うと、やけにはしゃいで見せたりもする。

正享が、「あの事件のこと、気にしているのか?」と訊くと、「気になんかしてないってば」と、憤然として否定する。もともと感情の起伏のはげしい女で、とくに不正に対しては、自分たちに関係のない社会現象であっても、怒りまくるようなところのある性格だから、いちいちまともに取り合う必要もないのだが、今回は特別だった。

セールスマネージャーとなる研修に参加するため、正享が福岡に一泊してきた時など、いきなり「あなた、ハウステンボスへ行ったでしょう」と詰め寄った。ハウステンボスというのは、長崎県にある有名なテーマパークで、以前から、いちど行きたいねと話し合っていた。そこへ一人でこっそり立ち寄っただろう――と言うのである。

どこからそういう発想が生まれたのか、突拍子もない話だし、もちろん、あらぬ疑いだったから、正享は面食らいながらも、否定した。直子自身、ばかげた疑惑であることに気づいたのか、すぐに笑ってごまかしたが、正享のほうには、すっきり割り切れないものが残った。これまで、夫婦のあいだで、そんな次元の低いいさかいがあったためしがない。明らかに、直子の心理状態が尋常でないことの証拠だ。

ついに放置しておけなくなって、正享は直子を問い詰めることにした。

「例の、南信濃の殺人事件のことだけど」

ある日の夕食後、お茶を飲みながら切り出した。案の定、直子はビクッとして、まるで真剣勝負に立ち向かうような顔で身構えた。ひと太刀浴びせたら、数倍にして返ってきそうな感じだ。

しかし、この日の正享は不退転の決意を固めていた。

「僕を夫として信用してくれないのなら話はべつだけど、そうでないのなら、きみの悩みを聞かせてくれないか」

いつもは、真面目な話でも、どこかにジョークの軽さを交えて話すのだが、そんなゆとりはない。正享は、それこそ差し押さえの執行官のようなポーズを作った。

「何よ、そんな怖い顔して」

直子は虚勢を張って、無理に笑おうとしたが、泣きべそのような顔になった。

「僕を信じてくれ。直子のために、何かしたいんだ」

追い討ちをかけると、直子は本当に泣きだした。直子はめっぽう気が強い反面、感極まると涙を抑えられなくなる、直情径行型のところがある。本来の泣き虫「ちびまる子」らしさが出たともいえる。

正享はそういう直子を抱きしめ、駄々っ子をあやすように、軽く背中を叩いてやった。しばらくそうしているうちに、直子は泣き止んで、顔を上げた。

「じゃあ、話すね」

毅然として宣言すると、それから、長い話になった。

岡根寛憲のところに税金滞納の督促に行って、奇妙な「預かり物」を受け取ったこと。その岡根が殺されて、その品をどうすればいいのか、一人で悩んでいたこと。

さらにその後、渡部公一という男が突然、現れ、岡根寛憲が殺された事件には、税金の督促が関係しているのではないかと言ってきたこと。そればかりか、岡根と接触した直子に、疑念を抱いた気配があったこと。

「どうやら、問題の品の行方に、私が関わっているのではないかって、疑っているような気がしたのよ」

「その渡部っていうのは、何をやってる人物なんだい？」

「ただのサラリーマンていう感じじゃなくて、印象としては、会社員というより、どっちかというとヤクザみたい。でも、ちょっと見は紳士ふうでもあるんだけど」

「ヤクザか……本当は暴力団関係かもしれないな。最近のヤクザには、インテリっぽい紳士ふうのやつもいるそうだから」

「だとしたら、何をするか分からないわね。いきなり乗り込んできて、家捜しでもされたらどうしよう」

「家捜しって……そうだ、その肝心の預かり物っていうのは、どこにあるんだい？」

「あそこ」

直子はタンスの引き出しを指さした。岡根の報道を読んだ後、急いでそこに仕舞《しま》った。

「あんなところかよ」

正享が呆れて、立ち上がりかけると、直子は慌てて制した。

「いいわよ、自分で出すから」

直子の下着の入った引き出しだ。たとえ夫でも、あまり見られたくないらしい。それに気づいて、正享も顔が赤くなった。

イチゴの模様とレースの縁取りのある、お気に入りのパンティを持ち上げて、直子は大型の角封筒を取り出した。正享が想像していたよりも分厚く、重量感があった。

「中は見たのかい？」

「ううん、見てない。見ないほうがいいって言われたから」

「じゃあ、出すよ」

正享は宣言して、書類を抜き出し、テーブルの上に載せた。

まず最初に、書類の表紙の〔長野冬季オリンピック〕の文字が目に飛び込んできた。

「えっ、オリンピックかよ？」

書類をあいだにして、夫婦は顔を見合わせた。

〔長野冬季オリンピック誘致準備委員会入出金記録〕

黒い紐《ひも》で綴じられた書類の、一枚目にはそういう表記がしてある。

「これに何か、隠しておかなければならないような問題があるっていうわけ？」

「そういうことなんじゃないの。そうでなければ、岡根っていう人が、あんなふうにもったいつけて、私に預けたりしないいんじゃないかなあ」

「ふーん、オリンピックか……」

あの冬のオリンピックの、白馬のジャンプ台で見せた、日本団体優勝の実況中継を、正享も直子も観ている。そのほかの競技でも、日本選手の感動的な輝かしい活躍シーンが、いまもありありと脳裏に蘇る。

「あのオリンピックを誘致するのに、使った金の記録か……」

その表題を見ただけで、何だか気が重くなった。栄光は栄光のまま、美しい記憶として仕舞っておきたいものだ。こういう形で書類が「保管」されていたのは、そのことだけでもただごととは思えない。何かの不正が行なわれたであろうことを示唆しているような匂いがする。

しかし、いったん開けてしまったパンドラの箱である。何もなかったことにするわけにもいかない。仕方なく表紙をめくり、ページを繰っていった。

見た印象では、帳簿か出納帳かといったところだ。ほとんどが、無味乾燥な数字の羅列ばかり。しかもすべてが手書きである。数字以外には、用途や支払先、入金先などを示す細かい書き込みもある。さらに、その用紙のそこかしこに領収証が添付されている。

協賛金や寄付金などの名目での、企業や金融機関、個人などからの入金もあれば、「運動費」

「交渉費」などの出金表もある。支払先がはっきりしないケースもある。それらのそれぞれに、扱った者のサインが記入されている。

「これ、もしかすると、大変なものかもしれないわよ」

覗き込みながら、直子は少し震え声で言った。

企業名も個人名も、正享には馴染みのない固有名詞ばかりだが、長野県人の直子のほうは、知っている企業名や、思い当たる個人名がところどころに出てくるらしい。もっとも、徳武とか遠山、土屋、塚田、石黒といった名前は長野県には多いので、その名前の持ち主が、直子の知っている人物かどうかは分からないそうだ。

驚くのは、支払先に外国人名がかなり頻繁に出てくることだ。オリンピック誘致で、外国人関係者に現ナマのバクダンが投下されるという話は、週刊誌などで目にしたが、事実かどうか、たとえ事実であったとしても、そういうものなのか――程度にしか思わなかった。しかし、現実にその数字を目のあたりにすると、文字どおりナマナマしい現実として迫ってくる。

正享よりも、計数に強い直子のほうが、数字のトータルに目をみはった。

「いまのところまでで、入金が三億を超えたわ……」

正享がページを繰る手元を見ながら、直子はため息まじりに言う。暗算のスピードに関しては確かだ。まだ書類の全てを見たわけではないのに、三億とは大きな額である。

「出金はどうだろう」

「同じくらいか、ちょっと少ないくらい」

「これって、帳簿だよな。しかもまともなやつじゃない」

「まあ、そうでしょうね。いわゆる、裏帳簿っていうのじゃないかしら。おおっぴらに表に出すわけにいかない、裏金を作ったり支払ったりしたのを記録するための帳簿」

「だけど、何だってその裏帳簿がこんなところにあるのさ。いや、つまり、なぜ岡根っていう、その男が持っていたんだろう？」

「あの人、長野県知事の秋吉さんのブレーンだったことがあるっていうから、もしかすると、その頃にこれを手に入れたのかもしれないわね」

「なるほど、それで帳簿を持っていたのか。しかし、それを他人に預けてまで隠そうとしたのは、これには何か、よほどの秘密があるっていうことじゃないのかな」

「でしょうね」

「それで、渡部公一っていうやつが、何やら察知したような気配を見せたっていうんだろ？　ヤバいんじゃないかな」

「まさか、そんなこともないと思うけど……どうしたらいいかしら」

「警察に届けるしかないんじゃないか」

「何て言って届けるの？　殺された岡根さんから預かりましたって？　だめよそんなの。警察でえんえんと事情聴取されるに決まっているんだから。それに、岡根さんが私に託した信頼を裏切ることになるわ」

「どんな信頼を託したのさ」

「分からないけど、長野県人だから預けるって言ってた。長野県民にとって大切な品だから、長野県人として預かる義務があるって。もし自分が死んだとしても、警察には届けるなとも言ってたわ」

「えっ、そんな、死んだ場合のことも予測していたのかよ」

夫婦は言葉を失《な》くして、しばらくお互いの顔を見つめあった。

「あいつに相談してみるかな」

正享は、ふと思いついて言った。

「あいつって、誰？」

「大学で同期だった浅見《あさみ》ってやつ。直子は知らないかな、やはり僕と同期の漆原《うるしばら》っていうのが殺された事件があったんだけど。その事件の捜査に関わって、警察を出し抜いて犯人を見つけちゃったんだ（『漂泊の楽人』参照）」

「私立探偵なの？」

「いや、そうじゃなく、ただのアマチュアだが、頼りになるっていう評判だ」

「そんなアマチュアを巻き込んで、変なことにならないかしら？」

「たぶん大丈夫だと思う。だめなら、引き受けないだろうしね」

直子は半信半疑で、あまり乗り気ではなかったが、ほかにこれといって名案があるわけでもない以上、正享の方針は決まった。

## 3

春眠暁を覚えず——で、お手伝いの須美子《すみこ》が電話を取り次いだ時、浅見光彦《みつひこ》はまだ朝のまどろみの中にいた。

「Q自動車の宇都宮さんておっしゃる方ですけど」

午前三時過ぎまでワープロを叩いていて、半分モーローとした状態にある頭で、浅見は（Q自動車はともかく、なんだって宇都宮支店なんだ——）と思った。

「ソアラのローンも払いきっていないのに、朝っぱらから車のセールスかよ……」

須美子を相手に、ぶつぶつ文句を呟きながら受話器を握った。

「やあ、浅見か、しばらく」

車のセールスにしては、やけに馴れ馴れしい。

「僕だよ、宇都宮、宇都宮正享だ」

「ああ、なんだ、きみか、デブッチョの宇都宮か」

頭にかかっていたモヤモヤが急に晴れて、T大学で同期だった、宇都宮正享の全体像が浮かび上がった。

「ははは、そうだ、よく憶えているな」

「あ、悪い悪い。大学時代、そう言っていたのを思い出したもんで」

「いや、相変わらずデブッチョだよ。それより、浅見も相変わらず住所が同じなんだな。同窓会名簿で電話してみたら、坊っちゃまはおりますって言われて驚いた。まだ家を出ていなかったのか」

「それは禁句なんだけどね。確かにきみの言うとおり、心ならずも、いまだに居候生活から脱出できないでいる」

「そうか、まずいこと言っちゃったな」

「まあいいさ。それで、用件は何なの？　車なら、悪いけど、間に合っているよ」

「車？……ああ、そうじゃないんだ。さっきのお手伝いさんに、どちらの宇都宮さんですかって訊かれたから、Q自動車の宇都宮ですって言ったんだ。用件はべつのこと。ついては、至急、会えないかな。折入って相談したいことがあるのだが」

「相談か……あらかじめ断っておくが、金と女性に関する相談なら、僕のほうがお願いしたいくらいだよ」

「あはは、それはどっちも間に合っている。金には困ってないし、去年、結婚したばかりだ。きみは知らないかな、ワンゲル部で四期下の熊谷直子っていうんだが」

「ああ、それは聞いたよ。可愛い嫁さんで、デブッチョはメロメロだったって」

「そんなことはどうでもいいけど、相談したい件というのは、その嫁さんがらみのことなんだ。漆原の事件を解決した話を聞いているから、浅見の探偵としての能力に、ぜひ頼りたいと思ってね」

「探偵か……それもこの家では禁句なんだけどな。それに、そういう不倫だとか素行調査みたいなことは、ぜんぜんだめだよ」

「いや、そういうことじゃなくて。じつは、家内の生死に関わる問題なんだ」

「ほうっ、それはまた穏やかじゃないね」

「これは真面目な、本当の話なんだ。ちょっと信じられないかもしれないが、家内は心底怯えている」

「そんなことだったら、警察に届けたほうがいいのじゃないか」

「いや、そうはいかないから浅見に相談しているんだ。警察には届けられない事情があると思ってほしい」

「ふーん、どういうことだろう？　警察にも内緒というケースには、あまりタッチしたくない事情がこっちにもあるんだけど」

「ああ、それは兄さんが警察庁刑事局長だからだろ？　それも承知の上で、なんとか頼みたい。とにかく、いちど会って、話だけでも聞いてくれないか。頼むよ、窮鳥懐に入ればということわざもあるじゃないか」

　おそろしく古めかしいことを言うが、宇都宮の口調はジョークを差し挟む余地がないほど、緊迫している。

「分かった。お役に立てるかどうか分からないけど、とにかく話を聞かせてもらう。どこへ行けばいい？」

「きみの家へお邪魔してもいいけど」

「とんでもない、それは絶対にだめ。それより、きみの家に行こう」

宇都宮は、それでは申し訳ないと恐縮したが、結局、世田谷の彼の家に行くことになった。そのほうが、宇都宮夫人から話を聞けるし、状況を把握するのに都合がいい。

小田急の成城学園前駅にほど近い、八階建ての賃貸マンションだ。

夕食を済ませてから出かけたので、午後九時近くになった。宇都宮は建物の前まで出て待機していた。およそ十年ぶりの再会だが、ヘッドライトに浮かんだ「デブッチョ」ぶりで、すぐに彼と分かった。

「浅見はぜんぜん変わらないなあ」

顔を合わせた時の、宇都宮の第一声がそれだった。近くの駐車場に案内して、マンション六階の部屋まで先導した。玄関に出迎え、「直子です」と挨拶した夫人は小柄で、宇都宮がメロメロになったと噂に聞いたとおり、可愛かった。「ちびまる子っていうニックネームなんだ」と宇都宮が言うと、「そんなこと、言わなくてもいいでしょう」と真剣に怒った。

ダイニングテーブルの上をきれいに片付けて、書類入れの封筒が置いてあった。

「これが問題の震源地でね」

宇都宮は封筒を指さして言った。冗談めかして言っているが、目は笑っていない。直子のほうは、それに輪をかけて、緊張そのもののような顔であった。

「中身を見てもらう前に、ひととおり、これまでの経緯を話したほうがいいと思う」

宇都宮は言って、「きみから話すか」と直子を促した。

直子は天井に視線を向け、しばらく思案して、話の筋道をまとめてから、とつとつとした口調で話しだした。

かなり長い、複雑な話だったが、浅見は終始黙って、頷きながら聞いた。岡根寛憲が殺され、その後に渡部公一が現れたことと、長野県が事件の現場であるのと同時に、事件に至る何らかの大きな背景が長野県にありそうな気配は、直子の話から伝わってきた。

そしてそれを証明するかのように、角封筒の中身が晒された。「長野冬季オリンピック」の文字が浅見の目を驚かした。

# 第六章　警部と探偵

## 1

　ひと目見て、浅見はこの書類の持つ重大な意味を理解した。もちろん内包する危険の大きさもよく分かった。宇都宮直子が恐れるのも当然のことだ。

「たいへんな物を預かりましたね」

　直子は黙って、コックリと頷いた。

「浅見もそう思うか」

　信頼すべき友人の反応を見て、正享はいっそう深刻になった様子だ。

「ああ、これの扱い次第によっては、長野県の政治的な勢力地図が塗り替えられてしまうかもしれない」

「まさか、それほどのことはないと思うけどな」

「どうしてさ。僕なんかは県外の人間だが、秋吉知事が登場して以来の、長野県のすったもんだの大騒動は、日本中の人間が知っているよ」

「そうですよねえ」

直子が悲しそうに言った。

「県の幹部職員が、知事の名刺を受け取れないって言って、折り畳んでしまった映像が、テレビのニュースで流れた時、職場でも会う人ごとに言われて、すごく恥ずかしかったんです。私が長野県出身だって知らない人に、『ばっかみたい』って、面白がって話しかけられて、ほんとですよねえなんて、他人事みたいに調子を合わせていたりする自分が、とても情けなくて……」

「おれだってそう思ったもんな」

亭主の正亨は慰めを言うどころか、かえって煽《あお》るように言った。

「それ以来、県議会の知事いじめばかりが目立つ報道をするから、県外の人間は知事に同情的だけど、しかし、実際は知事の側にも欠点があるんだろうなあ」

「独断専行と報じる記事もあったね」

浅見が言った。

「しかし、改革を旗印に知事選に打って出て当選したからには、いままでどおり、県知事と県議会と県庁が馴れ合いのようにやってきたことを、そのまま継承したんじゃ、主義に反するということなんだろうね」

「おれなんか、コップの中の嵐みたいなもんだから、どうでもいいとしか思わないが、長野県人である直子にしてみれば、ああいう混乱状態を続けているのが、みっともなくてやり切れないみたいだ」

「当たり前でしょう。だいたいあなたはね、政治に無関心すぎるのよ」

直子は憤然として言った。

「そんなことないよ。だけど、所詮は長野県の騒ぎじゃないか。おれたちがどう考えようと、どうすることもできないしな」

「長野県だけの問題じゃないわよ。ほかの県だって、どこだって、実際は似たような問題は抱えているのよ。ただ、知事があんなふうに議会とやりあったりしないから、ニュースにならないだけよ」

「知事がやりあうっていうより、議会側が何でも反対みたいに逆らってるんじゃないのかね。おれが知るかぎりでは、どんな議案を提出しても否決されちゃうみたいだ。副知事だとか教育委員だとか、人事案件なんか、片っ端から否決されてるらしいぞ」

「それはそうなんだけど、知事ももうちょっと議会や県職員の意見を取り入れて、政策決定をすればいいと思うの。徹底的な上意下達《じょういかたつ》じゃ、周りはついてこないわよ。だから側近みたいな人まで去って行ってしまうんじゃないの」

「それはどうかな。秋吉知事は県内隈なく、車座集会なんかやってるそうじゃないか。パフォーマンスという批判もあるらしいけど、パフォーマンスだけじゃ、そんなエネルギーは出てこないよ。たとえ形だけだとしても、末端の県民の意見を聞いているんだから、上意下達とばかりは言えないんじゃないの？　そもそも、知事が責任を持って政策を打ち出しているのなら、やりたいようにやらせておけばいいじゃないか。それで失敗したら次の選挙で落とせばいい。それが民主主義ってもんだろ。私怨《しえん》だか公憤だか知らないが、意地悪な姑みたいに、反対反対でがんじがらめにして何もやらせないんじゃ、一歩も前に進まなくて、とどのつまり損するのは県民てことになる」

「へえーっ……」

直子は感心しているのか呆れたのか、分からないような声を出した。

「あなたがそんなふうに演説するなんて、想像したこともなかった」

「演説したわけじゃないさ。いつも思っていたことを言ってみただけだ」

「照れなくてもいいわよ。立派立派、尊敬しちゃうなあ。拍手！」

パチパチと手を叩いた。

「ばか、おちょくってるのか」

「おちょくってなんかいないってば。頼もしくて、ほんとに見直しちゃったってこと。尊敬しちゃうわあ」

「うっせえっ……」

「お話し中ですが」

浅見がおかしさを堪《こら》えながら、割って入った。

「話を本筋に戻すことにして、奥さんとしては、この書類をどうするつもりですか？」

直子に訊いた。

「それは……」

直子は深刻そうな顔に返って、にわかに頼もしくなった「デブッチョ」に、救いを求めるような目を向けた。

「だから、そのことを浅見に考えてもらいたいんだよ。そういうことだろう?」

「そう、そういうことなんです」

夫婦揃って姿勢を正し、改めて客の顔に視線を注いだ。

「方法は三つ考えられますね」

浅見は言った。

「一つは警察に届けること。当然ながらそれが本道かもしれません。この書類を捜査本部に持ち込めば、重大な手がかりになるでしょうからね」

「いや、それは直子は困るって言うんだ。それをやると、納税の督促をしに行った相手から、私的な預かり物をしたということで、下手をすると背任行為みたいな疑いを持たれる可能性があるからね。それに、警察の事情聴取をしつこくやられると、公私共に面倒なことになるじゃないか。そうでなくても、おれは警察ってとこが大嫌いなんだ。ヤクザを野放しにしておきながら、どうでもいいようなスピード違反を取り締まりやがるしさ」

「二つめは」と、浅見は聞こえなかったように、無表情で言った。警察批判をされると、反射的に兄のことが頭に浮かぶ。

「いまのまま、じっと隠していること。手元に置いておくのが不安なら、銀行の貸し金庫に預けるという考え方もある」

「貸し金庫なんて、利用したこともないから、どういう仕組みなのか知りませんけど、大丈夫なんでしょうか？」

直子が訊いた。

「さあ、僕もじつは詳しくないんですが。まあ、信用できると思いますよ」

「どういう方法でもいいけどさ」

と、正享は分別らしく腕組みをした。

「直子が預かったことをその渡部っていうやつに嗅ぎつけられていなきゃいいが、もし疑われていて、押し入ってきたりするようなことにでもなるとやばいな」

「やめてよ、そんな気味の悪い……」

直子は震え上がった。

「ははは、まあ、そんな無茶はしないだろうけどさ。それはさておいて、浅見が言った第三の方法っていうのは何なのさ？」

「自力で問題を解決する道があるのかどうかということだね。われわれが先手を打って、岡根という人を殺した犯人を突き止めてしまえば、差し当たり、面倒なことは回避できるだろう」

「それだよ、それ。そもそも、それが一番望ましいんじゃないかと思って、浅見に相談したんだ」

「望ましいにはちがいないけど、実際にそんなこと、できるの？」

直子は現実的かつ悲観的だ。

「浅見ならできるさ。な、どうなんだい、できるだろ？」

正享は口ほどには信用していないのか、不安な目を浅見に向けた。

「さあ、それは何とも言えない」

「大丈夫だろ。できるだろ。漆原が殺された時だって、すごく難しい事件を解決したっていうじゃないか」

「あれは警察の捜査に協力した形で、すべて自力でやったわけじゃないからね」

「警察はまずいよ。さっきも言ったけどさ。警察沙汰になったら、マスコミだって取材にくるし、もみくちゃにされちゃう。警察抜きで、何とかやってくれないか」

「警察抜きといっても、最終的には警察に犯人逮捕をしてもらわなきゃならない。犯人逮捕が実現すれば、お宅の二人は英雄だから、マスコミがこようがどうしようが、恐れることはない。問題はそこに至るまで、どうやって秘密裡にことを進めるかだね」

「そう、そういうこと。事件が無事に解決したら、おれたちだって隠れちゃいないさ。そこでお願いなんだが、それまでのあいだ、この厄介な代物《しろもの》を預かっておいてくれないか」

「ああ、いいよ。責任をもって預かろう」

浅見は気軽な調子で引き受けた。その頼もしい姿に、宇都宮夫婦はようやく元気づいたらしい。

宇都宮から預かった書類は、仔細に見れば見るほど、その重大性を思わないわけにはいかなかった。岡根の事件との係わりも、当然、動かせそうにない。

いずれにしても、事件発生の現場へ行ってみなければ話にならない。しかし、浅見のほうも仕事がつまっていて身動きの取れない状況が続いている。

雑誌「旅と歴史」の依頼で明智光秀の伝説を訪ねる旅に出掛けた途中、静岡県の浜松から北へ、岐阜県の恵那地方へ向かう途中、不思議な出来事に遭遇した（『還らざる道』参照）。その両方のルポルタージュをまとめなければならなかった。

そんなわけで、気にはなっていたが、なかなか出発の踏ん切りがつかないまま、日にちばかりが経過してゆく。その間、テレビも新聞も、なるべく注意して見るようにしていたのだが、長野県の一隅で起きた事件など、マスコミは無関心なのか、それとも、捜査にはかばかしい進展がないのか――たぶん後者のほうだと思うのだが、これといった続報が出た気配はなかった。

宇都宮夫妻からも、時折、様子を確かめる電話はくるが、いまのところ何か危険の兆候が見えるといったことはないらしい。四月末から始まるゴールデンウィークには、夫婦でドライブ旅行に出掛けると言っていた。

まあ、平穏ならそれに越したことはないけれど、ひとに難問を押しつけておいて、まったくいい気なものだ——と思いつつ、しこしことワープロを叩く日々が続いた。

そうこうしているうちに、飛鳥山の桜が散り、いつの間にか四月も終わり、浅見のほうはゴールデンウィークも無縁のまま通り過ぎた。

このところ、走り梅雨のようなパッとしない天候が続いている。お陰で仕事に専念することができて、重圧になっていた当面の原稿は書き終えた。

五月の末近く、浅見は例によってソアラを駆って南信濃へ向かった。

この日は南からの生暖かい風が吹いて、気温は上がったが、天気のほうは定まらない。霧雨が降ったりやんだり。中央自動車道に入り、相模湖を通過する頃は五十キロ制限の濃霧状態だった。岡谷JCから南下する。いつも思うことだが、まったく長野県南・伊那地方は遠い。

天候は次第に回復してきたが、飯田ICを出て、天竜川を渡り、矢筈トンネルを抜け国道152号(秋葉街道)へ達するまでに、日は山の端《は》近くにかかっていた。

秋葉街道をさらに南下。木沢というところで、集落の中を行く旧道に入る。ここは死体発見現場に近く、元小学校だった廃校に捜査本部の前線基地があると聞いていた。

道路の左手が小高くなっていて、石段の上に貧弱な校門が見えた。車を置いて、浅見は石段を上った。かなり広いが、手入れの悪い校庭が広がっている。

車が一台、ぽつんと取り残されたようにあって、その先に、見るからに古い、手をかけなければそのまま朽ちてしまったであろうと思わせる、古色蒼然とした校舎が、曲がりなりにもしっかりと建っている。

都会育ちの浅見は、写真でしか見たことのない木造二階建て校舎の典型的なやつだ。築後七、八十年は経っているにちがいない。その間にどれほどの卒業生が巣立って行ったことか——と思うと、無関係のはずの浅見でさえ、懐かしい気分になる。

まだ六時だが、山間《やまあい》の土地は、日が落ちるのが早く、急速に薄闇が漂い始める。

廃校の一階の三部屋にだけ明かりが灯っている。そこがおそらく「捜査本部」なのだろう。玄関は風除室なのか、物置程度の広さだ。裸電球が一つ灯っていて、「南信濃殺人死体遺棄事件捜査本部木沢支部」と、長々と書かれた貼り紙の裾のほうが、一部剝がれて、風にひらひらしているのが侘しい。

全員が出払っているのか、やけに静かだ。浅見はおそるおそる玄関に足を踏み入れた。どこかで間の抜けたオルガンの音が、「川の流れのように」を弾いている。一本指で弾いているのか、ひどくたどたどしい。少し黴臭《かびくさ》いような空気が漂い、これはもう完全にレトロの世界だ。

古風な下駄箱があり、カゴの中にスリッパが無造作に放り込んである。浅見はスリッパに履き替え、オルガンの音源を求めて、廊下を歩いて行った。

オルガンの音以外には、まったく人の気配がない。刑事たちの溜まり場は二つめの「教室」で、「無用の者入室厳禁」と書いてあるが、そこには誰もいなかった。オルガンの音はその先の教室から聞こえてくる。

開けっ放しのドアから覗くと、私服の男が背中を向けて、余念なくオルガンを弾いている。闖《ちん》入者《にゅうしゃ》には気づいていないようだ。

「あのー……」

浅見は遠慮がちに声をかけた。しかし男は振り返りもしない。オルガン演奏に没入しているのかもしれない。

浅見は今度は声を張り上げて、「すみませんが」と怒鳴った。

男はギョッとして、飛び上がるように立ち上がり、直立不動の姿勢になった。それからいまいましそうにゆっくり振り向いて、「あっ」と言った。

「浅見さんじゃないですか！」

「あっ、竹村警部……」

浅見も驚いた。長野県警の管内だから、県警捜査一課の竹村がいても不思議はないのだが、予期せぬ再会だった。

竹村とは軽井沢で起きた殺人事件の捜査の時に知り合い、競い合うようにして事件を解決した（『軽井沢殺人事件』参照）。それからコメの自由化を巡って起きた連続殺人事件の捜査の過程でも、何度かタッグを組んで行動した（『沃野の伝説』参照）。ライバル意識はあるものの、たがいに相手の才能を評価しあってもいる。

「驚きましたねえ。浅見さんがこんなところに現れるとは」

「僕もまさか竹村さんがいらっしゃるとは、思ってもいませんでした」

「やはり何かの取材旅行ですか？」

「いえ、ええ、まあ……」

浅見はあいまいに答えた。警察にどこまで話すか、それなりに腹案はあったのだが、相手が竹村では考えが変わる。

「オルガンですか。しかも足でこぐやつですね。懐かしいですねえ」

とりあえず話題を逸らすことにした。

「ははは、聞かれちゃいましたか。いくら練習しても上手くならない」

「『川の流れのように』ですね。なかなか上手いじゃないですか」

「いや、『昴《すばる》』ですよ」

竹村は抗議するように言うが、浅見の耳には、どう考えても「川の流れのように」にしか聞こえなかった。

「南信濃で殺人事件が起きたと聞いたのですが、ということは、竹村さんが主任さんだったんですね」

「ええ、そう……というと、やはり浅見さんはその件で、ですか。しかし、こんな辺鄙《へんぴ》なところまで、よく出掛けてきますなあ。ひょっとすると、被害者と何か関係でもありますか？」

竹村は刑事特有の、鋭い視線を向けた。相変わらず勘のいい男だ。

「直接は関係はないのですが、ちょっと面白い事件だな——と思いまして」

「ふーん、面白い、ですか」

「あ、いや、いささか不謹慎でしたね。そういう意味ではなく、興味深い事件だという意味です。訂正します」

「そんなことは気にしていませんが、東京辺りでは、本事件のことを興味深い事件として報道しているのでしょうか」

「まさか……」

浅見は苦笑した。

「それどころか、最初の一報だけはニュースになったみたいですが、それっきりです。中央のマスコミは、関東エリアを外れたところの事件には、よほどの大事件でもないかぎり冷淡なところがあります」

「ははあ……」

竹村は今度は皮肉な目になって、ニヤリと笑った。

「ところが、浅見さんだけは冷淡どころか、きわめて強い関心を抱いて、遠路はるばるやって来たというわけですか。どういう理由ですかなあ」

「やれやれ……」

浅見は観念することにした。竹村警部に捕まったのでは、はぐらかしは利かない。それに、いずれは捜査協力に持ち込むことになるのだ。竹村だけには事情を話して、警察組織の力を利用させてもらったほうがいいかもしれない。

「じつは、これはしばらくのあいだ、竹村さんお一人の胸に仕舞っておいてもらいたい、秘密の話なんですが」

「事件に関係することですか」

「もちろん、そうです」

「だったら、私一人の胸に仕舞っておくというわけにはいかないでしょう」

「しかし、少なくとも当面は、そうしていただかないと具合が悪いのです」

「うーん……秘密ですか……どの程度の秘密なんですかね？」

「それは……まあ、主任捜査官である竹村警部が、暇そうにオルガンを弾いていたのと、同じ程度の秘密ですね」

「………」

竹村は黙って、それから「ははは……」と笑いだした。

「いいでしょう、分かりました。そんな重大な秘密なら、私だけに止めておきますよ。その代わり、捜査にメドをつけなければならない時がきたら、解禁するということは了承していただきます。よろしいですね」

「むろんです」

浅見は頷き、どちらからともなく手を差し伸べて握手を交わした。

3

「ところで、捜査本部の支部がある割りには誰もいなくて、ずいぶん暇そうですが、聞き込みにでも行っているのですか？」

「いや、支部は撤収したのです」

「えっ、捜査本部も解散ですか」

「そういうわけではありませんが、ここの前線基地はその役目を終えたので撤収することになったのです。今後は飯田署の捜査本部に集結して、捜査を継続します。ついさっき、撤収が完了して、私だけがここの責任者に引き継ぐために残っていました」

「それじゃ、もうちょっとのところで、竹村さんに会えずじまいだったのですね。運がよかったなあ」

「不運だったのかもしれませんよ」

「確かに。ははは……」

他愛なく笑い、竹村は真顔に返った。

「それでは、秘密の話とはどういうことか、聞かせてもらいましょうか」

隣の部屋に戻りかけたところへ、廊下の彼方から初老の男がやって来た。引き渡し作業をする相手だ。浅見は「話は後で」と素早く囁いた。

「ここの管理をしている、教育委員をなさっておられた岩本文和《いわもとふみかず》さんです」

竹村は紹介した。浅見のことは、この廃校を取材に来た雑誌社の人——と言った。

「ほうほう、そうですか。そしたら歓迎せにゃならんなあ」

取材と聞いて、岩本は喜んだ。

「ちょうどよかったなあ。川魚料理で一杯やるかと言っとったんだに。おらほの家に来てくださいや」

「いや、車の運転がありますから」

浅見は遠慮した。

「車って、これからどこへ行くだい？」

「いえ、この辺りで宿を探すつもりです」

「そんならわしの家に泊まったらいいだに。釣りのシーズンには民宿もやるだ。主任さんもそうしたらいいだに」

「そうですね、そうしようかな。明日、浅見さんを現場に案内しますか」

竹村もその気になった。

明かりを消して、三人は校舎を出た。竹村は夕闇に閉ざされた廃校を振り返って、しばらく名残惜しそうに佇んだ。

「大した成果も挙がらないうちに、現場を離れるというのは、つらいものがあります」

歩きながら、竹村は事件の概要について話してくれた。

事件発生から二カ月半を経過したというのに、まだ容疑者のメドはついていない。ただ、動機に関しては漠然とながら、長野オリンピックがらみの事件ではないかという推測が浮かび上がっている——ということだ。

「ほうっ、長野オリンピックですか……」

浅見は思わず立ち止まった。

「ははは、さすがの浅見さんも驚いたでしょう」

竹村は愉快そうに笑ったが、浅見の驚きの真因に気づくはずもなかった。

三人はそれぞれの車に分乗した。岩本の車に先導されて、竹村のプリウスと浅見のソアラが続いた。廃校から一キロほど行った、川音の聞こえる辺りに岩本の家はある。軒下に「民宿　鮎、ヤマメ、イワナ料理」の看板が出ている。車を降りると、鮎を焼くらしい香ばしい匂いが流れてきた。

「そういえば、鮎はまだ解禁してませんが、鮎料理が出るのですか？」

浅見が気づいて、素朴に訊いた。

「ああ、今日は特別だ。漁協の試し釣りをしたんだに。ことしの鮎は育ちもいいし、まだ若い鮎だけど、旨そうずら。うんと食べてもらわにゃなあ」

この辺りの川や沢は、どこへ行っても渓流魚の宝庫なのだそうである。

夕食は大きなテーブルで、家族と一緒の団欒《だんらん》になった。鮎だけではなく、イワナ、ヤマメなどの天然物が刺し身から塩焼き、天ぷらまで、さまざまに料理されて供された。

岩本家は老夫婦と息子夫婦とその娘二人との六人家族。息子は飯田市役所の木沢支所に勤務している。いずれは飯田市の本庁に転勤しなければならないかもしれないと、心配そうに話す。

南信濃村を含む周辺町村との合併で、飯田市域が巨大に膨らんだために、自宅から飯田市役所まで車で一時間半は優にかかる。とてものこと通勤が不可能なのだ。そうなったら単身赴任か、家族ぐるみ引っ越すかしなければならない。そのことで悩んでいる。

平成の大合併もいいことずくめではない。たとえば、木曾の馬籠《まごめ》宿も信州から離れて、隣接する岐阜県中津川市に併合されてしまった。まるで現代の国盗り物語だ。

「わしら年寄り夫婦だけになったら、寂しいこんだな」

岩本老はしきりに首を振っている。

「私たちも学校替わるの、いやだな」

まだ小学生の子供たちも、転校は困ると主張する。どうやら、単身赴任の趨勢に傾きつつあるようだ。

その夜は、浅見も竹村も岩本家に泊めてもらった。「きょうは商売抜きだに」と、岩本老は笑っているが、二人とも、なにがしかの宿賃は置いていくつもりだ。

風呂に入って、客室用の十畳の部屋に案内されると、布団が二組、並んでのべられてあった。寝床に入ってから、浅見は極端に声を潜めて、これまでの経緯を語った。それほど古い家ではないが、何しろ木造の民家である。壁に耳あり障子に目あり――の用心はしなければならない。

竹村は「うんうん」と相槌を打つだけで、黙って聞いている。「岡根寛憲」の名前が出た時、驚いたように反応する気配を見せたのが、少し気になったが、それを無視して、話の先を続けた。

そして、友人の預かった書類が、「長野冬季オリンピック」関連の金銭の出し入れに関わるものであったという、この話のいわばクライマックスに達したのだが、その時は竹村はほとんど驚かず、仰向いた姿勢のまま、枕の上で「やはり」と頷いた。

「じつは岡根さんの自宅を家宅捜索したところ、それ以前に何者かが部屋に侵入し、物色した形跡があったのです。しかし、そうですか、書類がありましたか。それにしても、その書類を浅見さんが持っていたとはねえ」

「その様子ですと、どうやら竹村さんは、すでにそういう書類のあることや、その書類を岡根氏が所持していたことを知っていたというわけですね」

たがいに意表を衝かれたといったところだ。

浅見はやや拍子抜けしながらも、警察が抜かりなくそのセンを追っていたことを知り、何となくほっとした。

「しかし、その事実を警察はどうしてキャッチしたのですかね？」

「その情報の出所は機密事項で、いまは言えません。いや、捜査本部の中でも、その件について知っているのは、ごく一部の人間だけなのです」

「へえーっ、そうなんですか」

「したがって、浅見さんも当分のあいだ、オフレコにしておいてください」

「了解しました。ところで、被害者の岡根氏は秋吉知事のブレーンの一人だったそうですね」

「そうです。岡根氏は秋吉県政の発足当時、東京の広告代理店からヘッドハンティングした、秋吉知事の側近中の側近だった人物ですよ」

「そうすると、例の書類は秋吉知事辺りから流出した可能性がありますか」

「いや、それはないでしょう。長野オリンピックが開催されたのは一九九八年。その頃は秋吉知事は長野県とまったく関係がありませんでしたからね」

「あ、そうでしたね。そうすると、岡根さんはいったい、どこから書類を入手したのですかねえ？」

「さあ、それは分かりませんね。それより、浅見さんが書類を見せられた友人というのは何者ですか？」

「それは、それこそ機密事項です。書類の内容についても、何が書いてあるか話していいものかどうか、その友人に確認してからにして下さい。警察はともかく、マスコミにもみくちゃにされるのを、極端に恐れていますからね。事件が解決して、ヒーローにでもなったら、初めて表舞台に出てくるかもしれませんが」

「中身についてはなるべく早く教えてくださいよ。それに最終段階では事情聴取に応じてもらいますよ。それまでは浅見さん、あなたが責任を負って協力してくれないと困ります」

竹村は怖い目を向けて、クギを刺した。

翌朝、竹村に起こされて、朦朧《もうろう》とした頭で出て行くと、食卓にはもう、父親と子供たちの姿はなかった。浅見にとって八時前の起床は拷問に等しい。

しかし朝食は旨い。何よりも白いご飯に信州味噌のみそ汁に山菜の漬物という組み合わせが、パン食に毒された（？）日常生活とかけ離れた幸福感をもたらす。

それに、新聞を広げながら箸を使っても、どこからも文句が出ないのもいい。地元紙の「信濃毎朝新聞」のローカル色に満ちた記事や紙面作りもユニークに思えてくる。

**〔広木《ひろき》松本市長不出馬表明〕**

こういう見出しが目に飛び込んだ。

**〔鷹川《たかがわ》長野市長から出馬要請を受けている広木知行《ともゆき》松本市長は昨夜の記者会見で、当面は市の行政に注力するとして、知事選に出馬の意思のない旨を表明した。〕**

こういう内容で、記事は続けて、**〔これによって夏に行なわれる知事選の候補者探しは、またしてもふりだしに戻った。〕**という言い方をしている。

「長野市長が松本市長に出馬要請していたというのは、妙な話ですねえ」

浅見は首をひねった。

「なぜ長野市長本人が出ないのかな？」

「さあ、どうしてですかね」

竹村は「ゴチョゴチョ」とお茶で口を漱ぎながら、文字どおり言葉を濁している。彼の立場としては、政治的な話題に意見を披瀝《ひれき》するわけにはいかないのだろう。

「それは、落ちた時にただの人になっちまうからだに」

岩本老人が明快に解説する。

「松本市長に押しつけて、そっちが落選してただの人になるのは構わねえんだら」

「最初から勝てないと思うなんて、敗北主義もいいところじゃないですか」

「そうだ、ズクが根性《ねえもんで》」

老人はどこまでも辛辣《しんらつ》だ。

# 第七章　知事選への策動

## *1*

　松本市長に知事選出馬を要請した長野市長が、はたして岩本老人の言うように「ズク《根性》がねえ」のかどうかは多分に疑わしいが、長野知事選が大揺れに揺れているらしい状況は、何となく伝わってくる。

　他県のことだから、浅見は詳しい事情は知らないが、ひと頃、何やら不祥事めいたことが原因で、秋吉知事の支持率が下がって、苦境に陥ったという報道に接したような記憶がある。長野県議会はオール野党みたいなものだそうだから、孤軍奮闘の秋吉はさぞかし苦労が多いのだろうな——と推測できる。

　それだけに、浅見の手にある「オリンピック使途不明金」の書類の存在価値が重大な意味を持ちかねないということは、十分、認識できるところだ。使いようによっては、いわば諸刃の剣になりうる。

浅見は竹村警部に岡根寛憲のことは話したが、もう一人のキーパーソンである渡部公一のことを話すべきかどうかで迷った。

「じつは、オリンピック使途不明金の書類についてですが」

朝食の席から岩本老人が去るのを待って、浅見は重い口を開いた。

「この問題に関係していそうな人物が、もう一人いるのです。しかも、この男は僕に書類を託した情報提供者を狙っているかもしれないという恐れがありましてね」

「えっ、どういうことです?」

爪楊枝を使いながら、のんびり新聞を眺めていた竹村だが、さすがに、事件性のある話とあって、目の色が変わった。

「その男とは何者なのか、そいつは教えて貰わないと困りますよ」

「うーん、困りました」

「困っている場合ではないでしょう。情報提供者を狙っているということが分かっているならなおさらです。何か不測の事態が起こってしまってからでは、遅いのですよ。浅見さんらしくないですね」

「それは十分、分かっています。しかし依頼人との約束がありますからねえ。さっきも言ったとおり、自分たちの素性がバレるようなことは、警察には絶対に言わないでほしいというのが条件なのです」

「そんなこと言って、現実にその人たちに危険が及ぶ可能性があるのでしょう」

「その点はまだはっきりしていません。いまはまだ憶測の段階ですから。かりにその人物が書類の存在に勘づいていたとしても、単純にその書類に興味があるのか、それを力ずくで奪おうとするのかも分かりません」

「どういう素性の人間ですか？」

「コンサルタント業のようなものと言っているらしいですが」

「総会屋のようなものですかね」

「あるいは」

「暴力団との繋がりはどうなのです？」

「ありうるでしょうね」

「だったら、なおさら放置しておくわけにはいかないじゃないですか。依頼人との約束を守るほうを大事にするのか、依頼人の生命を守るべきか、考えるまでもないことではありませんか」

「生命の危険とまでは、僕は言ってないのですが」

浅見は苦笑したが、少なくとも、宇都宮夫婦に何らかの形での危険が及ぶ可能性のあることは否定できない。

「分かりました。ではその男の情報をリークしましょう。ただし、依頼人のことをオープンにしないという条件で、とりあえず、その男の素性を洗って貰うわけにはいかないでしょうか」

「そうですねえ……いいでしょう。しかし、事件性がはっきりした段階で、依頼人のことも明らかにする必要があることだけは承知しておいてください」

「ええ、その点については、彼らにも了解を取ってあります。事件解決のあかつきには、名乗り出るそうですよ」

「いま『彼ら』と言いましたね。つまり、依頼人は複数ですか」

「あっ、あははは、不用意でした」

浅見は苦笑して頭を掻《か》いた。こんなお人好しでは、ベテラン刑事の誘導尋問にすぐひっかかりそうだ。

2

浅見は渡部公一という名前と、渡部と岡根寛憲とは企業コンサルタント繫がりであったらしいということを話した。

竹村としては、「依頼人」がどうして岡根寛憲から問題の書類を受け取ったのか、その経緯を知りたいところなのだが、その点については浅見は頑として突っぱねた。

「依頼人が誰かということは、現時点では事件解明にまったく関係がありません。問題は、渡部なる男が岡根寛憲とどういう繫がりがあったのかです。それと、オリンピックの書類を奪ったとして、それをどのように利用しようとするのかですね」

浅見がそう言うと、竹村は刑事特有の鋭い目つきになって、天井を見上げた。

「常識的に考えれば、それをネタにして誰かを恐喝しようとするのでしょうな」

「そうだとすると、オリンピックの財源の一部をネコババしたか、何らかの隠蔽《いんぺい》工作を施したかした人物なり団体なりを、恐喝の対象として狙うということになりますか。岡根氏も、そういう関与をした結果、殺害されたと考えていいと思います。つまり、書類を振りかざされたり、旧悪を暴かれたりしては困る人物の犯行でしょう」

「浅見さんはそんなふうに簡単に決めつけますが、警察はあくまでも実証主義ですから、事実関係を摑まないかぎり、予断や予見をもって捜査を進めることはしませんよ」

「予断ではなく、仮説です。岡根氏の自宅が荒らされていたことから言っても、いまのところ、この仮説が最も有力なのではありませんか。少なくとも、初動捜査の段階ではオリンピック関連の疑惑までは捜査の対象になっていなかったのだし、今回出てきた渡部なる男の件も、注目に値する新事実であるはずです。これによって、新たな展望が開けるのではないでしょうか」

「確かに、浅見さんの言うとおりではあることを認めますが……」

竹村の瞳から、急に力強い輝きが失せて、悩ましげに眉をひそめた。明らかに、屈託した気分が生じたことを思わせる。

「その方向で捜査を進めて、何か不都合な問題でもあるのですか？」

「いや……」

竹村は激しく首を横に振った。

「警察はつねに厳正にことに当たっておりますから、捜査に迷いはありません。しかし、現在はいささかデリケートな時期にさしかかっておりましてね」

「はあ……デリケートな時期とは、どういう意味なのでしょうか？」

「選挙ですよ、選挙」

「あっ、なるほど……」

ついさっき、この夏の知事選のことが話題に出たばかりだ。地元にとっては最大の関心事なのだろうけれど、余所者の浅見にはピンとくるものがなかった。

考えてみると、オリンピック使途不明金問題は、前知事の時代に発生した「負の遺産」のようなものである。いまからわずか八年前の出来事だ。当然、その「作業」に関係した人間の何人かは、現在も県当局の中でそれなりの地位にいるのではあるまいか。

もし法に反するような事実があったとすれば、その問題に関わった連中にとっては時限爆弾を抱えているような気分にちがいない。たとえ刑事としては時効を経過しているとしても、民事として問題が再燃すれば、ただでは済みそうにない。

不正があったのかなかったのかはともかくとして、その話題が人の口の端にのぼるだけでも、愉快ではないだろう。まして、長野県の政界や行政の関係者にとっては、一日も早く忘れ去ってしまいたいことであるにちがいない。

竹村は何も明言したわけではないけれど、浅見は「情報」の出所が秋吉知事ではないかと考えている。

知事選挙直前という時期が時期だけに、岡根寛憲殺害事件の背景に、オリンピック使途不明金問題が絡んでいるということを、知事から捜査の現場に提示されたとなると、何やらそこに、政治的意図が働いていると勘繰られる可能性がある。

　竹村はその点を気にしているのだ。いや、竹村ばかりでなく、捜査当局そのものが二の足を踏む事情は、浅見にも分からないではなかった。

「しかし、岡根氏殺害の事件を追及するためには、オリンピック使途不明金問題を避けて通るわけにはいかないでしょう」

「それは百も承知の上です」

　日頃、温厚な竹村にしては珍しく、苛立たしそうに言った。竹村も浅見と同様、政治や経済がらみの話は大いに苦手なのだ。

「じつを言うと、岡根の事件が発生して間もなく、秋吉知事が関わっているのではないかという噂が流れましてね」

　竹村は言いにくそうに、

「岡根が職を辞する際、知事とのあいだで何らかの軋轢があって、それが今回の事件と何らかの関係があるのではないか。ひょっとすると殺害の動機になっているのではないか——といったような憶測です。いまはなぜか、立ち消えのような形になっていますが、見方によっては、その噂も、夏の知事選を視野に入れて流されたものと考えることもできます。それと同じように、オリンピック使途不明金問題と絡めるというのも、逆の意味できわめて政治的な意図を疑われる要素があるのですよ」

「というと、選挙が終わるまでは、警察はその問題に触れた捜査を進められないということですか」

「いや、そうとは言いませんが、少なくともおおっぴらにはやりにくいということは事実です」

「やれやれ……」

浅見は嘆かわしそうに首を振った。

「竹村さんでさえ、そんなふうに手かせ足かせで縛られるのですから、宮仕えというやつは辛いものがありますねえ」

「確かに。その点、浅見さんが羨ましいですね。自由奔放に何でもできる」

「いや、そんなこともないですよ。僕の場合はおふくろと、それに兄というたいへんな存在に首根っこを摑まれていますからね。ただし、政治的な圧力だとか、利害関係で消極的になったり、反社会的行為を見逃したりすることはしなくて済みます」

「自分だって、反社会的行為を見逃したりはしませんよ」

竹村は憤然と言った。

「ただ、いまは時期的に具合が悪いと言っているのです。むしろ、警察が選挙に干渉したような結果を招けば、それ自体が反社会的であると見做されかねませんからね。慎重にならざるをえないのです」

「しかし、そうして手を拱《こまね》いていたら、事件解決はますます遠のくばかりではありませんか。選挙は八月でしたっけ。事件発生から五カ月も経ってしまいますよ」

「その間、漫然と手を拱いているわけではないです。浅見さんが持ち込んだ渡部公一の調査を含め、やるべきことはやります。それより浅見さん、あなたのほうこそ、警察なんかに頼らないで、独自に捜査を進めるつもりがあるのではありませんか」

「もちろんそのつもりです。警察に頼らないというのが、われわれの本来の方針だったのですからね。竹村さんに挑戦するわけではありませんが、警察を出し抜く気構えで真相解明に努めますよ」

「それは結構……と言いたいところですが、警察の人間としては、民間人に犯罪捜査を勧めることはできません。相手はかりにも殺人犯ですぞ。絶対に危険を冒すような真似はしないでください。でないと、それこそお兄上に密告しますからね」

「だめですよ、兄を持ち出すのは卑怯です。そんなことより、警察が一刻も早く真っ当な捜査を進めるべきじゃないですか。民間人ごときに先を越されることのないよう、大いに頑張ってください」

「当たり前です」

二人はまるで喧嘩腰のようになって、テーブルを挟んで睨み合った。

その日、浅見は東京に戻っている。その翌日、代々木にある全国スケート連盟に理事長の永井《ながい》克義《かつよし》を訪ねた。永井は例の書類の中に頻繁に名前が出てくる人物の一人だ。

インタビューの目的は「今年度全国フィギュアスケート大会の長野市開催について、抱負をお聞きしたい」という触れ込みである。

月刊誌『小説宝石』の記者を名乗った。浅見はTOPで使えるように、日頃から各社の名刺を所持している。

「いまや、フィギュアスケートの女子選手はアイドルなみの人気です。国際的にもトップクラスの選手が輩出して、まさに日本フィギュア界は花盛りといったところですが、理事長としては、この状況をどのようにお考えでしょうか」

そういう質問から始めて、フィギュアスケート界のあれこれをインタビューした。

永井は機嫌がよかった。恰幅のいい体軀《たいく》を震わせるようにして、よく笑い、手振りを交えて饒《じょう》舌《ぜっ》に喋った。

質問を終えて、テープレコーダーを片付けながら、浅見はさり気なく言った。

「ところで、長野オリンピックの時は、オリンピック誘致に、理事長の働きがものを言ったのだそうですね」

「ん？　ああ、まあ微力を尽くして、実現させたことは事実ですな」

「その際、誘致には相当な資金がつぎ込まれたと聞きましたが、いったい、どのくらいの資金が必要だったのでしょう？」

「それはきみ、かなりの額だよ。少なくとも十億程度のオーダーだろうね」

「そういう資金というのは、政府から出るものなのですか？」

「政府？　ははは、政府が金を出すものか。政府が出すのは、新幹線だとか道路だとかのインフラ整備や施設費ぐらいなものだ。誘致合戦を勝ち抜くための金なんか、ビタ一文も出しはしない」

「とすると、民間からですか？」

「まあね……しかしきみ、そういうことは詮索するもんじゃないよ」

永井は急に表情を引き締めた。このインタビュアーに警戒感を抱いたようだ。

「もっとも、どこから出ていたかなんてことは、もうとっくの昔に時効になったような話だがね」

言い訳するような口ぶりで言って、「こんなところかな」と席を立った。

3

県議の金子伸欣は、このところ憂鬱な日々が続いていた。知事選に向けて、肝心の候補者策定の作業が一向に進捗《しんちょく》しないのである。前回、議会で不信任案を可決して知事の座から引きずり下ろしたものの、秋吉の再出馬が予想されていながら、有力な対抗馬を用意できずに惨敗を喫した。このままではその大失態の二の舞を演じかねない。

知事選の日程が迫ってくるにつれ、知事と議会の対立はいっそう先鋭化してきた。もともと、アンチ秋吉の動きは露骨に表明されていたのだから、いまさらオブラートに包むような配慮は必要としない。ごく一部に存在する中立、もしくは秋吉寄り議員を除いて、ほぼ全会派が党の垣根もイデオロギーも乗り越えて、大同団結して「秋吉おろし」をしようという勢いである。

ただし、総論は一致しても、それぞれの会派は個別の「お家の事情」を抱えているだけに、なかなか纏《まと》まった結論を出すには至っていない。

信濃日報新聞が行なったアンケート調査によると、知事に対する県職員の支持率はわずか三パーセントという結果が出た。もっとも、職員と知事の対立は、県の財政改善を旗印にした秋吉の賃金カット以来、険悪なものがあったので、この時期にいまさら、県の職員を対象とするそういう調査を行なうことの真意が疑われても仕方がない。

反面、皮肉なことに、ほぼ同時期に行なわれた県民の意識調査によると、秋吉知事の支持率は急激に好転していることが分かった。一時期、三十パーセント台に落ち込むのではないかと見られていたものが、五十パーセント台を回復したのである。

選挙は水物だし、世論調査の結果などあてにはならないと思うが、支持率が一応、五十パーセントを超えるとなると、反秋吉派にとってはかなり厳しい。これがそのまま投票行動に結びつくかどうかは分からないが、数字上では過半数を獲得する勢いなのだ。

その結果を見たためか、アンチ秋吉側の知事候補選びの迷走ぶりが始まった。いくつものグループが「県政改革」ののろしを上げたのはいいのだが、帯に短しタスキに長し——といった具合で、担ぐに足る「いいタマ」が出てこない。最も理想的と期待された松本市長にもあっさり断られたのが、迷走の典型的な例といえる。

この時点ですでに自薦による出馬表明をした者が二名いる。いずれもやる気はまんまんで、一部には熱心に推すグループもあるのだが、大局的に見て、はたしてそれでいけるかと言えば、大いに疑問だ。資質はともかくとして、秋吉に対抗できるほどのネームバリューも経歴もない。保守系も革新系の会派も手放しで乗れるタマではないと見ている。

またあるグループは、地元高校のOBであるというコネを頼りに、東京在住の著名な評論家を担ぎ上げようとして、早々にアドバルーンを上げたが、現時点では出馬できる状況にないと、本人にあっさり断られた。

何はともあれ、秋吉に対抗するには、とにもかくにも候補者を絞って一本化することが必要最低条件であることに関しては異論はない。議会内で保守系会派の旗振り役を務めている金子としては、こうなったら誰でもいいから役者を決めて、全会派を纏めたいところなのだが、それが難しい。

「何かいい知恵はないのかねえ」

金子は秘書の斉藤を相手にぼやいた。

「岩田《いわた》先生を推す案はいかがですか」

斉藤は表情の無い顔で言った。言葉つきは丁寧なのだが、抑揚に乏しい。表情ばかりでなく、内心で何を考えているのか摑みにくい男だ。

「岩田さんか」

金子はあまり気乗りのしない口ぶりになった。岩田誠三《せいぞう》は保守党の代議士を四期務めたベテランだが、前回の衆院選で落選した。すでに七十二歳。政界からの引退も囁かれていただけに、知事選候補としては当初から名前が上がってこなかった人物だ。

「いまさらなあ……」

「しかし、岩田先生なら温厚なイメージですし、人望もありますから、秋吉知事とは対照的であるという意味で、これまで出ている中では際立っていると思いますが」

「なるほど……」

そういう考え方もあるか——と、気持ちが動いた。存外、最後の拠り所として、各派の賛同も得られるかもしれない。

「それにしても、勝つまでにはそうとう難しいのじゃないかな。一応、長年保守党一本できた先生だから、民生党としては建前の上からいって、おいそれと乗りにくいだろう」

「確かに」

それきりで、反論もせず、書類の片付けなどに精を出している。斉藤のそういうところが気に入らない。

「おい、岩田さんで行くとして、何か勝つ方法はないのかね」

「はあ、ないこともないとは思いますが」

「たとえば、どうする?」

「秋吉知事の人気を失墜させればいいのですから」

「それは分かっている。いままでもさんざんやってきたことだ。しかしどれも決定打にはならなかったじゃないか。むしろ、出張費問題なんかをあげつらったのは、逆に重箱の隅をつつくようだと、県民からの不評を買ったくらいなものだ」

「そういった、重箱の隅をつつくようなことでは、もはや効果はないと思います」

「それで？」

「大きなスキャンダルを暴くのが、最も効果的ではないかと」

「それだって、秋吉後援会が業者と癒着した問題も、百条委員会が発動したにもかかわらず、警察の動きはきわめて鈍いじゃないか。支持率だって、その時点でむしろ上がってきている」

「それも回りくどい話でした。もっと単純かつ分かりやすい材料で斬りつけるのがいいのです」

「ははは、そりゃ、そういうものがあればの話だな。だけど、秋吉は過去にいろいろスキャンダルめいた話題を提供してきた実績がある男だぜ。マスコミなんかにさんざん叩かれてもいる。それでもめげない。打たれ強いんだな。その秋吉に、いまさら打撃を与えるようないいネタがあるのかね」

「あると思います。なければ作ればいいことですから」

「おいおい、まさかガセネタで追及しようって言うんじゃないだろうな。このあいだの国会で、民生党のお調子乗りが、ばかなガセネタを信じて、保守党首脳を攻撃して、手痛い目に遭っているのを忘れちゃいけない」

「そのような愚かなことに手を染めるつもりはありません。ただ、どこかの誰かが秋吉知事のスキャンダルを流すのを、あえて止めることはないでしょう」

「ふーん、そんなうまい話が、おいそれとあるとは思えないがね」

「おっしゃるとおりです。ですから、あると信じるのです。最初からないものと決めてかかっては、何も生まれません」

「それはまあ、そのとおりだが。しかし、どういうスキャンダルがある？」

「それは先生はお知りにならないほうがよろしいでしょう。いえ、私も関知しないこととして、話が進むのがいいのです。ただ、先生には工作資金を集めていただかなければなりません」

「資金？……まあいいだろう。しかし、それなりの資金となると、帳簿上でどう処理するのか、難しいのじゃないのか」

「帳簿には載りません。パーティを開き、寸志を募る形にして、もちろん領収書も発行しない金にします」

「パーティって、何のパーティだい？」

「『秋吉知事を引きずり下ろす会』とでもするのはいかがでしょうか」

「ははは、そいつは面白いが、ちょっと露骨すぎはしないか」

「そのくらい露骨にやらないと、先生方はのんびり、人ごとのように構えています。今度の選挙は、向こう四年間の長野県政を決定づけるものです。その後にやってくる議会選挙の成否にも大きく影響します。火の粉が自分の頭に降りかかってくる重大な意味を持つものであるという、危機感を抱かせ、目的をはっきりさせれば、呑気な先生方にも多少の出費は納得していただけるでしょう」

そういう過激なことを、シラっとした顔で淡々と言えるのには感心させられる。

考えてみると、いつの選挙でも斉藤はそれに似た裏技を使って、対立候補を叩いてきたのだ。

前回選挙で、秋吉ブームのあおりを食らって、名もない新人相手にあやうく落選しかけたのを救ったのも、斉藤のウルトラCがあったればこそにちがいなかった。味方であるうちはいいが、下手をして敵に回したら恐るべき相手になるだろう。そう思うと、何はともあれ、斉藤の言うがままにやらせてみるしかなかった。

その夜の「風花」の会合でも、その話題が出た。保坂、木島、内藤の三議員も「引きずり下ろす会」には賛同した。保坂に至っては運動資金を出してもいいと約束した。

*4*

六月に入って間もなく、折からの梅雨空のように陰鬱な噂が広まり始めた。発信元は「長野県を明るく元気にする二百十八万県民の会」と称するブログである。

**〔謎、謎、謎に包まれた怪死事件の真相とは？〕**

こういう見出しが第一報だった。内容は、三カ月前に県南で発生した殺人事件の捜査が難航していること。その背景には長野県民を震撼させるような恐るべき事実が隠されている——といったような、あくまでも抽象的な言い回しで、事件現場も被害者の氏名も伏せたままだ。

伏せてはいても、誰が考えても事件が岡根寛憲殺害事件であることは想像がつく。いったい何が言いたいのか——と興味を抱く。それに対して、

**〔真相は次号のこのページで〕**

と、人を食ったような記事であった。そしてその「次号」には、

**〔被害者と知事の怪しい？関係〕**

と出た。「怪しい」の後に「？」をつけたところに、この犯人の周到なところが窺える。あとで問題になった場合、憶測記事だと逃げを打つ準備なのだろう。記事の内容は、飯田市南信濃で「惨殺」死体となって発見された被害者と知事のあいだには、緊密な関係があったことはよく知られていて、その後、両者は反目しあい、憎悪のうちに決別した――といった趣旨だ。

ここでようやく事件現場に触れた。しかしまだ被害者の氏名を出していない。事実関係を小出しにして、劇場効果を高めようとする意図が分かる。「憎悪」などという表現を使えば、それが事件の動機になりうると認識されることも計算している。

そして「第三弾」でついに名前が明かされた。

**〔元長野県特別企画室室長　岡根寛憲氏の悲劇とは？　追放から惨殺まで〕**

おそろしく過激な見出しだが、前の二つの記事などで先入観を植えつけられている者にとっては、何となく、知事が岡根を追放し惨殺したようなニュアンスで受け取られかねない表現である。

しかし実際はそうは言っていない。詳しく読めば、岡根の辿った「数奇な運命」を端的に言えばそうなる――という趣旨にすぎないことが分かる。

どの記事にも、最後に「これでいいのか。明るく元気な長野県を作ろう！」と、取ってつけたようなスローガンが掲げてある。

実体のない私的なブログだから、アクセスしない者にはまったく無縁のままだが、多少なりともインターネットを扱う人間なら、偶然、あるいは意図しないまま、いやでも接触してしまう。「岡根寛憲殺害事件」はもちろん、「長野県政」「知事選」「秋吉知事」といったインデックスからでもアクセスしてしまうような仕掛けになっているからだ。

初めのうちはごく少数の目にしか触れなかったが、やがてマスコミが無視できないほどまで浸透してきた。少なくとも、こういうブログの記事が流されている——という事実を報じる必要に迫られた。いや、「迫られた」という消極的な形で記事にしたと言えなくもない。

このブログの存在には、警察は早くから気づいている。しかし、表立って対応する行動には入らなかった。マスコミを使っておおっぴらにやるのならともかく、個人的なブログ上でどのような意見を発表しようと、それは自由だ。とにもかくにも日本は自由・民主の国なのである。

無数にあるブログの「書き込み」には、もっと過激な誹謗中傷記事が溢れかえっている。それに対して、今回の場合は、少なくとも個人を名指しで中傷しているわけではない。名誉棄損にはならない程度で、しかし結果としては「誰が」「何をした」のかを容易に憶測できるような仕組みである。

信濃日報は政治欄の「県政こぼればなし」というコラムで、このブログの記事を紹介した。

**〈最近、とあるブログ上に奇妙な内容の記事が流れていて、一部マニアのあいだで話題を呼んでいる。その内容というのは、ことし三月中旬に南信濃で遺体が発見された元県特別企画室室長岡根寛憲さんの事件にまつわるもので、同記事では「事件の背景や真相に迫る」という論調を展開**

**している。もっとも、信憑性の有無についてはかなり疑わしく、警察当局もいまのところはまったく関心を示していないもよう。〕**

こういった書き方で、岡根がかつて、秋吉県政がスタートした際の目玉的存在であったこと。それが突然、辞任してしまったこと。辞任の理由は秋吉知事と「深刻な」軋轢があったと推測されていること——等々、岡根と長野県政との関わり具合を紹介し、

**〔このブログにあるように、岡根さんの悲劇的な最期の遠因に、秋吉知事との「決裂」が何らかの影を投げかけているのでなければ幸いである。〕**

と結んでいる。明らかに逆説的に「何らかの影」を投げかけていることを匂わせる言い回しだ。

その記事を読んでいる斉藤秘書の携帯に、信濃日報の小林記者から「見ましたか？　どうです、こんなところでいいでしょう」と言ってきた。

「そうね、うまくまとめているじゃないですか。どうもありがとう」

「この程度のことなら、お安いご用ですよ。しかし、ブログを使うっていうのは、いいとこついてますね」

「いや、私は知りませんよ。どこの誰がブログを作っているのかも知らない。世のなかには奇特な人もいるものだと、感心しているだけです」

「ははは、うまいうまい。ただし斉藤さん、僕はただの奇特な人っていうわけじゃないですからね」

「分かってます。近々、どこかで会いましょう。権堂《ごんどう》に『マリクネ』っていう店ができたんだけど、そこ、紹介しますよ」

斉藤は自分の息がかかった店の名を告げて、小林とのアポイントを取った。

# 第八章　第二の犠牲者

## 1

六月の役所は、一年を通じて最もひまな時期といっていい。春の進学や職場の異動なども一段落ついて、ほうっと気抜けするのかもしれない。ことに梅雨に入ってからは、あまり外出する気も起きないのか、訪れる人の数は明らかに減少する。

だが、宇都宮直子だけは、このところ緊張を強いられる日々が続いていた。原因は渡部公一である。自宅から役所への往復の途中、どこからか、誰のものか分からない視線を感じることがあった。ストーカーに狙われるとは思えない。思い当たるのは渡部ぐらいなものだ。

実際、渡部の姿を見かけたこともあった。その時は同僚三人と渋谷へ飲みに行くところだったので、渡部が接近してくることはなかったが、もし一人だったら何か話しかけてきそうな雰囲気を感じた。

その日、直子が役所を出て、傘を広げた瞬間、その傘の下の三十メートル先に渡部の姿を発見した。電柱の脇で、黒い大きな傘をさしながら、こっちを見て佇んでいた。

直子はギョッとしたが、その方向に駅があるから、一歩、踏み出しかけたところだったので、いまさら踵《きびす》を返すわけにもいかない。仕方なく、素知らぬ顔で近づいた。

渡部は明らかに、最初から直子の姿に気づいていたらしい。いや、そもそも直子が現れるのを待ち受けていたのかもしれない。直子が近づく前から笑顔を浮かべ、あと五メートルほどのところで「やあ、どうも」と、軽く手を挙げた。

「あ、えーと、あ、渡部さん、でしたね。どうも、その節は」

直子は咄嗟《とっさ》には相手の名前も思い出せなかった――という様子を装いながら、小さく頭を下げ、そのまま通り過ぎようとした。

「その後、どうです？」

渡部は、直子と並んで歩きだした。

「は？　何のことでしょうか？」

「いや、何か変わったことはなかったかと思ってね」

「別に、何もありませんけど」

「それはおかしいな。何かが起こっているはずなんだけどねえ」

「どうしてですか？」

「それはだから、いつかも言ったように、あんたが岡根と最後に会った人間だと思われているからだよ」

「まさか……私が会ったのは一度だけで、岡根さんが亡くなるひと月ぐらい前のことです。岡根さんはそれから何人もの人に会っているでしょう」

「それはまあ、ただ顔を合わせたり、話をしたりするぐらいのことはあっただろうけれど、重大な用件で、しかも二人だけで密かに会ったのは、あんたが最後だね」

「密かにって……そんな密会みたいな言い方をしないでくれませんか。私は単に公務で岡根さん宅にお邪魔しただけですから」

「公務でも何でも、そういう会い方をしたのはあんたが最後なんだ」

渡部は引導を渡すように繰り返した。

「どうしてそんなことが言えるんですか」

「岡根がそう言ってたからさ」

「えっ？……」

直子は驚いて、思わず足が停まった。

「岡根さんが何を言ったんですって？」

「ブツはあんたに渡したってね。いや、そうは言わなかったし、あんたの名前も言わなかったけどさ。とにかく役所の女性に会ったことは言った。となると、ブツを渡した相手はあんたしかいない」

「ブツ？……何ですか、それ？」

「へへへ、隠したって、だめだよ。おれのほうはちゃんと聞いてるんだから」

「ですから、何を聞いたんですか？　ブツって何なんですか？」

「それは言わぬが花だろう。何にしたって、金になる品物だ。あんたは知らないだろうが、もともとそいつは、おれの手に入るはずだったんだ。その話が進行している矢先に、岡根がああいうことになっちまった。あんたがどういう条件で岡根から譲り受けたか知らないが、そいつを、正当な権利者であるおれに渡してもらいたい。いや、もちろん、ただ寄越せってわけじゃない。それなりの対価は払うよ。あんたの希望金額を言ってもらえば、なるべくそれに沿うようにする」

「呆れた」

直子は渡部に背を向けて、歩きだした。渡部は慌てて、ついてくる。

「こっちは、何の話かさっぱり分からないって言ってるのに、正当な権利者だとか、希望金額だとか、ずいぶんいろいろなことをおっしゃるんですね」

「またまた、とぼけなさんな。あんたのところにも当然、話はきているんだろう？　どっちからどういう条件を提示してきたか知らないが、おれのほうは悪いようにしないよ。いつまでも引き延ばしてると、ろくな結果にならないぜ。ものには潮時ってものがある。正直言うと、おれも切羽詰まってきているんだ。テキさんには、ブツは手に入れたも同然と言っちまったからね。売り惜しんで、値を吊り上げてるんじゃないかと思われると、恐ろしいよ。このままいくと、プッツンしかねない。ほんとの話、ヤバいことになっているんだ」

はじめは冗談めかしていた渡部の口調が、しだいに、それこそ切羽詰まったような言い方に変わってくるのが分かった。直子はようやく、渡部に対して優位性を感じた。

「いい加減にしてくれませんか。私には何のことやら、さっぱり分からないって、何度言えば気がすむんですか？」

「いや、あんたは知ってるはずだ」

渡部は断言した。

「あんたは誤解している。岡根とおれとは、ちゃんとした取引のある関係だったんだ。彼は愛妻家でね。その奥さんがガンに罹った。二年ぐらいの闘病生活だったかな。岡根はほとんど付きっ切りで看病してたよ。ろくに収入もなく、治療費で貯金は使い果たした。保険金を担保代わりにして、おれから借金までした。そんな具合だから、おれは岡根に、忠告してやったんだ。例のブツを連中に売りつけろってね」

「連中って誰なんですか？」

「ん？　ああ、それはまあいいだろう。とにかくブツを欲しがる人間がいるってことだ。岡根もその気になったようだ。何しろ、経済的にニッチもサッチもいかない状態だったからね。おれだって貸した金が返ってくるかどうか心配だったよ。で、おれが代理人になって、その方向で交渉を始めることにした。ところが、その矢先にカミさんが亡くなってね。そしたら突然、岡根は気が変わった。保険金が下りて、おれやほかの借金が返済できたこともあったのだろうけど、それだけじゃなくて、何か悟るところでもあったにちがいない。金は要らないから、長野県知事の秋吉の苦境を救うんだ——とか言っていた。ブツはそのための武器にするともね。おれは反対だったよ。そんなもったいないことをするなって、さんざん言ったんだが、どうしても気持ちが変わらない。そうこうするうちに、岡根が消されちまった」

　渡部は大きくため息をついた。

「岡根が死んだあと、彼の部屋に入って例のブツを探したんだが、驚いたことに、どこにも見当たらない。ひょっとすると、岡根はブツを持って出て、殺されたのかと思ったのだが、そうじゃないことに気がついた。おれが入る前に、何者か――おそらく岡根を殺した犯人が部屋に入って、家捜しをしていたらしい。ということは、つまりテキは岡根の手からブツを奪ったわけではないのだ。しかもその後、おれのところに得体の知れない電話がかかってきた。はっきりした用件は言わないのだが、どうやら問題のブツを欲しがっているらしい。となると、やつらはまだ肝心のブツを手に入れていないってことだ。つまりブツは、岡根が殺《や》られる前に、すでに岡根の部屋から持ち出されていたってことになる。

　そのタイミングは、岡根があんたと会った時だってことも分かった。それまで岡根はずっと自宅に引きこもっていて、コンビニに買い物に行く以外には誰とも会っていないはずなのだ。つまり、ブツを渡せるのはあんた以外にはないってこともね。しかし、いまの話を信じると、あんたのところには、まだどこからも何も言ってきてないらしい。テキはあんたのことなんか知っているはずもない、いわば盲点ってわけだ。ただね、いまは、テキはおれがブツを隠していると思い込んでいるからいいが、そうでないことが分かると、そのうちにあんたがヤバいことになるぞ。いや、その前におれが消されかねない。そういうところまできているんだ。そういうわけだからね、とにかく頼むよ。ブツを渡してくれよ」

渡部の態度が強要から懇願に変化してきた。

直子は動揺した。岡根のこともあるから、渡部の不安は絵空事ではないかもしれない。いっそのこと、例の書類を渡部に渡して、身軽になったほうがいいかも——と思った時、ふいに渡部が「あっ」と言って、身を翻すようにして、横道に逸れた。

なぜそうなったのか、理由は間もなく分かった。五十歩ばかり歩いた先に、二人の男が佇んでいた。スーツ姿だが、明らかにふつうのサラリーマンとは違う。目つきの悪さからいって、直子の頼りない勘でも、刑事にしか見えなかった。渡部は何か、後ろ暗いことをして、警察に追われているにちがいない。

ともあれ、お陰で直子はピンチを救われた恰好だが、本当に救われたのかどうかは、はっきりしない。渡部が「テキ」に追われている事態に変わりはないのだし、そのとばっちりがこっちに及ばない保証はないのだ。

その夜、直子は夫の正享にこの出来事を話した。

「どうしたらいいと思う?」

「そうだな、そこまで、直子が預かったことがバレているとなると、本当にヤバいかもしれないな。浅見に相談して、書類を渡部に渡してしまったほうがよさそうだな」

正享はあっさり結論を出した。

「私もそのほうがいいとは思うんだけど……でもねえ、それでいいのかっていう気もあるのよ」

「どうして躊躇《ためら》うのさ?」

「………」

直子は説明する言葉に窮した。

岡根の「この件は僕とあんたとの秘密」と言った言葉が蘇る。この書類を委託する理由は、「あんたが長野県人であること」とも言った。真面目で慎重な長野県人の特性を備えているから――と。

渡部の話によると、妻の死の直前まで、岡根は書類を渡部に渡し、なにがしかの金と交換するつもりだったようだ。それが、妻が亡くなり、さらに直子と会ったことで変わったというのは、彼なりに何か感じるところがあったのだろう。

岡根は「あんたは長野県人として預かる義務がある。僕に納税の義務があるごとく」と言っていた。「長野県民にとって大切な品」と説明した。

岡根自身は信州人でもないのに、長野県のことを慮《おもんぱか》るような言葉だった。

その時のことが、直子を躊躇《ちゅうちょ》させている。あんなふうに、真摯《しんし》な思いを込めて、長野県のたぶん「将来」を託されたのに、軽く扱っていいものかどうかと思ってしまう。

その義務感と、目前に迫っているらしい危険とを秤《はかり》にかけて、直子は迷った。

「浅見さんに悪くないかなあ」

逡巡《しゅんじゅん》の理由を、別の言い方に換えた。

「南信濃まで行って、いろいろ調べてくれているんでしょう。迷惑かけてるのに、気が変わったなんて、申し訳なくない？」

「そんな心配は必要ないさ。あいつだって、われわれが危険に晒されることは望みはしないだろうしね。とにかく、のんびり考えている余裕はないよ。警察に届けるか、それがいやならさっさと渡してしまうしかない。それでいいだろう？」

正亨に決断を催促されて、直子は仕方なくコクリと頷いた。

正亨はすぐに浅見に電話して、事情を説明した。

「そういうことだから、浅見に預けた書類を返してくれないか」

「それは、宇都宮がそう望むなら、僕としては反対する理由はないが、しかし、それで安全になるものかどうか……」

「いや、危険の元凶はあの書類なんだから、それが取り除かれれば、もはや心配することはないだろう。とにかく直子もそう言ってるんだから、返してくれよ」

「そうか、了解。それじゃ、明日、きみの家へ行くよ」

約束どおり、浅見は翌日の夜、宇都宮宅にやってきて、問題の書類を返した。

「これを渡部という男に渡せば、それで万事片づくとは、僕には思えないんだけどね」

「どうしてさ？　これさえ手元から無くなってしまえば、われわれが狙われる理由も消滅するじゃないか」

「うーん……そう言われれば、否定する根拠は何もない。単なる勘のようなものだが、しかし、気掛かりだな」

浅見は憮然として首を捻った。

しかし当事者である夫婦が、考えた末に出した結論を尊重して、浅見は引き上げた。

あとは渡部が現れるのを待って、書類を渡してしまえば終わる。書類は直子が役所のロッカーに仕舞って、渡部が接触してきたら、いつでも渡せるようにスタンバイした。

だが、その肝心の渡部が待てど暮らせど現れてくれない。あれほど切迫したようなことを言っていたくせに――と、直子は腹が立った。

しかし、渡部には渡部なりに、現れるわけにいかない事情のあったことが、間もなく判明した。

2

七月に入った最初の水曜日――役所から戻って台所仕事をしながら、何気なくつけていたテレビから流れるニュースの音声を聞いていて、直子は危うく包丁を取り落としそうになった。

〔きょうの午後、長野県飯田市南信濃を流れる遠山川で、地元の人が男性の変死体を発見し、警察に届けました。飯田署と長野県警で調べたところ、この男性は所持品などから、東京都品川区に住む会社員渡部公一さん四十八歳と分かりました。遺体の状況から、殺害されたものと見られ、警察では殺人、死体遺棄の疑いで飯田署に捜査本部を設置し、捜査を開始しました。

渡部さんが勤めていた会社の話によりますと、渡部さんは月曜日から出社せず、それっきり連絡が取れなくなっていました。渡部さんは独身で、品川区内のマンションに独りで住んでおり、会社内でも自宅周辺でも、トラブルがあったような気配はないということです。

警察は渡部さんが、何らかの事件に巻き込まれたものと見て、現場周辺で不審な人物を見た人がいないか、聞き込みを中心に捜査を進めています。

なお、南信濃の遺体発見現場は、今年三月に、元長野県職員、岡根寛憲さんの遺体が発見された場所に近く、岡根さんも東京都品川区在住だったことから、双方の事件に何らかの関連性があるかどうか、警察はその面にも関心を持っているもようです。」

「やだーっ……」

直子はテレビを振り返った恰好で、ナレーションを聞きおえると、思わず叫んで、動けなくなってしまった。

ニュースが次の話題に移ってからも、しばらくそうしていた。

われに返って、右手に包丁を握ったままなのに気がついた。慌てて包丁をまな板の上に戻すと、直子は夫の携帯に電話した。

「いま駅を出たところだ。腹へったぁ。今夜のおかずは何だい？」

「そんな呑気なことを言ってる場合じゃないんだってば」

いきなり怒鳴りつけて、直子は急に涙がこみ上げてきた。

「何だよ、何を怒っているんだよ」

正享に訊かれても、喉が詰まって、声が出ない。

「どうしたんだ？　何かあったのか？」

「いいから、早く、帰ってきて」

それだけ言うと、受話器を置いた。日頃、強そうなことを言っているわりに、本心から夫に頼りきっている自分に気がついた。

正亨はガチャガチャとドアを開けて飛び込んできて、テーブルに向かってショボンとしている直子を見ると、「おい、どうした？」と怒鳴った。

「死んだのよ」

「死んだ？　おふくろさんがか？」

「馬鹿ねえ、そんな縁起でもないこと言わないでよ」

怒って見せたが、母親が春から入院していて、このところずっと体調が思わしくないのを知っていたから、正亨の懸念も理由のないことではなかった。

「そうじゃないの、あの人よ、渡部公一」

「えっ、あいつが死んだ？　まさか、殺されたんじゃないだろうね」

「それがそうみたいなのよ。しかも、岡根さんと同じ、南信濃の川だって」

「えーっ、どういうことだい？」

直子はテレビで見ただけの情報を正亨に伝えた。

「どうする……」

正亨はそう言ったきり、絶句した。

「やっぱり、例の書類を渡さなかったから、殺されたのかしら」

「まあ、そう考えるほかないだろうね」

「だけど、渡そうと思ったのに、取りに来ないからいけないのよね」

「そりゃそうだ。自分が悪いんだ。うん、こっちには何の責任もないよ」

「だけど、ほんとに渡部の言ったとおりになったわね。あの人、ヤバいヤバいって、しきりに言ってた」

「問題はさ、これから先のことだな」

「そうよね、どうなるのかしら？」

「渡部っていうやつ、直子のことを相手に喋ったのかな？」

「やめてよーっ……」

「いや、僕だってそんなこと、考えたくもないけどさ。しかし、もし喋っちゃったとなると、今度はこっちに矛先が向けられないとも限らない」

「そうよね、その可能性があるわよね」

「やっぱり、浅見の懸念していたことが的中しそうだな。あいつにもう一度、相談したほうがいいかもね」

「でも、悪いわよ、こっちの都合のいい時だけ頼んだり、断ったりして」

「確かに。しかししようがないだろう。ほかに頼む相手がいないんだから。警察にはやっぱり、まずいんだろ？」

「そりゃ、まずいわよ。こんなに話がこじれてきちゃったんだし、いまさら警察になんか行けないわよ」

「だったら浅見に頼むしかない」

しかし、頼むまでもなかった。それから間もなく、浅見から正享に電話が入った。

「テレビのニュースを見たかい？　南信濃の事件」

「ああ、見た。それで、いまきみに電話しようと思っていたところだ」

「そうか。それで、例の書類は渡部という男に渡したのかな？」

「いや、それがまだだったんだ。渡そうと思って用意はしていたんだが、結局、何の連絡もなかった」

「となると、やはりそれが原因で渡部は殺されたと考えるべきだろうね」

「そうだよ、そうに決まっている。だから直子が心配しちゃってさ。いや、おれだって恐ろしいよ。次に狙われるのはうちじゃないのかな？」

「それは心配しないでいいと思う」

浅見は自信ありげに言った。

「どうしてさ？　書類を持っているのがわれわれだと分かれば、犯人はこっちに目をつけるに決まっているじゃないか」

「大丈夫、連中はきみのところに書類があると、気づいていないからね」

「そんなことはないだろう。渡部が喋ったに決まってるさ」

「それはどうかな。もし喋っていたとすると、犯人は渡部を消す前に、話の真偽のほどを確かめるはずだよ。それとも、きみや奥さんのところに、それらしい接触や問い合わせがあったのかい？」

「いや、それはないが……そうか、渡部は喋らないまま殺されたってわけか」

正享は直子と目を見交わして、ひとまずほっとしたが、まったく安心していいかどうかは、確信を持てない。それを見透かしたかのように浅見が言った。

「ただし、完全に安心できるわけじゃない。これから動いてくるのかもしれないしね」

「そうだな。どうしたらいいと思う？」

「差し当たり、身辺に警戒して、油断しないことだ。外出時はとくに気をつけること。自宅に訪問者があったら、相手を確認してからドアチェーンを外すこと。まあ、そのくらい注意していれば大丈夫だろう。いくら治安が悪くなってきたといっても、日本は世界に冠たる法治国家だからね」

「それを聞いて、少しは気が楽になったよ。しかし、これから先のことを、改めて浅見に頼まなければならない」

「分かっている。しばらく成り行きを見てから、もう一度、長野へ行ってみるよ。新しい手掛かりが出ているかもしれないしね」

「そうか、悪いな、ありがとう」

電話に向かって、正享は一礼して、ふと思いついて、言った。

「もし差し支えなければ、下條村にあるカミさんの実家に泊まらないか。大した家ではないが、旨い蕎麦を打ってくれるよ」

「そうか、それはありがたい。蕎麦と聞いちゃ、断れない。お願いするよ」

浅見は陽気に言って、電話を切った。

## 3

浅見は七月半ばを過ぎてから、長野へ向かった。

今年の梅雨は例年より長く、本格的な梅雨明けは八月にずれ込む可能性がある——と気象庁は発表していたが、梅雨前線は九州方面にかかっていて、なかなか北上してこなかった。関東付近は、梅雨期特有の、重苦しい曇り空がつづいてはいるものの、小雨がパラつくか、時折、夕立のようなにわか雨がある程度で、長雨の気配は感じられなかった。

それが月中を過ぎる頃になって、梅雨前線が北上し、山陰、北陸辺りは、梅雨末期の集中豪雨の様相を呈してきた。この分だと、いずれ本州中部や関東地方も、豪雨に見舞われるかもしれないということだ。

浅見が長野へ向かったその日も、中央道を走っている途中から、雨足がしげくなった。飯田署に着く頃は、暗雲が立ち込めて、まだ午後二時を過ぎたばかりだというのに、まるで夕景のような暗さだった。

竹村警部は捜査本部にいた。空模様同様の憂鬱そうな顔をしている。飯田署に居すわったまま、二つの殺人事件を抱えることになったのだから、憂鬱にもなるのだろう。

「どうも、にわかにいやな雰囲気になってきましたよ」

竹村は浅見を取調室に引っ張って行って、まるで被疑者を前にしたような、堅苦しい顔で言った。

「死体発見の現場が、ほとんど同じところだというのは、本当ですか？」

「ああ、そのとおりです。おまけに同じ品川区在住だというのだから、双方の事件の関連を疑わざるをえない。マスコミも早くからそこに目をつけてましてね。しつこくつついてきます。こっちはとぼけるのに苦労していますよ」

「それにしても、なぜ同じ場所に捨てたのですかね？　警部はどうお考えですか？」

「それは浅見さんが考えていることと同じでしょう」

「僕は見せしめだと思ったのですが」

「おそらくね。ブツを所持している者への警告でしょうな。そうでなければ、わざわざ南信濃みたいな辺鄙なところを選ぶはずがありませんよ」

「それで、手掛かりはあったのですか」

「いや、目下のところ、皆無です。死亡推定時刻が七月四日の夕刻から深夜にかけて。死因がロープによる絞殺であるという程度で、遺留品や現場付近での目撃情報のないことは、岡根の事件の時と、まったく同じです。犯行の痕跡がまったく残っていません。タイヤ痕などがあったとしても、雨で流れちまったでしょうからね。したがって、捜査のほうは、もっぱら目撃情報の収集に力を注いでいるところです。聞き込みの範囲を大幅に広げて、国道１５２号沿線はもちろん、飯田市を中心に飯田、松川、駒ヶ根等、中央道のインターチェンジ付近の飲食店へは細かく聞き込みを行なっています。その成果として、南信濃にある和田城というところで、有力な目撃情報が出ています」

和田城というのは、この地方の豪族、遠山氏の居城だったものを復元した観光用の城だそうだ。

「城の脇に茶店がありましてね、そこの小饅頭が名物なのです。殺害当日に、その店に立ち寄った男が、どうやら渡部公一らしいのですよ」

「ほう、独りで、ですか？」

「そのようですが、駐車場の車の中に、誰かがいたかどうか、はっきりしていません。現在、その線をさらに詰めている最中です」

「こんなことを言って、気を悪くされると困るのですが、東京へは捜査員を派遣しなかったのでしょうか？」

「いや、もちろん派遣しましたよ。ただし、浅見さんとの約束もあるので、あまりおおっぴらにはできませんでしたがね。一応、渡部の家や勤務先にガンをつけていたのだが、うまい具合に接触するところまでいかなかったのです。自宅にも寄りつかなかった。何度か見かけはしたのだが、素早く逃げられましてね。渡部は非常に警戒していたようですよ。警察を警戒したのか、それとも今回の犯人と目される何者かを恐れたのかは分かりませんがね」

「しかし、もし、和田城の茶店に現れた男が渡部だったとすると、彼は少なくともその時点までは比較的、自由に動いていたことになりますね」

「そういうことですね」

「南信濃ですか……」

浅見は時計を見た。午後三時。これから行ったのでは、茶店は閉まっているだろう。

「明日にでも行ってみます」

「行くのはいいですが、あまり荒らさないでくださいよ」

竹村は笑いながら、本音でクギを刺している。

「今夜は飯田泊まりですか?」

「いえ、下條村に知り合いがありまして、そこに宿を頼むことになってます」

「ほう、どういう知り合いですか?」

「大学時代の友人の妻の実家です」

それ以上、詳しいことを話すわけにはいかない。浅見は南信濃の帰路に、改めて立ち寄らせてもらう了解を取り付けて、飯田署を後にした。

下條村は天竜川の西岸、伊那平の南端から山地にかかる辺りにある、純粋な農村だ。地理的にいえば、飯田市に隣接しているのだから、遥か遠い南信濃などより先に、飯田市と合併しそうなものだが、なぜか独立独歩の道を選んだ。その理由は、浅見のような門外漢には分からないが、小さい村ながら保育費の完全無料化などを実施していることや、出生率が日本一だというから、この村独自の政策か合併の条件が、ほかの市町村とは合わないのかもしれない。

宇都宮直子の実家、熊谷家では東京からの客を大歓迎してくれた。直子の母親は入院中で、父親と兄夫婦とその息子と娘の五人という顔ぶれだ。

「妹から、浅見さんにお世話になっていることはよく聞いています」

兄の熊谷大司が挨拶した。

「ウッちゃんが、浅見さんは蕎麦が大好物なので、ぜひ手打ち蕎麦をご馳走しろと言ってました。今夜は女房が頑張って、沢山打ちますので、腹一杯、食べてください」

ウッちゃんというのは宇都宮のことで、この家では子供たちまで「ウッちゃん」と呼ぶのだそうだ。

宇都宮が自慢しただけあって、打ちたての蕎麦は旨かった。それに、親父さんが畑から抜いてきたばかりの「からみ大根」という、ごく小振りの大根をおろしたのが、わさび以上に辛く、これがまた旨い。

「ナオは元気にやっとりますか」

ビールで酔いが回ったのか、それまで無口そのものだった父親が、初めて打ち解けたように笑顔を見せ、訊いた。

「ええ、宇都宮君と直子さんは、じつにお元気ですよ。お仕事も順調なようです」

「そうかな、それはよかった。けど、仕事もいいが、早く子作りをすればいいのに。何をしとるもんかな」

これには、子作りどころか、嫁さん作りもできていない浅見は答えようがない。

家の中が賑やかなので気づかなかったが、外は猛烈な豪雨になっていた。

「これじゃ、明日はどこかで通行止めが出るな」

大司は、心配そうに窓の外の暗い空を窺って言った。

「南信濃の和田城を見に行くつもりなのですが、危ないですかね？」

「ああ、それはやめたほうがいいかもしれないですな。明日になってみないと、分からないですけどね」

「そうですね、無理しないほうがいいかもしれませんね」

そうは言ったものの、浅見は多少の豪雨なら予定どおり、どこへでも行く主義だ。しかし、今回の雨は生半可なものではなかったのである。


七月十八日から十九日にかけて、長野県中央部、諏訪湖周辺は、梅雨末期特有の豪雨に見舞われた。地元の古老でさえ、生まれてからこの方、経験がないという、猛烈な降雨量であった。十九日夜、岡谷市と諏訪市の数カ所で土石流が発生、死者行方不明者合計八名という大惨事になった。

諏訪湖は満水状態から、さらに流入する河川や沢の水量に耐えかねて、毎秒五百トンの放水を行なった。そのために天竜川は増水、下流の箕輪町域で堤防が崩壊した。道路、鉄道は各所で寸断され、交通網は一時、麻痺状態になった。

後に気象庁はこの水害を「平成十八年七月豪雨」と命名した。

# 第九章　土石流の夜

## 1

　その日、浅見光彦は駒ヶ根市にいた。

　雨は一昨日、下條村の熊谷家を出る頃、さらに激しくなってきた。熊谷家の人たちが、口を揃えて、南信濃へ行くのはしばらく見合わせたほうがいいというので、その日は飯田市に宿を取り、竹村警部に密着する形で、事件の概要を把握することに努めた。警察もこの雨では身動きが取れないどころか、方々で被害の出始めている情報に、てんてこ舞い状態であった。

　それでも、竹村から渡部の身辺に関する情報を仕入れることができた。

　渡部には二十三歳の時、昌美《まさみ》という女性との結婚歴があり、娘を一人、もうけたが、十一年前に離婚、以来、独り暮らしだったそうだ。仕事上の付き合いや、女性を含む交友関係を当たったが、いまのところ、事件に関係しそうな話は出てこなかったという。

「渡部には前科はないのですが、犯罪すれすれのことをしていたようです」

竹村の話によると、渡部は十年ほど前から、いわゆる総会屋と呼ばれるような連中との付き合いが始まり、自らもそのスジに関係するようになった。一応、カタギの会社に籍を置き、サラリーマンとして働いているものの、その業務内容はというと、総会屋対策や、逆に企業情報を入手して、それを営業活動に利用するといった、調査担当のような性格であったらしい。

「通常の二倍ほどの給与を貰っていましたからね、それなりに危険なことにも手を染めていたんじゃないですかなあ」

「それはあるでしょうね」

浅見も頷いた。

「じつは、僕の友人が目撃した時の渡部氏の様子ですが、友人に接触しておきながら、路上で誰かに気づいて、急に身を隠したらしいのですね。あれは渡部氏の敵なのか、それとも警察だったのか、と言ってました」

「両方の可能性はあるでしょうね。ここの刑事が渡部に接触しようと、何度か上京しているが、結局、摑まらなかったですから。しかし、その時出会ったのが、今回の事件の犯人である可能性もないわけではない」

「となると、犯人グループと警察と、両方気を使いながら、渡部氏はかなり苦しい状況にあったと想像できますね」

「そうですよ。だから言ってるでしょう、浅見さんの友人のことも含めて、警察に任せてくれと」

竹村は少し気色《けしき》ばんだ。

「いや、彼らの直面している状況に関しては、僕の口からすべてお話ししています。それ以上の事実は何もないと思っていただいて大丈夫ですよ」

「いまはそれでもいいが、捜査が進展してきたら、いずれその人たちにも出頭して貰うことになりますよ」

「もちろん、そのつもりです」

浅見は素直に頭を下げた。


翌朝はさらに激しい雨が降っていた。何となく虫の知らせのようなものを感じて、浅見は隣の駒ヶ根市でもう一泊することにした。それには、駒ヶ根名物の「ソースかつ丼」なるものを試食したいという、あまり自慢できない理由もあった。

昼食に、念願のソースかつ丼、それも大盛りを頼んで、大いに堪能しているうちに、雨の降り方はただならないものになっていた。店の人の情報によると、「この分では中央道は通行止めになるかもしれない」ということであった。

やはり駒ヶ根にもう一泊するという選択は正しかったと、浅見は自画自賛した。

もっとも、あまりの豪雨で、ホテルにチェックインしたきり、外へ出る気にもなれなくなった。少し周辺を取材して、南信濃の事件に関する聞き込みをしてみたかったのだが、それも諦めた。明日は雨も上がるかもしれない。そうしたら長野市へ行って、問題のガラス張りの執務室を訪れて、秋吉知事の素顔でも拝んでみようか——と思った。

しかし、実際はそれどころではない事態が進行しつつあったのだ。

そうして、その夜から翌朝にかけて、岡谷市と諏訪市で、未曾有と言われる土石流被害が発生した。川でも沢でもない、山腹が飽和状態に水を含み、斜面が崩壊、土石流となって麓の集落を直撃した。

その日——七月二十日に知事選挙が告示され、八月六日の投票日に向け選挙戦がスタートした。選挙戦初日から、まさに波瀾の幕開けであった。

豪雨禍に出端《でばな》を挫かれたわけではないが、選挙は何となく盛り上がりに欠けた。一時は自薦他薦、入り乱れて、あわや候補者の乱立か——と思われたのが、蓋を開けてみると、何のことはない、秋吉知事と、対抗馬である岩田元衆議院議員のただ二人という寂しさで、それが盛り上がりに欠ける原因かとも考えられた。

岩田は「候補者一本化」をひたすら願った保守党と、ついに有力候補を擁立できなかった民生党との妥協の産物のようなものといってもいい。現に、民生党の一部には、対立すべき保守党の候補を推すことを、潔しとしない者も少なくないのだ。

とはいえ、岩田は衆議院議員を四期務めたベテランであり、地元との緊密な関係や、温厚な人柄からいって、現状ではまず、これ以上は望むべくもない人選だったろう。

マスコミの下馬評は、互角の戦いながら、やはり秋吉現知事の有利は覆らないだろうという観測が主流であった。

岩田候補も、タマとしては、これ以上は望めない人材なのだが、難点をいえば、七十二歳という高齢であること。長野市を中心とする北信地方には強いが、中信の松本市、南信の飯田市などでは、いまいち支持層の広がりに欠けていること、などが挙げられた。

長野県における、北信地方と中・南信地方の確執は歴史的にも根深いものがある。

長野県は明治九年に長野県と筑摩県とが合併して、ほぼ現在の形になった。南北に細長く、しかも二、三千メートル級の山々によって仕切られるという地形から、行政の地割りや経済圏は、北、中、東、南の四つの地方に分けられる。

地図で見ると明らかなように、県庁所在地の長野市は、県の北に偏りすぎている。松本市以南の住民にとっては極めて不便だ。

たとえば飯田市からだと、県庁へ行くよりも名古屋市の愛知県庁へ行くほうが三分の二程度の距離で済む。県庁は県の中心にある松本市に置くべきではないかという意見が出るのも当然といえる。

そのこともあって、戦後間もない頃、激しい分県運動が巻き起こった。北、東信と中、南信を分けて、たとえば元のように長野県と筑摩県にしよう——という主張だ。

文字どおり県を二分したこの大騒動は、県議会の採決に持ち込まれ、あわや可決・成立かと思われた。県北部選出議員と県南部選出議員は、三十対三十のまったくの同数。議長は北信出身議員だから、投票すれば三十対二十九で、分割案は成立してしまう——はずであった。

しかし、なぜか分割案はついに成立することはなかった。なぜなのかについては、ここでは触れない（どうしてもお知りになりたければ、拙著『「信濃の国」殺人事件』をお読みいただきたい）が、こうした対立が起きることや、それをまた未然に回避するウルトラCがまかり通るあたりに、信州人気質の不可思議さがあるともいえる。

今回の対立候補擁立劇もそうだ。当初は雨後の筍のように、大小の顔ぶれが出そろったがごとくに見えた。それぞれの陣営も意気軒昂、「われこそは統一候補たらん」という勢いだったのが、次々に塩をぶっかけられたナメクジのようにシュンとして、消えた。

岩本老人の言ではないが、「ズクがねえ」《根性》のかと疑われても仕方がない。

そうして、敢然として打って出たのが、もはや老兵と言ってもいいような岩田元代議士だった。支持者およそ二百名を集めて、白髪を振り乱しながらの、出馬第一声は悲壮感さえ漂った。

対する秋吉知事は、発生した土石流対策に追われた。県庁内に設けられた対策本部に詰めて、各方面への指示を出してから、事務所前で、リンゴ箱の上に乗って、数十人の聴衆を前に、簡単な出馬の弁を述べた。

秋吉にとって、このたびの豪雨禍は不利な条件になりそうな気配だった。いや、結論から言うと、「天は彼を滅ぼした」感があったのである。

もともと、秋吉が知事選に出た時のスローガンは「脱ダム宣言」であった。ダムに象徴される大規模公共事業を縮小して、県の財政を建て直すことにより、民生や福祉への予算配分を豊かにしようというのが、秋吉の基本的な政策だ。

実際、この政策は秋吉の思惑どおり進み、県が抱えていた膨大な借金は、ほぼ返済のめどがついたし、福祉施設の拡充や、三十人学級の実現なども順調に進んでいた。

これに対して、緊縮財政を緩め、公共事業を復活させることにより、県経済の活性化を図るべきだとするのが、各団体や地元経済界に基盤を置いた、反秋吉陣営の掲げる中心的な政策といえる。その中にはもちろん、浅川ダムの建設など、公共事業の見直しも視野に入っている。そして、その勢力に乗った形で出馬したのが、岩田候補であった。

その矢先の土石流被害だから、ダム建設を始めとする、治山治水の必要性を主張するには、またとないチャンスが到来したことはまちがいない。勢いづいた反秋吉派は、「そら見たことか」とばかり、任期中の、防災に関する秋吉知事の無策ぶりを追及する姿勢を強めた。

もっとも、岡谷の土石流発生現場では、ダム建設の計画は存在していなかった。住民でさえ「こんなところで」と不思議がるような場所の、山腹から土石流が噴き出したのである。住民にとってはもちろん、秋吉にとっても、不運な災害というほかはない。

## 2

駒ヶ根では「大月ホテル」というビジネスホテルに泊まったが、浅見同様、降り籠められた恰好の客が、朝食のテーブルを囲んで雑談をしていた。客の多くは大阪や東京方面から商用で訪れている。

客たちの話題は目の前の土石流のことと、長野知事選のことに二分された。土石流はもちろんだが、選挙結果のほうも、彼らの仕事に影響があるらしい。東京からきたという、建設関係の業者らしいのが、「知事が代わって、公共事業を増やしてくれないと、われわれは商売にならない」とぼやいていた。

客の中の一人が、パソコンのネットで「長野県知事選挙」というのにアクセスしてみたら、面白い記事を見つけたと話した。

「秋吉知事の側近だったやつが、今年の三月に殺されたっていうんだ。岡根何とかいう名前だったかな。秋吉とは相当、いざこざがあって、たがいに恨みあっていたんじゃないかとか書いている。まるで、事件の背後には秋吉が介在しているんじゃないか、みたいな書き方だ。あれは怪文書っていうんじゃないのかな。選挙に影響が出ると思うけどね」

浅見は驚いた。すでにそういう動きが始まっているのだ。長野県外の人間でさえ、そのことに関心を抱いているくらいだから、県内にその噂が広がれば、何らかの影響が出るどころではないだろう。

秋吉苦境に立つ——図を思い描いた。

浅見にしてみれば、どっちが勝とうと関係はないが、県議会と県職員と市町村団体のほとんどが、挙《こぞ》って対決姿勢を示す中で、孤軍奮闘する秋吉を見ると、判官びいきで、つい勝たせたくもなる。

しかし、ただでさえ四面楚歌であるところへもってきて、そういう「怪文書」めいたブログまであるとなると、どうひいき目に見ても分が悪そうだ。

もし、秋吉不利が決定的になった場面で、例の「長野冬季オリンピック使途不明金」の文書が開示されたらどうなるのだろうか――と、そのことを思った。

ひょっとすると、秋吉陣営にとっては、目には目を、怪文書には怪文書をとばかりに、「伝家の宝刀」を抜き放つチャンスが訪れるはずだったのではないだろうか。

だが、たとえいまがそのチャンスだったとしても、「宝刀」を握るべき人物がいない。それどころか、この危急存亡の秋《とき》だというのに、「宝刀」の在り処を知る者さえいないのだ。

（そうか、岡根寛憲が、その役割を担うべき存在だったのかもしれない――）

そのことを浅見は改めて思った。岡根は秋吉と敵対していたのではなく、じつは秋吉にとって、選挙戦を勝利する、最後の切り札になる可能性を有していたのだ。

やはり、秋吉を犯人あるいは事件の背後にいる黒幕と想定するのは、難しいかもしれない。

それどころか、例の書類に名前が出ている人物には、反秋吉陣営と思われる連中が少なくない。そうしてみると、岡根を消したかったのは、その連中の中の誰かである可能性が強いとも言える。

となると、渡部公一はどういう立場の人間だったのだろう？　直子に話したことが事実で、岡根にとって味方だったのか、それともカネが欲しいという欲望に駆られただけの、単なる利己主義的な敵だったのか？

それによって、渡部殺害の犯人が、秋吉、アンチ秋吉両陣営のどちらの人間か、判断する決め手になりうる。

もちろん、第三のケースも想定しなければならない。渡部は単純にカネ目当てに問題の書類を狙っていたのであるなら、両陣営のどちらでも構わなかったはずなのだ。そうこうしているあいだに、彼が売り込もうと画策していた相手と、何らかのトラブルが生じて、消された可能性だってある。

さらにいえば、両陣営とは関係のない、たとえば暴力団的な相手に、「恐喝」のネタとして売り込もうとしていたことも考えられないわけではない。

もしそういうことだとすると、浅見の手には負えなくなるかもしれなかった。

岡谷で発生した土石流被害は、想像していたのより、はるかに大きなものであった。秋吉知事は選挙運動どころでなく、被災地の見舞いや復旧活動の現場を飛び回っているらしい。ガラス張りの知事室へ行っても、そこの主に会える可能性はゼロのようだ。

浅見はもともと訪ねる予定だった、南信濃の和田城というところへ行ってみることにした。幸い、途中の道路はなんとか被害を免れて、通行に支障はないという。

和田城は遠山氏の居城だったところだそうだ。もちろん、観光用に再建されたもので、それほど大きくはないが、小高い岡の上に佇む風情はなかなかいい。

城の脇の広場の一角に、茶店があって、そこで名物の小饅頭を商っている。

豪雨はひとまず去ったが、しとしとと雨は降り続く。そのせいなのか、豪雨禍の影響が出ているのか、お客は浅見以外になく、店のおばさんもひまそうな顔をしていた。

浅見は饅頭とお茶を注文し、母親への土産用に、十個入りの箱を頼んだ。饅頭は素朴だが、なかなか美味だ。そう言って褒めると、おばさんは嬉しそうに相好《そうごう》を崩して、「お天気さえよければ、名古屋辺りからのお客さんも立ち寄ってくださるに」と笑った。

お世辞の効果か、おばさんは気前よく、皿に二個も追加サービスして、土産の箱のほうにも三個、おまけしてくれた。

「このあいだ、こちらのお店に立ち寄ったお客さんが、上流のほうで、殺されていたんだそうですね」

言いにくい質問をしてみた。とたんにおばさんは顔を曇らせた。

「そうだに。気色の悪いことなんな」

「車できていて、車の中には誰か人が乗っていたって聞いたんですけど」

カマをかけて言ってみたのだが、おばさんはあっさり首を横に振った。

「いやぁ、誰か乗っとったかどうか、わたしは知らんに。警察がきて訊かれた時、そう言ったけど、刑事さんが、誰か乗っていたんでないかって、何回もしつこく訊くもんで、もしかしたら乗っとったかもしらんって答えたんだに」

「なるほど……そうすると、刑事さんはきっと、男の人か女の人かって訊いたんじゃありませんか?」

「そうですそうです。ほんとは見てないものを、男か女かなんて、分かるはずないになあ。だけど、面倒くさいから、そこまでは分からなかったって言ったんだに」

「その人も、このお店で饅頭を食べたんですか?」

「いえ、召し上がりません。お客さんみたいにお土産を買ってくれたに」

「ほう、お土産を買ったんですか。で、そのことについて、警察は何て言ってました？」

「べつに、何も。だって、何も訊かれんかったもんでね。いけなかったかねえ」

「いや、いけなくはないですが、教えてあげれば喜んだかもしれませんね。それで、お土産はどのくらい買ったんですか？」

「お客さんと同じ、十個。けど、おまけはしませんでしたよ。なんだか、感じの悪い人だったでなあ」

「というと、僕は感じのいい客ってことになりますか」

「そうだなあ。お客さんは感じがいいわ」

「ははは……」

浅見は笑ったが、頭の中は渡部が買ったという饅頭のことでいっぱいだった。いったいその饅頭は、誰への土産だったのだろう。それに、渡部が死んだ時、饅頭はどうなってしまったのだろう。

店の格子戸が開いて、霧雨と一緒に若い女性が店に入ってきた。傘をさしていないところを見ると、駐車場まで車できたらしい。紺色のジャケットの肩を、ハンカチで払うようにして、雨粒を拭っている。

「いらっしゃい」

おばさんが愛嬌を見せて、女性のために椅子を引いてあげた。

「ありがとう。熱いお茶と、お饅頭を二つください」

女性は言いながら、ちらっとこっちに視線を飛ばした。浅見は慌てて目を逸らした。

ほんの一瞬の観察だが、なかなか美しい女性だ。ショートカットの髪が雨に濡れて、いくぶん猜疑《さいぎ》のこもった鋭い目つきとともに、野性味を感じさせる。女性の年齢はよく分からないが、まだ学生といってもよさそうなイメージである。

おばさんがお茶と饅頭を運んでくると、女性は「あの……」と言った。

「はい？」

おばさんは小首を傾《かし》げるようにしたが、女性は躊躇している。浅見の存在を気にしているようだ。そういう様子は視野の片隅に入っているが、浅見は素知らぬ顔で、無造作に饅頭を口に放り込み、お茶を啜《すす》った。

「渡部っていう人、ここにきていたのだそうですね？」

女性は「殺された」という言葉を省略して言った。

「えっ？　ええ……」

おばさんは当惑げに答えた。

「その人、どんな様子でした？」

「どんなって……べつに変わった様子はありゃあせんでしたけど」

「変なこと訊くみたいですけど、何かに怯えている様子はありませんでしたか？」

「いいえ、そんな感じはしとりませんでしたよ。お饅頭をお土産に買ってくれたり……けど、お客さんはその方とどういう？」

「えっ？　いえ、いいんです……」

女性は返事にならないことを言って、俯《うつむ》いて、饅頭を頬張った。どうやら感極まって、こみ上げてくる嗚咽《おえつ》を抑えているようだ。おばさんはびっくりして、救いを求める目を浅見に向けた。

3

「そうすると……」

浅見はゆっくり女性のほうに体の向きを変えて、言った。

「お土産のお饅頭は、あなたのところには届かなかったのですね？」

「えっ？……」

女性は弾かれたように振り返った。

「……どうして、それを？……」

猜疑と驚愕と警戒を一緒くたにした目で、浅見を睨んだ。

「ちょっと事情があって、渡部さんのことを知っている人間です。ただし、警察には内緒ですけどね」

警察には内緒——という言葉は、おそらく女性をいっそう混乱させたにちがいない。この男、敵なのか味方なのか？

「僕はこういう者です」

浅見は名刺を出して、女性のテーブルの上に置いた。女性は危ない物を見るように、少し背を反らして、もちろん手も触れない。肩書のない名刺だから、ますます得体が知れないと思ったかもしれない。

「浅見さんと渡部……さんとは、どういう関係ですか？」

女性は涙に濡れた目を浅見に向けた。

「フリーのルポライターをやってまして、以前、いちど、渡部さんにお世話になったことがあるのです。見た目は少し怖そうですが、気のいい、面倒見のいい方でした。こんなことになって、まったく残念です」

浅見は精一杯、感情移入して、沈痛な表情と声音を作った。こういう時、自分には詐欺師の才能があると思う。

「そうなんですか……」

女性はようやく名刺を拾った。名前のほかには住所と電話番号しか印刷されていないから、どう扱うべきか、戸惑っている。

「失礼ですが、あなたのお名前は？」

「前川《まえかわ》……です」

反射的に答えたが、下の名前は言わない。警戒心は解けていないのだ。

「渡部さんが、前川さんを訪ねる途中だったことは、警察には黙っていましょう」

「えっ、どうして？……何のことですか。私は、そんなこと、何も、知りませんよ」

うろたえながら、しかし必死に、最後の砦を守ろうとするかのように反駁《はんばく》した。

「心配しないで、大丈夫。僕はあなたの味方です。それにおばさんも、ね？」

いきなりふられて、おばさんは慌てふためき、目を白黒させながら、ようやく「え、ええ……」と頷いた。

「そう言っても、信用できないでしょう。試しにその電話番号に電話して、僕のことを訊いてみてください。たぶん、お手伝いの女性が出て、いまは留守だと言うはずです」

女性はしばらく躊躇ったが、バッグから携帯電話を取り出して、名刺の番号をプッシュした。

コール音を三度聞いたタイミングで、相手が出た。

「あの、前川と言いますけど、光彦さん、いらっしゃいますでしょうか？」

それに答える須美子の声が、かすかに漏れてくる。

「はい、分かりました。失礼します」

女性は何とも言えない表情で、携帯電話を畳んだ。

「お留守だそうです……でも……」

困ったように言いよどむのを受けて、浅見は笑った。

「ははは、彼女、坊っちゃまは留守って言ったんでしょう。その坊っちゃまとは僕のことですよ。こんなおじん摑まえて坊っちゃまだなんて、参っちゃう」

心底、照れて、頭を掻いた。女性の強張っていた頰がかすかに緩んで、目が笑った。

「どうですか。これで僕への警戒心は、少しは解けましたか？」

「それは……でも、どういうことなのか、あなたの意図が分かりませんから」

「僕の意図ですか？　それはもちろん、憎むべき犯人を突き止めて、渡部さんたちの仇を討つことですよ」

「えっ、仇を討つって……」

「ははは、だからって殺したりするわけじゃありません。最終的には警察の手に委ねることになりますがね」

「じゃあ、警察より先に、犯人を突き止めるってことですか？」

「そうですよ。たぶん警察と一緒に、ということになるでしょうけど」

「そんなことができるのですか？」

「分かりません」

「そんな……」

「分からないけれど、警察がモタモタしているようなら、僕のほうが間違いなく先を越すことになるでしょう。たとえば、少なくともあなたを追及しているのは僕ですからね」

「追及って言ったって……私なんか、何も知りません。何も関係ありませんよ」

「さあ、それはどうかなあ。関係ないなんて言っても、警察なら通るかもしれないけど、僕には通用しませんね」

「どうしてですか。どうしてそんなことが言えたりするんですか？」

「それは僕が言ったのではなく、あなたが話したのですよ」

「え？……」

「まず、あなたがここに来たこと自体、すでに渡部さんと特別な関係にあることを物語っています」

「どうしてですか？　そんなことぐらい、他にも知っている人がいるでしょう。浅見さんだってそうじゃないんですか？」

「僕は警察で聞いてきたのです。それじゃ、逆にあなたに訊きますが、渡部さんがここに来たことを、前川さんはどこで誰に聞きましたか？」

「それは……そんなこと、見ず知らずの人に言う必要はありません」

「だったら僕が言いましょうか。渡部さんがここに来たことをあなたに伝えたのは、渡部さん自身です。違いますか？」

「えっ……」

女性は、それにおばさんまでもが、同時に驚きの声を発した。二人の女性の驚きを尻目に見て、浅見は言った。

「ところで、改めておばさんにお願いがあります。いまここで僕が話したことは、しばらくのあいだ、誰にも言わないでおいてくれませんか」

「それは、話すなって言われれば、話さんに。これでも商売をしとる者だから、口は固いに」

おばさんは太めの胸を、思い切り張ってみせた。

「あの……」

女性が不安そうに言いだした。

「さっき浅見さんは、渡部さんたちの仇を討つって言いましたけど、たちって、それはどういう意味ですか？」

「渡部さんより前に殺された人物がいるのです。岡根寛憲さんという、以前、秋吉知事の下でブレーンだった人です」

「やっぱり……」

女性よりも、むしろおばさんのほうが先に反応した。岡根の事件の報道は長野県民は誰でも知っているにちがいない。第一、死体発見現場はここから近いのだ。

「そしたら、岡根さんが殺されたのと、今度の事件とは、同じ犯人の仕業かね？」

「たぶん間違いないでしょうね」

「恐ろしいことだなあ。なんで殺したりするだかねえ。それも二人も……二度あることは三度って言うけど、そんなことにならなきゃいいかなあ」

おばさんは寒そうに肩をすぼめた。

「いや、本当に二度あることは三度かもしれませんよ。犯人はまだ目的を達していないのですからね」

「ほんとかね。三人目は誰だかね？」

「それを早く知って、第三の事件を食い止めることも、僕の務めなのです」

浅見はそう言って、女性の顔をじっと見つめた。女性はウサギのように怯えた目を、すっと逸らして、それから、縋《すが》るように浅見の目を見返した。

# 第十章　踊る女

## 1

「さて、行きましょうか」

浅見は「前川」と名乗った女性を促して、立ち上がった。

「えっ？　行くって、どこへですか？」

「あなたの行く予定のところへ、です。そろそろ急がなければならないのでしょう？」

「ええ……」

前川は釣られるように腰を浮かせかけて、「でも」と、怪訝そうに言った。

「どうして、私が急いでいるって分かるんですか？」

「それは、あなたが、変な客が帰るのを待ちきれずに、おばさんに質問をしなければならないほど時間がなかったことと、それに、あのお饅頭の食べっぷりのよさから、そう思ったのです」

「まあっ……」

前川の顔が赤くなった。たぶん、屈辱と怒りのせいにちがいない。

「あはは……」と、おばさんが笑った。

「ほんになあ。おいしそうに食べてもらって、あたしは嬉しかっただけんどね」

浅見は勝手に前川の分まで金を払った。彼女も途中で気がついて、「やめてください」と抗議したが、おばさんが「まあ、いいでないですか」と宥《なだ》めてくれた。

「それじゃ、ご馳走になりますけど、だからって、恩を着せないでください」

きつい口調で言って、おばさんに「タクシーを呼んでください」と頼んだ。どうやら、わざわざ饅頭を食べるためにタクシーで来たらしい。

「あ、それなら僕の車に乗りませんか。どうせ僕はひまですから」

「いいです」

「いや、よくはない。車の中で、渡部さんの話をお聞きしたいのです」

「しても仕方がないです」

「さあ、それはどうですかね。渡部さんがなぜあんな目に遭わなければならなかったか、その理由を知りたくはないですか」

「えっ、知ってるんですか？」

「たぶん……ただし、これも警察には内緒ですけどね」

おばさんのほうに目で合図してみせた。おばさんは（分かってる――）と頷いた。

「それと、第三の犠牲者が出ないためにも、何かをしなければならないでしょう」

「それと私とは、関係ないです」

「それは違うな。テキは渡部さんのルートを辿って、必死になっているにちがいない。あなたのことを見つけ出すのは、時間の問題かもしれませんよ」

「えっ……」

前川は絶句した。浅見の言ったことに、思い当たるものがある反応であった。

「この人のこと、信じたほうがいいら。悪い人でないだに」

おばさんが口添えしてくれた。

「分かりました。じゃあ、送って行ってください」

前川は観念したように、ようやく立ち上がった。

雨は少し小降りにはなっていたが、二人はソアラまで走った。ドアを開けて前川を助手席に入れてから、浅見は運転席に納まった。

「お客さん、どちらまで？」

運転手を気取って言った。

「阿智《あち》までお願いします」

「アチ？……」

一瞬、意味を捉えそこなった。

「阿智村です」

「あ、分かりました。阿智村のどこ？」

ナビゲーションを操作しながら訊いた。

「昼神《ひるがみ》温泉のしほの家《や》という旅館です」

「電話番号が分かるといいんだけれど」

前川の告げる電話番号を入力すると、「しほの家」という旅館名が出て、「昼神温泉」の中心部が画面上に表示された。まったく、最近のナビはよくできている。

長野県下伊那郡阿智村は、南信濃とは天竜川を挟んで北西方向の対角線上にある。東美濃から信濃へ抜けてくる古道「東山道《とうさんどう》」が、恵那山系の神坂《みさか》峠を越えて、初めて人里に達するのが、阿智村の園原《そのはら》。園原は古歌に詠われた有名な歌枕である。その程度の知識は、浅見にもあった。

南信濃から阿智へは、宇都宮夫人の実家がある下條村を通って行くことになる。途中の道路はあまり——というより、きわめてよくない。距離は大したことはないのだが、先日来の豪雨禍で傷んだ場所もあって、時間がかかった。

浅見はなんとかして、せめて彼女と渡部の関係だけでも聞き出そうと、いろいろ努力したのだが、前川はあいまいに相槌を打つだけで、肝心な部分に近づくと、黙りこくってしまう。年齢さえも聞きそびれた。整った顔だちで大人びてはいるが、会話の様子から察すると、実年齢は意外に若いのかもしれないと思えた。

「渡部さんは、あなたに何か、今度の事件に結びつくような話はしませんでしたか」

「いいえ」

「渡部さんのことで、どこかから、問い合わせのようなものはありませんでしたか」

「いいえ、べつに。それより、さっき浅見さんが言った、渡部さんが殺されなければならなかった理由って、何なんですか？」

「それは、岡根寛憲という人が関係する、ある書類の秘密を、渡部さんが知っているのではないかと思われたからだと思います。その書類は、長野県で開かれた冬季オリンピックにまつわる不正疑惑を暴く証拠品なのです。ある人物たちにとっては都合の悪い存在であると同時に、それを利用しようとする者にとっては、またとない金儲けの材料になるものなのです」

「そんな書類、私は知りませんもの」

「そうでしょうね。知らないはずです」

浅見は頷いて、「ところで」と言った。

「あなたは渡部さんのお嬢さんですね？」

「……」

前川は肯定も否定もしなかった。

「もし、犯人たちがそのことを知ったら、連中の矛先があなたに向けられることは、ほぼ間違いないと思わなければなりません。それが恐ろしいのです」

「そんなこと言われたって……」

「そういう恐れはありませんか」

「……」

前川は黙ってしまう。「ない」と否定しきってしまわないのは、肯定しているのと同じことだと思うのだが、関係があるのかないのかを確かめようとすると、さらに頑《かたくな》に口を閉ざすのだ。浅見は苛立ちを抑えて、静かな口調で言った。

「渡部さんのお葬式には、前川さんは参列したのですか？」

「えっ……」

この質問は、想像していたよりも、効果的だったらしい。前川は顔を背けるように窓の外に視線を向け、「お葬式なんて」と怒ったように言った。

「誰も来てくれませんでしたよ」

「ではお母さんと二人きりですか」

「そう、母と二人で、お骨を拾って、まだお墓も造ってないんです」

彼女よりも質問した浅見のほうがショックを受けた。母と子、二人だけで野辺の送りを済ませ、遺骨を抱いて帰っていく姿を想像すると、胸がつまる思いがする。これ以上、彼女に追い討ちをかける意志が鈍った。

「この先もし、何者かが、怪しい電話をしてきたりしたら、必ず僕に知らせてくれませんか。さっきの名刺の電話番号でいいですから。そうでないと、本当にあなたに危険が迫ってくるかもしれないのです」

浅見が真剣に言うと、「分かりました」と、初めて素直に頷いた。

前川はドライブのあいだ中、たえず時計を気にしている。やはり、よほど急がなければならない事情があったらしい。

夕刻近くになって、ようやく昼神温泉に到着した。清内路《せいないじ》峠へ向かう国道256号のほとりにある、山懐に抱かれた、盆地に広がる雰囲気のいい温泉場だ。大小、さまざまな旅館が点在していて、山肌を行く国道からの眺めは箱庭のように美しい。

目指す「しほの家」に近づいたところで、前川は「ここで結構です」と言った。

「どうもありがとうございました」

車を停めるとすぐ、前川は礼を言ってドアを出た。

浅見は彼女がしほの家に入るのを見届けようと、車を停めたままにしていたのだが、前川のほうも浅見が立ち去るのを待つように、道端に佇んで動かない。

雨はいぜんとして降っている。いつまでも立たせておくわけにもいかないので、浅見は仕方なく車を発進させた。

門の前を通過しながら、旅館の様子を窺うと、いまどき珍しい木造建築で、なかなか堂々たる造りの大きな建物だ。一泊四、五万はするだろうなと、自分には関係なさそうに思い、こういう旅館に泊まれる女性とは——と思った時、そうか、独りであるわけがないなと気がついた。

だからこそ、男の車で送ってもらったところを、人には見られたくないわけである。

(われながら無粋なものだ——)

しかし、彼女が渡部の娘である以上、テキのターゲットになる可能性は否定できない。連中——といっても、複数である証拠はないのだが——が、例の書類を手に入れたがっているのだとすると、この先、渡部と関係のありそうな人間に対して、片っ端からアタックするだろう。

別れてから、いまさらのように、もう少し何か、手掛かりになりそうなものを聞き出せなかったものかと心残りだった。

温泉街をグルッと回って、元の国道を走り始めても、そのことばかりが頭に浮かんだ。駒ヶ根のホテルに戻ってからも、気になって仕方がない。レストランで食事を済ませ、部屋に入って、パソコンを開いたが何も手につかない。

とうとう我慢できなくなって、しほの家に電話してみた。

「はい、しほの家でございます」

女性の声が応答した。

「お客さんで、前川さんとおっしゃる方は、いらっしゃいますか」

「前川、さんですか？　あの、どのようなご用件でしょうか？」

女性は少し躊躇《ためら》うような口調で言った。客のプライバシーに差し障るようなことがあっては――と、警戒するのだろうか。

「こちら、さっき前川さんをお乗せしたタクシーですが、お忘れ物があるようなので、お知らせしたいのですが」

「あ、そうですか、あの、前川静香《しずか》、さんでしょうか？」

「あ、そうですそうです」

下の名前は「しずか」というらしい。

「前川、さんは、いま踊っていますので、ちょっとお電話には出られないのですが。のちほどご連絡いたしましょうか。どちらのタクシー会社ですか？」

「あ、それじゃ、また後でお電話します」

浅見は急いで電話を切った。

やはり前川はしほの家にいるのだ。踊っているというから、相手の男性とダンスをしているというのだろう。

ずいぶん若くて、一見、真面目そうに見えるのに、あんな豪華な旅館に男と泊まって、ダンスなど楽しんで——と、だんだん腹立たしくなってきた。

考えてみると、浅見は三十三のこの歳になるまで、そういう華やいだ経験をしたことがない。あのいかつい藤田《ふじた》編集長はともかく、雑誌社の連中も、それなりに青春を謳歌しているらしい。中には毎年二回もバリ島に出かけて、現地には顔つきのよく似た子供が何人かいるという、嘘か本当か分からないような噂の持ち主もいるそうだ。

浅見の場合、経済的な理由もさることながら、そもそもそういう発想が起きない。そのこと自体が問題かもしれない。

## 2

しばらくパソコン相手に仕事をして、気がつくと十時になろうとしていた。少し遅くなったが、しほの家に電話を入れた。

「ああ、タクシーの人ですね。前川、さんはもう帰りました」

「は？……」

浅見は面食らった。「帰った」とは、どういう意味なのだろう。ダンスホールから部屋に引き上げたということなのだろうか。

「えーと、お部屋の電話に繋いでいただけませんか」

「いえ、そうでなく、自宅に帰ったのですけど。それに、聞きましたけど、タクシーには忘れ物はしていないそうですよ」

「あ、そうでしたか。それは失礼しました。どうもありがとうございました」

うろたえて電話を切った。

どうやら、何か齟齬《そご》をきたしたようだ。最初からしほの家の客だと思い込んだのが、そもそもの間違いらしい。

そういえば、彼女は門からずいぶん手前で車を降りた。ひょっとすると、裏口か通用口からしほの家に入ろうとしていたのかもしれない。つまり、前川はしほの家の従業員か、それとも家族なのだ。

（しかし？――）と首をひねった。

電話を受けた女性が「踊っている」と言ったのは、どういう意味なのだろう。

それに、「前川、さん」と、「さん」づけで呼んでいたのも妙だ。同じ従業員なら呼び捨てにするよう、教育されているのではないのか。やはり家族で、従業員としては、呼び捨てにするにはしのびないのかもしれない。そういえば、「前川」と「さん」のあいだに微妙な間があったような気もする。

（そうか、経営者の家族か——）

何となく、納得できた気分だった。


帰宅すると、昌美は起き出してキッチンに立っていた。

「何してるの？　大丈夫なの？」

静香は少し非難する口調になった。

「大丈夫よ。そろそろあなたが帰ってくる頃だと思ったから、お夜食の支度でもと思ってね」

「やあだ、やめてよ。私は賄《まかな》いのご飯、ちょっと食べてきちゃったから、そんなにお腹空いてないんだから」

「なんだ、そうだったの」

がっかりしたような声で言われると、可哀相になってくる。

「だけど、おいしそうな物だったら、食べようかな」

「ただの、お稲荷さんだけど」

「あら、いいわね。じゃあ、二つだけ食べようっと」

「そう、食べる？」

昌美はいそいそとお茶もいれ始めた。後ろ姿を見ても、また少し痩せたようだ。

「ママも一つぐらい、食べなよ」

静香は稲荷寿司の皿をテーブルに運んだ。じっとしていると悲しくなる。

「あたしはいいわよ」

「だめよ。私だけ太りたくないわ」

冗談めかして言って、母親の前にも箸を揃えてやった。

「きょうは、どうだったの、舞台?」

「うん、まあまあかな。姫の調子がいまいちだったかもしれない」

「ばかねえ、姫のせいにして」

昌美は笑った。痩せ衰えた顔だが、笑うと少しほっとさせる。ほんの一年前はあんなに美しかったのに——と思う。

若い頃の昌美は、娘の静香でさえほれぼれするほどだったのだから、お客の人気はすごかった。昌美の踊りを見るために、わざわざ泊まりに来るツアーもあったくらいだ。

しほの家の社長鷲頭《わしず》幸満《ゆきみつ》は、地元で、車が三台だけの小さなハイヤー会社の社長だったのだが、一代でこれだけの大きな旅館をぶち上げ、それまでは、山間のひっそりとした湯治場だった昼神温泉に脚光を浴びせ、名湯として売り出した。努力家でもあったのだろうけれど、何よりもアイデアマンだったといえる。

このステージも鷲頭の発想で、伊豆修善寺温泉の有名旅館を参考にして作った。もともとは薪《たきぎ》能《のう》のようなものを考えていたのだが、旅館を建設中に、たまたま東京で前川昌美の踊りを見て、いっぺんで惚れ込んで、引き抜いてきた。

昌美は本来はモダンバレエの世界にいた。日本ではまだまだモダンバレエは普及していない。鷲頭が彼女を「見初め」たのも、ほんの偶然で、設計事務所社長の吉村純一《よしむらじゅんいち》という男に「面白いものがある」と連れて行かれたのが、バレエスタジオだったのである。

そこで鷲頭はこれまで見たことのない、不可思議な動きをする踊りを目にした。日本人には珍しいほど顔が小さく、脚が長く、何にも増して、美人だ。均整の取れた細身の体をレオタードに包み、何とも表現のしようがない、魅惑的な踊りだった。

「こういうすごいのが、東京にはゴロゴロいるだかね」

鷲頭は素朴な質問を発した。

「いや、これだけの逸材はめったにいないですが、それにもかかわらず、モダンバレエはなかなか認められないのです」

吉村社長は残念そうに言った。その女性は彼の妻の友人で、ひそかに応援しているのだという。

「そしたら、うちの舞台で踊ってもらえないかな」

鷲頭はすぐに発想が閃いた。

「えっ、おたくの舞台というと、昼神温泉のですか？」

そんな「都落ち」みたいなことを、彼女が承諾するはずがない——と言いたげな表情であった。

バレエのレッスンが終わり、汗を拭いながら、女性が挨拶にきた。女性の名前が前川昌美であることは、その場で紹介された。

その後、外に出て、食事を共にしながら、鷲頭は直接、その話をした。だめもとのつもりでもあった。

「いいですよ」

前川昌美は、あっさり答えた。

「えっ、いいの?」と、吉村は驚き、「信州の、飯田の先の阿智村っていうところだよ」と念を押した。

「どこでもいいんです。いまは東京を離れたい」

昌美は無表情で言った。

何か、わけありかな?——という顔をしたのに、吉村は言いにくそうに、「彼女、ちょっと落ち込んでましてね」と言った。

「亭主と別れたんです」

落ち込んでいる理由を、昌美はそのまま言った。

「それに、子連れですけど、それで構わなければ、地球の果てでも行きます」

「いや、そんなに遠くはない。確かに不便なところだが、高速道路も走っているし、名古屋まで二時間足らずで行けるし」

鷲頭は昼神温泉のために弁解した。

それで「商談」は成立した。鷲頭は熱心に、昼神温泉の由来や歌枕の園原の話、地元に伝わる伝説、それに今度できる能舞台のことを話し、その舞台にふさわしい踊りを考えてくれるよう、説得した。

「狐の妖精が舞うのはどうかしら」

昌美はポツリと言った。その瞬間、すでに彼女の頭の中には踊りのイメージが生まれている様子だった。

「狐の化身の女が、人間の男と結ばれて、娘を産んで、男に捨てられ、娘を奪い返しにくる……そういう設定の踊りです」

まるで自分の体験を具現化するような、生々しさを感じさせたが、そういう偏見を捨てれば、面白そうな情景が浮かぶ。一も二もなく「それでいこう」ということになった。

旅館の建築が進み、舞台が形をなしてきた頃、昌美と娘の静香は昼神温泉に引っ越してきた。鷲頭は親子のために小さいながら一戸建ての家を用意してあげた。

舞台が完成するとすぐ、昌美は鷲頭に踊りを披露した。

狐と娘を象徴する傀儡《くぐつ》を使う、摩訶不思議な踊りだった。本物の白狐の毛皮を二枚使った等身大に近い狐と、まるで生きているように作られた少女の人形と、昌美自身が入り乱れて、とても独演とは思えない迫力のある踊りであった。

母親の踊る姿を、娘の静香は自宅で、そして舞台の袖で、毎日のように、それも何回も見ながら育った。

教わることもないまま、静香は体の動きや間の取り方を身につけていった。天稟《てんぴん》ともいえる娘の才能に、昌美は気がついた。

「あの娘の役をやりたい」

　ある日、突然、静香が言いだした。

「狐はいいんだけど、娘の踊りが、どうしても物足りない」

　そうも言った。

「ふーん、あんたになら踊れるの？」

「うん、もっと上手に踊れる」

「じゃあ、やってごらん」

　それから毎日、本格的にレッスンをつけ、傀儡に代わる踊りの振付けをしてやった。

　中学に入った頃から、静香も一緒に踊るようになった。母親譲りの美貌の持ち主である幼い少女が、懸命に務める舞台は、さらに人気を呼んだ。

　傀儡は狐の妖精で、白狐が少女に早変わりする、もともと、その操りの玄妙さがお客を魅了していた。そこへ静香が加わって、傀儡がいつの間にか生身の少女に変わって踊るのだから、物語に奥行きと変化が生まれ、舞台をいっそう華やかにした。

　昼神温泉「しほの家の狐舞い」といえば、ツーリストのあいだでは評判で、個人、団体を問わず、季節に左右されることなく、宿泊予約が絶えることはなかった。

3

地元の飯田高校を卒業すると、静香は本格的に踊り一筋に生きることになった。その頃から、昌美が体調を崩したこともあって、しばしば独り舞台を務めるようになり、昌美が寝込んでからは、ここ一年ばかり、ずっと独りで演じている。

踊りの形式は、以前、昌美がやっていたような傀儡相手の舞いに戻った。傀儡の娘のことを、静香は「姫」と呼んで、いのちあるものに対するように踊った。踊りの巧拙のほどはともかく、静香の若さは、踊りにそれほど造詣の深くない客たちには、圧倒的に魅力的に映るにちがいない。少なくとも人気が以前より衰えることはなかった。

舞台は、お客の食事が終わった頃を見計らって開演し、三十分あまり、二度にわたって演じる。ステージは、一階ロビーの正面に能舞台と神楽の舞台をミックスしたような空間を設《しつら》えて、その手前に客席と、ロビーからも観覧できる仕組みだ。

夕方にしほの家に入り、賄いで軽い食事を済ませたあと、二度の舞台を務め、十時前には帰宅する。これが静香の、スタンダードな日課である。旅館という性格上、お客が皆無ということでもないかぎり、休日は原則としてないのだが、その分、日中は長時間、自由が利いた。

「きょう、おかしな人に会った」

静香は二つめの稲荷寿司にかぶりついてから、言った。

「おかしな人って、お客さんにヘンな人でもいたの？」

昌美は心配そうだ。静香はあと少しで二十歳になる。体の線に微妙な女らしさが増したのはいいのだが、そういう心配もしなければならない。

「そうじゃなくて、和田城のお饅頭屋さんへ行って、そこで会ったの」

「えっ、あなた、ほんとに和田城へ行ったの？」

「うん、行くって言ってたじゃない」

「そりゃそうだけど、何もこんな雨の中を行くことはないのに。すっごく不便なところっていうじゃない。そこまで、どうやって行ったの？」

「タクシー」

「ばっかねえ。料金、ずいぶん高かったんじゃない？」

「高かったけど、交通費は社長が出してくれるって言うから、たまにはタクシーぐらいいいんじゃない」

「まあ、それはいいけどさ。それで、どうだったの？　そのおかしな人っていうのは、何なの？」

「お饅頭屋のおばさんに、パパのこと聞いてたら、いきなり声をかけてきてさ。それが、何て言ったと思う？　『お土産のお饅頭は、あなたのところに届かなかったのか？』だって。びっくりしちゃった」

「どういうことなのよ？」

昌美はそれこそ驚いて、訊いた。

静香は和田城の饅頭屋での出来事を、最初から解説した。

「パパのこと、以前、ちょっとお世話になったことがあるって言ってたけど、なんだか得体の知れない感じだったのよね。フリーのルポライターなんだって」

浅見からもらった名刺を出した。肩書のない名刺に、昌美はいっそう不安そうだ。

「ルポライターなんて、雑誌に記事を書いたりする人だろう。ほんとにおかしな人が多いから、気をつけたほうがいいわよ」

「そう思って、こっちは、名前もちゃんと名乗らなかったし、住所も電話番号も教えなかった。しほの家まで車で送ってくれたけど、手前で降りて、いなくなるまで待って、しほの家に入ったしね」

「そう、大丈夫かなあ」

「大丈夫よ。それに、そんなに悪いやつじゃないみたいだし。警察には内緒だって言ってたし。それに……」

静香はいったん言葉を切って、少し笑いを堪えるように言った。

「『渡部さんたちの仇を討つ』んだって」

「仇を討つ？　どういうことよ」

「警察はあてにならないから、自分の手で犯人を突き止めてやるって言ってた」

「そんなこと、できるわけないでしょ」

「私もそう言ったわ。でも、警察がモタモタしてたら、自分のほうが先を越すって。たとえば、私を追及したのも、警察より先だっただろうって。そう言われればそうなのよ。だから、まんざら嘘っぱちを言ってるわけじゃないのかもしれない」

好意的な言い方が、昌美には気になるのだろう。眉を顰《ひそ》めた。

「その浅見っていう人、いくつぐらい？」

「三十くらいかな。その人の家に電話して確かめろって言うから、そうしたら、お手伝いさんが出て、『坊っちゃまは留守です』だって。いい歳して坊っちゃまかよ――って思ったら、本人も『こんなおじん摑まえて坊っちゃまだなんて、参っちゃう』って、照れて笑っていた。だけど、坊っちゃまって言われているくらいだから、そんなに悪い家じゃないんじゃないかな」

「そうかねえ。なんだかマザコンみたいな感じじゃない」

「そんなことないわよ。宇土須《うどす》さんよりずっと男っぽいもの」

宇土須はしほの家の専務取締役だ。東大卒で、鷲頭が才能を買って、地元の銀行から引き抜いて専務に据えた。ことし五十五歳になるのに、いまだに嫁の来手がない。頭も人間もいいのだが、優しすぎるのが玉に瑕《きず》。接近する女性もいるのだが、肝心なところで当人が遠ざかる。あれはマザコンにちがいない――と、もっぱらの噂の男だ。

「そうなの？」

そのことより、昌美としては、静香がやけに、その男の肩を持つようなのが、大いに気になってならない。

「じつはね、ママ。さっきその人が『渡部さんたち』って言ったって言ったでしょ」

「ああ、そうだったわね」

「その『たち』っていうのが気になって、どういう意味か訊いたら、びっくりするようなことを言うのよね。パパが殺される前に、岡根っていう人が殺された……ほら、知事のブレーンをやってた人が、南信濃で殺されていたじゃない。その人よ。その岡根っていう人を殺した犯人と、パパを殺した犯人は、同一人物だって言うの」

「えーっ、どういうこと？……」

昌美は悲鳴のように言った。

「遺体があったのが、ほとんど同じ場所だったからかと思ったんだけど、それだけじゃないみたいなのよね。何でも、重要な書類があって、それを奪いたい連中に襲われたんじゃないかって……それ、ほんとかも」

「重要な書類って、何なの？　人殺しまでしても奪い取りたい物なの？」

「その書類っていうのがね、長野オリンピックで、使途不明金があったって、問題になっているじゃない。そのことを証明する書類みたいなのよ。だから、それを手に入れると、恐喝のネタになるし、それにね、いまの知事選挙にまで影響するかもしれないって。そういうことみたいよ」

「その書類を渡部……あなたのパパが持っていたっていうわけ？」

「それがそうじゃないいんだって。だから、犯人たちは、その書類を持っていると思われる次の夕ーゲットを狙って、動いているんじゃないかって。そういうこと。おー怖っ」
静香はブルブルッと震えてみせた。

# 第十一章　競争入札

## 1

「秋吉泉選挙事務所」に最初にその電話がかかってきたのは、選挙戦が始まって一週間近くたった日のことだ。電話に出た事務の女性は、いきなり「話の分かる人はいますか?」と訊かれて、面食らった。

「話の分かる人というと、誰でしょうか?」

「あんたじゃ、話が分からないと思うから、そう言っているんですがね」

かなりヤクザがかった口調に、女性は怒るより怯えた。すぐに近くにいた、内山光男《うちやまみつお》に電話を代わった。「変な人みたいです」と、送話口を覆って伝えた。

「お電話、代わりましたが、どういうご用件でしょうか?」

内山は事務的に訊いた。選挙事務所にはいろいろな人間から電話がかかってくる。その半数近くは、何らかのクレームだと思って間違いない。選挙妨害とまではいかないにしても、明らかにタメにする難癖もあるし、選挙カーがうるさいという、ごく素朴なイチャモンもある。

「あんた、名前は何ていうんだ？　おタクの事務所の責任者かね？」

「内山という者です。責任者というわけではありませんが、一応はご用向きをお聞きする立場の者です」

「最高責任者はいないのか」

「その者はいま、外出しております。私がその代理を務めますが」

「そうか……まあいいでしょう。それじゃ、その最高責任者か、あるいは秋吉知事ご本人に伝えてもらいたいのだが、いいブツがあるので、買わないかとね」

「は？……」

内山は意味を測りかねて、訊き返した。

「だから、いいブツがあるから、買わないかと、そう言っているんだ」

「いいブツとは、何のことでしょう？」

「それはあんたになんか話せる性質のものではないよ。そう伝えてくれればいい」

「失礼ですが、どちら様ですか？」

「名前か？　名前はそうだな、善光寺《ぜんこうじ》太郎《たろう》とでも言っておいてもらおうか」

「善光寺……ふざけているんですか？」

さすがに内山もムッときた。

「いや、名前はジョークだが、話の内容はふざけているわけではないよ。これは重大なことなのだ。必ず伝えないと、あんた、後悔することになるからな」

ドスの利いた声になった。

「分かりました。伝えますが、それで、どちらに連絡すればいいのですか。お電話番号とかは？」

「電話はこっちからする。そうだな、午後三時ピタリに電話するから、分かるようにしておいてくれ。責任者本人がいれば、それに越したことはないが、いなくても、あんた、内山さんだっけ。あんたが出てくれ」

選挙事務所長の鈴木《すずき》理《おさむ》は午後一時過ぎに戻って、内山からの伝言を聞いた。

「用件はそれだけしか言わなかったのか」

「ええ、とにかく何か分からないのですが、ブツを買ってくれということと、重大なことであると、それだけです」

選挙には、そうした売り込みがつきものと言っていい。中には票の取り纏めといった、かなり露骨な選挙違反行為をチラつかせるケースもある。

「何か分からないが、まあ、待つしかないだろうね」

三時ちょうど。約束どおり電話が入った。鈴木が名乗ると、「選挙責任者かね？」と確かめてから、やはり「いいブツがある」と言った。何らかの情報を売りたがっていると考えられる。

「どういうことでしょうか？」

「まあ、おタクの陣営にとってはいい話だと思うよ」

「ですから、具体的にどういうものかお訊きしているのです」

「オリンピック関係とだけ言っておこう」

「なるほど。つまり、長野冬季オリンピックの、使途不明金がらみというわけですか」

「ほほう、さすがに理解が早い。そう思ってもらっていいでしょう」

「それで、その何を持っているのですか」

「まあ、端的に言えば、不正があったことを暴く証拠書類だね」

「それを買えということですか」

「そういうこと」

「お断りすると言ったら？」

「断る？　ははは、まさか、そんなことは言うはずがない」

「どうしてですか」

「あんたなら、よく分かっているだろう。いまのおタクにとって、こいつは喉から手が出そうなほど欲しいはずだからね」

「いや、べつに欲しいとは思いませんよ」

「強がりを言うもんじゃない。現在の客観情勢を分析すれば、何らかのウルトラCがなければ負ける。あんたの立場なら、そんなことは百も承知だろう」

「冗談でしょう……」

鈴木は素早く、周囲を見回した。狭く、人の立て込んだ事務所だが、少なくとも受話器から漏れる声を聞かれる距離には誰もいない。

「マスコミの調査では、どこもわが秋吉知事陣営を有利として、太鼓判を押しています。六対四で、当選は確実ですよ」

「ははは……」

相手は笑った。

「強がりを言いなさんな。このあいだの豪雨で、状況は一変してる。それまでは何とか五分五分だったが、いまははっきり、岩田誠三に流れは傾いた。おまけに、秋吉知事は水害の後始末に追われて、選挙運動どころじゃないじゃないか。その差はますます広がるいっぽうだね」

「いや、われわれはそうは見ていません。あなたのほうこそ、情勢分析を誤っているのではありませんか?」

「まあ、そんな議論をしていても始まらないよ。要するに、おタクはこの話に乗るのかどうかということを訊いているのだ。岩田陣営を叩く、最後にして最善の方策だと、おれは思うけどね」

「お断りしたら、どうするつもりですか」

「そうだな、岩田陣営のほうに売ることになるだろうね。いや、いまのいままで、おタクが断るとは思ってもいなかったが。そういえば、向こうにも声をかけて、高く引き取るほうに売ったほうがいいな。うん、そうしようかな。競争入札というやつだ」

「岩田さんのところだって、買うわけがないでしょう」

「どうしてさ。必ず買うね。こんなブツを、敵に握られたらたまったものじゃないだろうからね。

そうすれば、永遠に不正の事実は闇に葬られたままになる。その後、知事が代わって、使途不明金問題の追及は尻切れとんぼになっちまうしね。さあ、どうする？　買うの買わないの？」

鈴木は沈黙した。十秒ほど、そのまま時間が経過した。

「どうするのさ？　最後の質問だ」

「実物はあなたのところにあるのですか」

「ああ、ここにある」

「確かな品ですか」

「もちろん。贋物を持っていても、しようがない」

「いくらで売るつもりですか」

「そうだな、一億、と言いたいところだが、秋吉知事は清廉潔白を売り物にしているんだったね。台所事情が苦しいだろうから、五千万にしておく」

「そんな……払えるわけがないでしょう」

「そうかな。選挙運動を一切、やめてしまうつもりなら、安い買い物だと思うが」

「そんな金があるはずはないと言っているのです」

「じゃあ、いくらなら出せると言うんだい」

「一千万なら、なんとか」

「ははは……話にならんよ」

「では千五百万で」

「だめだめ。やっぱり向こう側に持って行くことにする。あっちは土建屋や銀行がバックについてるから、金はあるだろう」

「まあ、待ってください。千八百万まで出しましょう」

「あんたねえ、バナナの叩き売りじゃないんだから、ケチな上乗せはやめなよ」

「分かりました。二千万で手を打ちます」

「冗談言っちゃいけない。そっちは手を打っても、こっちは打てないよ」

「それじゃ、いくらならいいのですか」

「そうだな、ズバリ三千万までだな。それ以下ならお断りだ」

「三千万……」

微妙な金額だ。現在の懐勘定からいえば、三千万どころか、正直なところ二千万もおぼつかない。そう口走ったのは、ものの弾みのようなものである。

「返事を少し待ってもらえませんか」

「待つって、いつまで?」

「二、三日」

「だめだめ、待てないね。明日の朝一番で返事がなければ、先方に持って行くまでだ」

「分かりました。とにかく相談してご返事をします」

「了解」

あっさり電話を切った。受話器を置いてから、鈴木は「くそったれ」と毒づいた。

## 2

鈴木から話を聞いて、秋吉は大きな目をいっそう大きくして、首を横に振った。

「信用できる人物なのですか」

「それはまだ分かりません。何しろ、会ってもいないのですから。交渉するのは、あくまでも現物を見た上でと考えています」

「それ以前に、そんな怪しげなもの、相手にすることはないでしょう。第一、その書類が本物なら、善光寺なる人物は、岡根氏の事件と関わりがあることになる。そんな、自首するにも等しいようなことを、するはずがありませんよ」

「しかし、ガセではない可能性もあるわけでして」

「いや、ガセかガセでないかの問題でなく、選挙戦でそんなものに頼るのは邪道だと言っているのです」

「それはおっしゃるとおりですが、しかし、現時点での情勢分析をすると、必ずしも楽観を許さないことは事実なのです」

「そうかもしれない」

秋吉は頷いた。

「負ける条件が揃いすぎていますね」

「知事もそう思いますか。正直言って、今度の豪雨被害はもろに影響しました」

「それだけではないでしょう。むしろ、これまでの僕の政治手法に問題があると断じたほうが当たっている」

「まさか……知事の基本政策に誤りはありませんよ。脱ダム宣言以降、長野県政が刷新され、債務超過傾向にあった県の財政が確実に好転しつつあることは、県民のひとしく認めるところなのですから」

「そう、政策に関しては間違っていたとは思いません。しかし手法は稚拙だった。議会の抵抗や、市町村の首長の反乱もあって、思いどおりの舵取りができなかったこともありますけどね、しかしそれは言い訳にすぎない。妥協をいっさい拒否したために、独断的と非難されてもやむを得ない面は確かにあった。僕自身の不徳の致すところと反省していますよ」

「そんな弱気は、知事らしくないですね」

「弱気というわけではない。ありのままの情勢を謙虚に受け止めているだけです」

「しかし知事、このまま手を拱いていたのでは、本当に負けますよ」

「やむを得ないでしょう。県民の選択に委ねるほかはない。県民が秋吉はもういらないというのなら、仕方のないことです」

「それでは、長野県政の刷新は頓挫《とんざ》して、また以前の体制に逆戻りしてしまうではありませんか」

「それもまた、長野県民の選択です」

「参りましたねえ……」

鈴木はため息をついて、右の掌《てのひら》で、後頭部をパタパタ叩いた。それから気を取り直したように顔を上げて言った。

「では、オリンピックの使途不明金問題も不問に付すということですか」

「その問題は、特別調査委員会が作業を続行していて、早晩、告発に踏み切ることになっているでしょう」

「しかし、委員会は強制力を持ちませんからね、調査するといっても限界があります。証拠書類が出てこない以上、告発にも実効が挙がらないのは目に見えています」

「そうですね」

「知事自ら、英断して内部調査を行なうのでなければ、証拠隠滅を食い止めることもできません」

「そのとおりですが、かりに証拠がどこかに残っていたとしても、もはや時間的にその作業は不可能に近いでしょう。それに、リーダーである僕が知事を失職すれば、何の権限もなくなり、調査委員会も自動的に解散する羽目になります」

「それじゃ、食い逃げした連中は万々歳じゃありませんか」

「結果としてはそうなります。だけど鈴木さん、まだ負けと決まったわけじゃないのですよ。これからの十日間、頑張れば逆転を狙える程度の差です」

「そうでしょうか。選挙戦の責任者として忌憚《きたん》のないところを言いますと、かなり難しい状況にあることは事実です。しかし、もし、オリンピック関連の証拠書類が入手できれば、反撃の狼煙《のろし》を上げることも可能です。買収の資金の問題もありますが、その方向で進めることを認めていただけませんか。少なくとも、そのブツなるものが本物かどうかぐらいは見きわめるべきです」

「またそのことですか」

秋吉は顔を歪めた。

「かりに本物だとしても、そういう取り引きに応じること自体、何だか後ろめたいとは思いませんか。そうまでして勝ちたいとは、僕は思いませんがねえ」

「それは私だって同じ気持ちですよ。堂々と戦い、堂々と勝ちたいとは思っています。しかし、現実は厳しい」

鈴木は沈痛な面持ちになった。

「知事ご自身はお覚悟ができているのかもしれません。万一、敗れるようなことがあっても、知事には帰るべき場所があります。文筆業に戻られるもよし。あるいは評論家の道を歩まれるのもよし。それとも来年の参院選に出馬するという選択肢もありましょう。しかし、われわれスタッフはそうはいかないのです。知事に従ってきた多くの人間は、新知事のもとでは粛清される可能性があります。そういうことも含めて、この選挙には何としても勝たなければならないと思っています。勝つためなら、何でもやるつもりです」

「たとえ悪魔に魂を売っても、ですか」

秋吉はギョロリと目を剝いて言った。

「それは……そうですね。場合によっては、それも辞さないつもりです。第一、オリンピック使途不明金問題の追及は、正義の道でもあるのですから」

「正義、ですか……」

今度は秋吉がため息をついた。

「正義を掲げさえすれば、すべて通じると考えるのは甘いです。もしそうであるなら、僕の勝利は疑う必要がない。なぜなら、少なくとも長野県政に関するかぎり、僕は不正義を行なったことはないのですからね。しかし県民の多くはストレートに正義を選択するわけではないでしょう。たとえ利権がらみの不正義があるとしても、土木事業が欲しい。国からの補助金が欲しい。地域経済の活性化のためなら、多少の不祥事には目を瞑《つむ》ろう。そうするためには、秋吉はむしろ邪魔だ……それが現実ですよ」

「分かりました。知事のお考えはよく分かりました。しかし、選挙の責任者として、私はそんなふうに割り切って考えるわけにはいきません。勝つことが私に与えられた至上命題なのですから。できることは何でもやって、とにかく最善を尽くすつもりです。知事がどうお思いになろうと結構ですが、それにブレーキをかけるようなことだけはしないでいただきます。よろしいですね」

最後通牒をぶつけるような、けわしい口調だった。

「無理はしないでください」

秋吉は気づかわしげに、鈴木の顔を覗き込んだ。

翌朝九時、「善光寺太郎」からの電話がかかってきた。秋吉はすでに選挙カーで出発したあとだった。

「どうかね、踏ん切りはついたかね。知事は何て言ってた?」

相変わらず、横柄な口の利き方だ。

「残念ながら、知事はその話には乗らない方針です」

鈴木は冷淡に聞こえるほど、落ち着いた答え方をした。

「ほうっ、それは意外だな……そうか、なるほど、知事は腹を括ったのかな。それじゃ仕方がない。この話はなかったことにする。では失礼する」

「まあ、お待ちなさい」

「ん？」

「知事は乗りませんでしたが、私は場合によっては、そのブツを買ってもいいと思ってますよ」

「そうかね、買うかね」

「ただし、私の一存では、昨日言ったような金額は無理です。やはり一千万円までしか、捻出できません。つまり、自腹を切ってでも知事を勝たせたい一心ということです」

「ほほう、近頃珍しい、忠義の人か」

揶揄《やゆ》するような言い方だった。それを聞いて、鈴木はこの男がかなりの年配、おそらく六十代以上ではないかと思った。「忠義」などという言葉を使う人間は、いまどき、それこそ珍しい。

「その心根に免じて、オーケーと言いたいところだが、一千万じゃ、どうしようもない。まあ、考えさせてもらうよ」

「考えるとは、気が変わる可能性もあるという意味に取っていいのですか」

「さあ、それはどうかな。こっちの気分次第だね。それはそっちの金策の都合も同じことだろう。

一千万が三千万に引き上げられる可能性だってあるんじゃないの？」

「それを確かめるにはどうすればいいのですか。何か連絡する方法を教えておいてくれませんか」

「いや、それはだめだ。あくまでもこっちからそっちの携帯に連絡する」

「いつですか」

「二日後か、三日後か。あるいはもっと先になるかもしれない。おタクの状況が、もっと切羽詰まって、金の上積みを決心せざるを得ない頃を見計らって、また連絡するよ」

「その前に、現物があるのかないのか。本物かどうかを見せてもらえませんか」

「もちろん、取り引きが成立するところまで話が煮詰まったら、現物を見せることもやぶさかではないが、そうでもないのに、ブツだけを開示するわけにはいかない。非常な危険を伴うことだからな。それじゃ」

鈴木の携帯の番号を訊き出すと、引き止める間もなく、電話が切れた。

3

前川昌美の家に、東京から品川区役所の職員が訪ねて来た。職員は一人で、「住民課の山本《やまもと》哲《さとし》」と名乗り、名刺もくれた。

「渡部公一さんが亡くなられたことは、ご存じかと思いますが」

山本は挨拶と自己紹介のあと、そう、用件を切り出した。

「ええ、知ってます……っていうか……それが何か？」

「じつは、渡部さんには遺産があります。その相続人として前川さんのお嬢さんが該当するわけでして、その確認のためにお邪魔したような次第です」

「ああ、そういうこと……」

昌美は正直に、ほっと胸を撫で下ろした。娘の静香に「浅見」とかいう男が接近してきたという、あれ以来、身辺に気を使うことの多い日が続いている。

玄関先での応対もなんだから——と、家の中に招じ入れた。

山本は定年間近と思われる、がっちりした体格の、一見した感じは真面目そうな男だ。靴を揃えて上がり、椅子に坐っても膝を揃え、かしこまっている。

「あの、渡部の遺産て、どのくらいあるんですか？」

「現金と銀行預金がおよそ八百万。それに株券などの有価証券が時価二千万ほど。家は借家ですが、外車が一台。ほかには什器類を中心とする、比較的高価な家具など、合計すると五千万円ほどになると思います」

「そんなに……」

昌美は絶句し、思わず顔がほころんだ。離婚するまでは、どうしようもないヤクザな男だと思っていたが、こういうプレゼントを遺《のこ》してくれたとなると、文字どおり現金なもので、評価も大きく変わる。

「それで、どういう手続きを取ればいいのでしょうか？」

「手続き一切は、われわれ役所のほうでいたします。ただし、遺産の相続権を有しているのは、お嬢さんだけですので、その点をあなたには了承していただくことになります。故人との親子関係を証明する書類等が必要になりますので、戸籍謄本を用意しておいてください。それとですね、なるべく最近のものであることが望ましいのですが、渡部さんからあなた、あるいはお嬢さん宛に届いた手紙類があれば、それを拝見したいです。何かございませんか？」

「最近といえば、渡部があいうことになる直前、届いた葉書があります」

「それ、拝見できますか」

「ええ、構いませんけど、葉書だから、大したことは書いてありませんよ」

「それで結構です」

昌美は立って、タンスの小引き出しから、渡部の葉書を取ってきた。

〔前略、お元気ですか。七月の頭に、南信濃のほうへ行く用事があるので、ちょっと立ち寄らせてください。和田城の名物の饅頭をお土産に持って行きます。静香にもよろしく伝えておいてください。草々〕

あっさりした内容だ。

山本は一読して、首をひねった。

「これが最後のお便りですか？」

「ええ、そうですけど」

「これ以前のお手紙はありませんか」

「これ以前といっても、離婚してから、まったく音信不通みたいでしたから」

「それなのに、突然、こういうお手紙が届いたのですか。どういうことでしょうか？　何か特別な事情でも生じたのでしょうか？」

「さあ、私には分かりません。いったいどうしたのかって、そう思いましたもの」

昌美はそう答えながら、不審を抱いた。

「あの、そのことと、渡部の遺産のことと、何か関係でもあるのでしょうか？」

「はあ、まあ、これはちょっと申し上げにくいのですが、渡部さんにはこちらのお嬢さん以外にも、お子さんがいらっしゃる可能性があると考えられますので」

「えっ、そうなのですか？」

「いや、はっきりそうとは断定していないのですが、ご近所の噂では、それらしい女性がいたという……」

山本は探るような目になった。

「あなたは何か、そういう、女性の存在にお気づきではなかったですか？」

「それは、離婚の原因にはそういう女性問題がありましたから、ぜんぜん知らなかったとは言いません。でも、子供がいたという話は聞いてませんよ。その後、そういう子が生まれたかどうかは知りませんけど」

急に不安になってきた。

「もし、ほかに子供がいるってことは、実質的な奥さんみたいな人がいる可能性もあるってことでしょうか？」

「そうですね、それもあり得ますね」

「その場合、遺産の相続はどうなるのでしょう？」

「きわめてデリケートな問題なので、急にはお答えしにくいですが、お嬢さんの取り分が三分の一か、あるいは四分の一になる可能性もあります」

「そうなんですか……」

昌美の気落ちした様子を見て、山本は苦笑した。

「といっても、あくまでも仮定の話です。実際にそういう方がいらっしゃるかどうかは、いまのところ分かっていません。ただ、亡くなる少し前に、渡部さんが大切な書類を、どこかへ送ったという話がありまして、ひょっとすると、その宛て先がこちらではなかったかと思ったのですが、そういうことはありませんでしたか？」

「いいえ、ありません。あの、その書類は相続と関係のあるものなのですか？　たとえば遺言書みたいな」

「たぶん、そうではないかと思います。しかし、こちらに送ってないとすると、違うのかもしれません」

「もう一人の女の人のほうっていうことも考えられますわね」

「さあ、どうでしょうか」

「ひょっとすると、娘が受け取っているかもしれません」

そんなことはあり得ないと思いながら、昌美は願望を込めて、言った。頭の中が、五千万円の遺産のことで一杯になっていた。

「お嬢さんは、どちらですか？」

「娘は名古屋へ行ってます」

「お帰りは何時頃ですか？」

「たぶん夕方……あ、そのまま仕事へ行くって言ってましたから、帰りは夜中になるかもしれません」

「ということは、お嬢さんは夜のお勤めですか」

「ええ、といっても水商売ではないですよ。旅館のほうのステージで、踊りの仕事をしております」

「そうですか……」

山本はチラッと時計を見て、「それでは」と腰を浮かせた。

「またあらためてお邪魔します」

「あの、こちらからご連絡しましょうか」

「いや……そうですね。でしたら携帯のほうにかけてください。出歩いていることが多いですから」

山本はそう言って、さっきの名刺の裏に、携帯の番号を書いてくれた。

玄関で靴を履きながら、山本はふと思い出したように言った。

「そうそう、前川さんは岡根という人をご存じじゃありませんか」

「いいえ、存じませんけど」

「そうですか」

あっさり頷いて、「それでは」ときちんと礼をして出て行った。

夜遅くに帰った静香に、昌美は昼間の一件を話した。

「へえーっ、五千万円……」

静香は目を丸くした。目下のところ、経済的に苦労はしていない母娘だが、五千万円は魅力的な金額だ。

「ただねえ、ライバルが存在するかもしれないっていうのよ。渡部が遺言書を送っている可能性があるんだって。そんなもの、うちには届いていないものね。静香だって受け取った覚えはないだろう？」

「あるわけないわよ。そうなのか、他にも弟か妹がいるかもしれないんだ。会ってみたい気もするわね」

「そういう呑気なことを言ってられないでしょう。五千万円が二千万か、もっと少なくなっちゃうっていうんだから」

「そうか……だけど、本当なのかなあ。あのパパにそんな甲斐性があったかしら。信じられない感じだわ」

「信じられないって、そんな、ありもしないことで、わざわざ東京から知らせに来てくれるはずがないじゃないの」

「それはそうだけど。でも、おいしい話にはウラがあるとも言うわよ。その区役所の人、信用できそうな感じだったの？」

「そりゃもう、真面目そのものみたいな人だったわよ。礼儀正しくて、挨拶もちゃんとしていたし……」

昌美は客の一挙手一投足を思い浮かべながら言って、その瞬間「あっ」と気がついた。

「そうだ、あの人、帰りがけに『岡根』って言ったわね……」

「えっ？　どういうこと？」

「岡根っていう人を知らないかって、そう訊いたのよ」

「岡根って、この前、南信濃で殺された人の名前じゃないの」

「そうなんだけど、訊かれた時、ぜんぜん気がつかなくて、知らないって言っちゃったのよ。だけどあの人、どうしてそんな名前を訊いたのかしら？」

「おかしいわね」

母と娘は顔を見合わせた。二人とも何か、得体の知れない不気味なものが、忍び寄ってくるのを感じていた。

# 第十二章　取引

## 1

「あの人に相談してみようか」

静香は言った。

「あの人って？」

昌美は分かっていながら、確かめた。

「ほら、あの人よ。浅見とかいう、和田城から送ってくれた人」

「大丈夫かね」

「大丈夫かって？」

「信用できるかしらってこと」

「分からないけど、悪い人間じゃなさそうだし、それに、こういうことがあるかもしれないって、予想してたみたいだし」

「そうだね、怪しい電話なんかがあったら、知らせてくれって言ってたんだろ?」

「うん……」

浅見はオリンピック関係の書類のことを言っていた。そのことを指しているのかどうかはともかくとして、山本哲も「書類」という言葉を口にしたのだ。

静香は名刺入れの中から「浅見光彦」の名刺を取り出した。デザイン的に何の変哲もない名刺だが、かえってそれが信用できそうなイメージを作っている。

しばらく躊躇してから、静香は携帯電話で浅見家の番号をプッシュした。例によって女性が出た。「坊っちゃまはただいま、留守です」と言った。

「お急ぎでしたら、自動車電話のほうにおかけになってみてください」

携帯電話でなく、自動車電話というのが妙な気がしたが、言われたとおり、静香はその番号にかけてみた。七度、コール音を聞いても出ないので、切ろうとした時に、受話器を外すノイズが聞こえた。

「はい浅見です。お待たせしました」

「あ、前川です。長野県阿智の」

「やあ、どうもその節は」

野放図に明るい声だ。

「あの、いま、お忙しいですか?」

「いや、大丈夫です。走行中で道路脇に停めるのに手間取っただけです。その様子だと、どこかから電話でもありましたか」

「いいえ、電話じゃないんですけど」

静香はかいつまんで、品川区の職員が訪ねてきたことを話した。

「それ、間違いなく品川区の職員だったのですか？」

「たぶん……名刺をくれましたから」

「なるほど……分かりました。品川区役所には友人がいますから、ちょっと確認してみましょう。折り返し電話します。そっちの番号を教えてくれますか」

静香は、今度は躊躇わずに、携帯の番号を教えた。それからほんの五分後には電話がかかってきた。

「品川区役所の住民課には、確かに山本哲という人物がいますが、まだ三十代の若い人でした。どうやら、お宅に現れたという、その人物は偽者ですね」

「やっぱり……どういうことなのでしょうか？」

「何か、書類がないかとか、そういうことを訊かれませんでしたか？」

「あ、訊かれたそうです。母に、渡部さんから何か、たとえば遺言書のような書類は送られてこなかったかって」

隣で心配そうな顔をしている昌美に、目で確かめた。「それって、浅見さんが言ってたオリンピック関連の書類のことなのでしょうか？」

「そのとおりですよ。そうですか、ついにお宅を探し当てたのですか……危険だな」

「危険なんですか？」

「そう思うべきでしょうね。何しろ、テキはすでに二人を殺害しているのですから」

「でも、うちにはそんな書類、何もありませんよ」

「あってもなくても、危険です。殺された二人とも、書類を持っていなかったにもかかわらず、殺されました。おそらく隠していると思い込み、脅迫した挙げ句の犯行だと思いますが、あればあったで、強奪するために殺害するでしょう。最初の犯行で、抑制がきかなくなっている可能性があります」

「それで、次の狙いはうちなんですか？」

「そういうことだと思います」

「そんな、無茶苦茶じゃないですか」

「無茶苦茶ですが、道理が通じる相手ではありません。それに、テキはその書類を急いで手に入れたいはずですから、のんびりしている余裕はないのです」

「どうして急ぐんですか？」

「時効というか、その書類の持つ効力が切れないうちに利用したいのでしょう」

「書類に時効があるんですか？」

「まあ、犯罪に時効があるのと同様、犯罪を立証する証拠物件にも時効があるでしょう。それに、この場合は、その犯罪に関わった連中が要職を離れてしまわないうちにという意味もあるのです。いくら脅しの材料があっても、脅す相手が消えてしまっては、何の効力も発揮できませんからね。

そういうことがあり、それ以外の要素もあって、いま、ここ十日ばかりが、まさに最も効力のある時期なのです。だからこそテキは急いでいる。焦っていると言ったほうがいいかもしれません」

「じゃあ、私たちは、どうしたらいいんですか？」

「差し当たっての方法は、警察に頼むしかないでしょうね」

「警察なんて、あてになるんですか？　実際に事件が起きないと、何もしてくれないっていうじゃないですか」

「確かにその傾向はありますが、そこは確か飯田署の管内でしたね。だったら、そこに僕の知り合いがいますから、頼んでみます」

「えっ、浅見さんは警察関係の人なんですか？」

「いや、そうじゃありませんが、たまたまです。夜ですから、摑まるかどうか分かりませんが、とにかく連絡してみますよ」

浅見はひとまず電話を切った。

品川区役所に知人がいて、警察にも知り合いがいるという相手を、信じていいものかどうか、静香はかえって分からなくなった。

そうはいっても、ほかに妙案があるわけでもない。

すでに深夜といってもいい時間だったが、それから十分後、電話がかかった。「長野県警の竹村」と名乗った。

「浅見さんから連絡をもらいました。今夜は遅いですから、明日の朝、お仕事に出掛ける前、いちばんで伺います」

「いえ、仕事は夕方からですから、もっと遅くても大丈夫です」

「あ、それじゃ、二番ぐらいの時間に、伺うことにします」

真面目くさって言った。

その言葉どおり、竹村は午前九時を少し回った頃にやってきた。玄関先で名刺を出したのを見ると、「長野県警察本部　捜査一課警部　竹村岩男」とある。「木下」という部下を伴っていた。浅見は「飯田署の知り合い」と言っていたが、県警本部の警部といえば、たぶん偉いほうなのだろう。そういう知り合いがいて、気軽にものを頼めるのだから、あの男はただものではないかもしれない。

「浅見さんの話によると、危険が迫っているということですね」

「ええ、よく分からないのですけど、そうみたいです」

「ひととおり事情を聞かせてください」

何だか、オリンピックの書類なんて、話していても現実ばなれしているけれど、竹村警部は真剣そのものの表情で聞いている。それで、いよいよこの話は嘘や冗談なんかではないことが実感できた。

「どうしたら、いいのでしょうか?」

話し終えて、まずそう質問した。竹村は無表情で窓の外を見ている。しかし、頭の中では猛烈な勢いで、善後策を講じていることを想像させる顔だ。

浅見の鋭角的な顔とは対照的に、どちらかといえば、信州人によくある丸顔に近いのだが、顎の張ったあたりの気の強そうなところは男っぽくて、悪くない。

「正直言って、いまのところ、相手の居場所も分からない状況では、何の手の打ちようもないのですが、何か動きがあったら、すぐに対応できるよう、手配だけはしておきます。先方の目的はその書類を手に入れることにあるので、目的を果たすまでは無闇な手出しはしないでしょう。とにかく電話でも何でも、何か言ってきたり接触してくるようなことがあったら、自分か、あるいはこの木下に連絡するようにしてください」

やはり想像したとおり、警察の権限でできる範囲となると、せいぜいそんなところなのだろう。

「あの、浅見さんていう人は、警察とはどういう関係なんですか？」

訊いてみた。

「ああ、あの人はフリーのルポライターですよ」

「ええ、そう言ってましたけど、それだけじゃないのでしょ？」

「うーん、まあ、これは言っていいのかどうかは分からないが、探偵としての素質もある人ですよ。時には警察も顔負けの、みごとな推理をします。今度の事件でも、われわれより一歩、先を行っていますしね。たとえば前川さんのことに着目したのもそうです。才能があって、少なくとも信頼に足る人物であることだけは保証しますよ」

浅見と出会ったのは、ほんの偶然のようなものだが、そういう偶然が生じるのも、才能のうちということなのかもしれないので、静香は説明しないことにした。

「じゃあ、何かの時に、浅見さんに相談しても大丈夫ってことですか？」

「そうですなあ……それは警察としては、お勧めするわけにはいきませんが、あなたがそうしたいというのを、止める権利もないわけでしてねえ」

いわく言いがたいような、奥歯にものの挟まった言い方だが、暗黙のうちに了解すると理解してもよさそうだ。

*2*

竹村からの電話によると、前川母娘は、想像していたほどには、怯えていない様子だとのことだ。

「母親のほうはともかく、娘さんはいかにも気が強そうですよ。あの分だと、浅見さんにも食ってかかるかもしれない」

「それは僕も、すでに経験済みです」

浅見は笑った。阿智の「しほの家」へ送った時の、彼女のはぐらかすような対応の仕方は、とてものこと、しおらしい女性のイメージからは、ほど遠かった。見知らぬ男に対する警戒心からそうしていたというより、彼女の本質的な性格の表れにちがいない。

「それで浅見さんとしては、これからの対応をどうすればいいと考えていますか？」

竹村は訊いた。そういう、警察官としてのプライドにこだわらない、率直なところが、浅見は好きだ。

「いつまでも、相手の出方を待っているわけにはいかないでしょうね」

浅見は言った。「それに、警察としても、ガードしきれないのではありませんか？　飯田市内ならともかく、阿智は警戒態勢を布《し》くのも難しいでしょう」

「確かに、そのおそれはあります。彼女たちの外出先までは、とてものこと手が回りませんからね」

「どうでしょう。前川さんのほうから、犯人側に取り引きを持ちかけるのは」

「取り引きとは、例のオリンピックの書類を使うということですか。しかし、テキはまだその書類とは言っていないのですがね」

「言ってはいなくても、狙いはそれ以外にありませんよ。それとなく、こういう書類があるということを、テキに伝えて、反応を確かめるところから始めればいいでしょう」

「あの母娘に、相手に怪しまれずに、そういう交渉ができますかね」

「もちろん、脚本と演出が必要でしょうね。竹村さんさえ了承してくれたら、僕がでしゃばって行ってもいいですけど」

「うーん……この自分からそれを明言するわけにいかない立場でしてねえ」

「ははは、分かってます。しかし、お節介な風来坊が、勝手に阿智まで出掛けて行くぶんには、問題ないでしょう」

結局、見て見ぬふりをするという、阿吽《あうん》の呼吸のような話がまとまった。

「ただし、経過は逐一、報告してもらわなければなりませんがね」

その点だけは、竹村は念を押していた。

その夜、浅見は宇都宮家に電話した。電話には直子夫人が出た。亭主の正享は九州方面に出張中ということだ。

「浅見さん、その後、どうなりました？」

直子は挨拶もそこそこに、少し甲高《かんだか》い声で訊いてきた。よほど、その後の進行が気になっているのだろう。その声を聞いただけで、彼女の子供っぽいくらいにムキになった表情が浮かぶ。

「じつは、犯人側に動きがありましてね」

浅見は長野県での新しい動きを話した。

「やはり渡部氏は、お宅に書類があることを話してはいなかったのですね。テキはまったく方角違いに向かっています。ですから、奥さんは何も心配することはないですよ」

「でも、阿智村は私の実家の下條村の隣みたいなところですよ」

「大丈夫、そこまでは気がつきません」

「そうでしょうか」

直子はそれでも不安そうだ。

「それでですね。テキをおびき出すのに、例の書類が必要になってきそうなのです。宇都宮君が帰ってきたら、書類を預かりに伺いたいのですが、出張はいつまでですか？」

「明日の夜には帰る予定です」

だとすると、浅見が長野県へ行くのは、早くても明後日ということになる。それまで何事もなく経過すればいいのだが——と、やや不安な気もしないではない。

午後十時過ぎ、前川静香の帰宅する頃を見計らって浅見は彼女の携帯に電話した。

「ああ、浅見さん……」

静香はほっとしたような声を出した。

「何かあったのですか？」

その声音《こわね》に浅見のほうが心配になって訊いたほどだ。

「いえ、そうじゃないんですけど。うちまで歩いてほんの三分くらいなのに、すっごく緊張して疲れます。あの、長野県警の竹村警部さんから、話を聞いてくれましたか？」

「聞きました。それで、僕は明後日の午後あたりにはそちらへ行けそうです。それまでは十分、警戒していてください。とくに明日の夜の帰り道は、できれば旅館の人に送ってもらったほうがいいですね」

「でも、すぐ近くですから」

「いや、それでも警戒するに越したことはないですよ。たった一日のことですけどね」

「分かりました」

そう言ったが、あの気の強い静香が、素直に言うことを聞くかどうか、少なからず気にはなった。

次の日の夜、浅見は宇都宮家を訪れた。なるべく遅く、食事を済ませた頃合いを——と気を使ったのだが、宇都宮正享はまだ帰宅していなかった。

「まったく、いいかげんなんですから、すみません」

直子はしきりに謝った。それはいいのだけれど、いくら友人の奥さんだからといって、まだ十分に若い女性と、二人きりでいる状況には浅見は慣れていない。こっちが意識するせいか、直子もどことなくぎこちなく、紅茶を出そうとして、キッチンで茶碗をひっくり返した。

そのうちに正享が帰ってきた。とたんに直子は「なにやってたのよ。浅見さんがいらしてるっていうのに」と噛みついた。

「しょうがないだろ。部長に摑まっちゃったんだからさ」

正享はぼやきながら、それでも、デブッチョの体軀を縮めるようにしている。

「また浅見が、書類を預かってくれるんだって?」

「うん、預かって、今度は犯人をおびき出すネタに使う予定なんだ」

「ふーん、どうするんだい?」

「それはこっちに任せておいてくれ」

「いいけど、大丈夫なのか?　浅見がヤバいことになりはしないのか?」

「ははは、僕は大丈夫。むろんきみたちご夫婦にもまったく関係のない作業だから、心配しなくてもいいよ」

「そうか、いろいろ迷惑かけるな」

夫婦そろって、鹿爪らしく頭を下げた。

書類を預かって帰宅すると、浅見はコピー機で書類の全部をコピーした。まさか本物を取引の道具に使うわけにはいかない。

けっこう騒音が響くので、気が引けているところに早速、雪江《ゆきえ》が顔を見せ、「こんな真夜中に、何をしてるの?」と叱った。

「明日の朝、印刷所に直接、持ち込む原稿のコピーが必要なのです。すみません」

「ふーん……」

雪江はコピー機から吐き出される書類を覗き込んで、「面白そうな原稿だこと。またおかしな探偵ごっこなどしないでちょうだい」と呟いて、行ってしまった。

*3*

翌朝、浅見は少し無理をして早めに起き出し、ラッシュ前に都心部を抜けた。中央自動車道は上りは慢性的に渋滞しているが、下りはガラガラで快適に走れる。もっとも、天候は相変わらずぐずつきぎみで、相模湖付近では小雨がパラついた。涼しいのはいいが、夏らしいカラッとした天気が続かないと、気分も晴れない。

出掛けに前川家に電話で確かめたが、昨夜は静香は、浅見の指示どおり車で帰宅したそうだ。

「これからそちらへ向かいます」

そう言うと、初めてしおらしく「ありがとうございます」と言った。

高速道路上ではもちろんだが、一般道に下りてからも、飯田市付近では知事選の気配は大したことはなかった。選挙ポスターは目立つものの、選挙カーはどこか、べつのところを走っているのだろう。

しかし、そういう静かさの裏では、ドロドロした権力闘争が繰り広げられているにちがいない。マスコミ報道などによれば、秋吉、岩田両陣営はまさに拮抗《きっこう》して、選挙の帰趨の予測はつかないらしい。だとすると、例のオリンピック使途不明金問題などが明るみに出れば、結果に重大な影響を及ぼすことは間違いないだろう。

それだけに、いまがまさに「売り時」だ。タイミングを失すれば、いくら重要な証拠物件といえども、ただの紙切れになってしまいかねない。文字通りの「証文の出し遅れ」である。

(あと二日か、三日か——)

浅見はそう予想している。不正の事実が明るみに出るには、ブツがマスコミに渡ってから、さらに一日は要するものと思わなければならない。テキとしては、投票日の、遅くとも三日前ぐらいまでには「商談」を成立させたいだろう。

飯田署で竹村警部と落ち合った。そこで初めて、竹村に問題の書類を見せた。

「これが例の書類ですか」

竹村は驚いた。

「これをオープンにしたら、大問題になるでしょう。まさか浅見さん、そうするつもりじゃないのでしょうな」

「僕はそんなことには興味はありませんよ。むしろそれより、警察がどう処理するのか、それをお聞きしたいくらいです」

「うーん、自分としては、個人的には当然、世の中に知らせるべきだと思いますが、法的には時効の問題もあるし、このまま伏せるしかないのでしょうね」

「やはりそういうことですか。おそらく公式に調査しても、同じ結論にしかならないのでしょう。しかし道義的な意味で、当時の責任者や、甘い汁を吸った連中は指弾されてもやむをえないはずです。その連中がいまだに、政治の表舞台で我が物顔に闊歩《かっぽ》しているのでは、一般市民は愚弄されているにひとしい。その意味からいうと、むしろ犯人に活躍してもらいたい気分でもあります」

「おいおい、そんな過激なことを言ってもらっては困るな。いくら浅見さんでも、見逃すわけにはいきませんよ」

「ははは、僕の場合はただ言うだけです。僕にかぎらず、世の中の多くの人が、大なり小なり、わずかに、そう思うことがあるはずですよ。それを行動に移せばテロになる。だからじっと我慢して、選挙で投じる一票にその鬱憤をかけるのです。それなのに、そうやって選ばれた選良と呼ばれる連中が、ろくなことをやらないのだから、まったく、市民は浮かばれませんね。日本に四十七人しかいない知事が、二人、三人と、汚職で摘発され、実際にはもっと多く汚染されているのではないかと言われるのなど、やり切れない思いがしますよ」

「まあまあ……」

竹村は浅見を宥めた。折りも折り、長野県も知事選の真っ只中である。そういう話題は警察官としては、最も触れたくない時期なのだ。

昼食を済ませ、浅見と竹村は連れ立って前川家を訪れた。前川家はごく平凡な安手の二階家だった。それでも母娘二人で住むには広すぎるのか、建物の内はガランとした感じである。かすかに線香の匂いが漂っている。

玄関を入ったとっつきの板の間が、リビング兼応接室ということのようで、浅見と竹村は並んでソファーに坐った。

母親の昌美はお茶をいれたり、片付け物をしたりして落ち着かないという理由で、客の相手はもっぱら静香一人でするつもりらしかった。しかしそれでは困る。

「お母さんもご一緒に聞いてください」

浅見は声をかけた。

「私は、難しいことは分かりませんけど」

昌美は尻込みする。

「それでも聞いていただかないと困るのですよ。これは大切な作業なのですから」

竹村は少し怖い顔を作って、昌美を話し合いに引きずり込んだ。

二人は神妙に浅見の説明を聞いている。テキとの交渉役は若くて機転のききそうな静香のほうが適していそうなので、実際はそういうことになるだろうけれど、何かの時に昌美も対応しなければならない可能性もある。その時になって、ちぐはぐなことを口走ったりされてはぶち壊しだ。浅見は彼女たちのために、おおまかな「シナリオ」を作ってきていた。ほぼ、それに従って行動してもらえば、うまく進むはずであった。あとは主として静香の「演技力」に負うところが大きい。

「それでは、第一幕目を始めましょうか」

浅見は陽気そうに言って、電話を指さした。

「じゃあ……」

静香も軽く応じて、受話器を取った。思ったとおり、いざとなると度胸の据わるタイプの女性である。

「もしもし、前川です」

声も震えていない。相手の声はかすかに電話機から漏れてくるが、周囲の人間に聞き取れるほどではなかった。

「……ええ……ええ……はい、それらしい物がありました……ええ、何かよく分かりませんけど、数字ばかりが多い書類です……そうです、オリンピックがどうしたとか、そういうことが書いてあります……はい……分かりました……はい、待ってます」

電話を切って、静香は三人を振り返った。最初は白かった顔が、紅潮して、目が潤みを帯びて輝いている。根っから、演じることが好きなのだろう。

「書類があったって聞いたら、すっごく嬉しそうで、また電話するって言ってました」

「いつごろ電話するとか、それは言ってませんでしたか？」

浅見が訊いた。

「いえ……そうか、それを訊いておけばよかったんですね。そういうアドリブがきかないんだなあ」

悔しそうに反省している。

「いや、なかなか上手でしたよ。名演技と言っていいでしょう。ねえ」

竹村に水を向けると、竹村もしぶしぶながら頷いた。民間人にそういうことをさせるのは、警察の人間としては本意ではないということなのだ。

テキからの電話はすぐにかかる気配はなさそうだ。竹村はいつまでも待機しているわけにもいかず、あとを浅見に委ねて、ひとまず捜査本部に引き揚げた。

残された浅見に、昌美と静香は退屈凌《しの》ぎにと、旅館「しほの家」のパンフレットや、写真を見せてくれた。

「こういうことをやっています」

母と娘が演じるステージの写真だ。白狐を小道具にあしらった、優美にして摩訶不思議な場面であった。

「いまは私はお休みで、静香独りでステージを務めているんです」

静香の舞台写真は、独りである分、かなりのアップで撮られている。ふだんとは違うその妖艶な表情には、狐の化身になりきったような凄味がある。

「すばらしいですねえ」

浅見は「仕事」のことも忘れて見入った。だが、その雰囲気をうち破るように、無粋なコール音が響いた。静香はゆっくりと受話器を握った。

「はい、前川です……はい……はい……それから、一つだけお聞きしておきたいのですけど、この書類をお渡しすれば、父からの遺産を受ける資格のあることがはっきりするのでしょうか……はい……はい……分かりました……はい……時間は何時頃になりますか……はい、分かりました。お待ちしてます」

さっきとは見違えるほど、落ち着いて、ゆうゆうたるものだ。

「五時頃、受け取りに来るそうです」

二時間近く、余裕がある。浅見はすぐに竹村に連絡した。竹村は部下二名を伴って、四時前に到着した。部下は家から少し離れた路上で待機するという。むろん、目立たないマイカーで来ている。

「一つ問題があります」

浅見は三人を前にして言った。

「書類を受け取りに来るのは、本人でない可能性があります」

「なるほど」

母娘はキョトンとしたが、竹村はすぐに頷いた。

「本人ならば、身分詐称と詐欺未遂で、その場で身柄を拘束しても構わないでしょうが、使い走りだった場合どうするか、ですな」

「どうしたらいいんですか?」

静香が訊いた。

「その場合は、最初の二葉だけを渡してください」

浅見が言った。「おそらく、間を置かずに電話で文句を言ってくるでしょうが、ご本人でなければ、信用できないからという理由を言えばいいでしょう」

「でも、殺されたりしませんか?」

昌美が心配そうに言った。

「ははは、使い走りは、そんな度胸のあるやつは来ませんよ。たぶん、その辺りで拾ったアルバイトです」

浅見の予想どおりだった。午後五時ぴたりにバイクでやってきたのは、まだ二十歳を過ぎたばかりといった感じの青年だった。カーテンの隙間から見ていると、べつに犯罪に加担しているという様子もなく、鼻唄でも歌っているような呑気な顔でチャイムボタンを押した。

静香が用心しながらドアを開けると、ペコリと頭を下げて、「山本さんから、荷物を受け取るよう、頼まれて来ました」と言った。まるでバイク便のお兄さん——といった感じであった。

「はい、これですけど」

静香が角封筒に入れた書類を渡すと、中を確かめることもせずに、帰って行った。

# 第十三章　新聞記者の死

## 1

それから十分間、ほかの人間の息づかいが聞こえるほどの緊迫感が漂った。

「十分くらいで電話がありますよ、きっと」

浅見がそう予想したとおり、ほぼ正確に十分後、電話が鳴った。バイクがその程度の時間で行ける場所に、テキはいることが、それで分かる。

静香が電話に出ると、いきなり文句を言われた様子である。

「ええ、分かってますけど、でも、山本さんご本人でありませんでしたから、偽者だといけないと思って、それだけしか渡さなかったんです」

静香は強気の語調で言った。相手もそれには参ったにちがいない。自分が保証するから渡してくれるように要請している。

「だめですよ山本さん。近くにいるのなら、どうしてご自身で取りに来ないんですか？　変ですね、何だか心配になってきました」

静香は強気一点張りだ。

弱点を衝かれ、結局、「山本」は折れて、自分で取りに来ることになった。しかし先方の希望する午後八時には静香は旅館のほうに行っていて、昌美だけが留守番している。

「八時ですかぁ、私はちょっと用事で出掛けなきゃならないんです。困ったわ……」

静香はそう言いながら、浅見に目配せを送った。浅見はメモ用紙に「お母さんが渡すと言ってください」と書いた。

「じゃあ、母がいますから、母から受け取ってください」

そういうことで折り合いがついた。

「八時ですか……」

浅見は浮かない顔で言った。

「八時だと、何か問題ありですか？」

竹村が訊いた。

「なぜ近くにいるのに、八時なのかと思ったのです」

「なるほど……」

竹村も以心伝心、浅見の不安が伝染したらしい。

「八時だといけないんですか？」

静香が竹村と同じことを訊いた。

「いけなくはないけれど、大いに気になりませんか。ふつうなら、すぐにでも取りに来たいところでしょう。それなのになぜ八時と指定してきたのか。その理由は二つ考えられますね」

「どんな理由ですか？」

「一つは、暗くなるのを待つということ。もう一つは、こっちの様子を窺って、安全を確かめるということ。僕はどちらかというと、後のほうが当たっているような気がするのですが。竹村さんはどう思いますか？」

「確かに」

竹村はにわかに、外の部下たちの様子が気掛かりになってきたらしい。腰を浮かせて、窓のカーテンの隙間を覗いた。しかし、ここからでは覆面パトカーのいる位置は見通せない。

携帯電話で木下刑事に連絡して、くれぐれも気づかれないようにしろと注意したが、それだけでは不十分な気が、浅見はした。そもそも、温泉とはいっても、民家も疎らな村なのである。夜道に人間の乗った車が停まっているだけでも、大いに怪しいのだ。

そのことを指摘すると、竹村は苦い顔をした。

「しかし、それじゃ浅見さん、どうすればいいんですか？　まさか無防備でテキを待つというわけにもいかないでしょう。どこかに隠れていて飛び出すといっても、街中じゃないんだから、隠れる場所も見当たりませんよ。いっそ非常線でも張りますか」

「まさか、そういうわけにもいきません。そんなことをすれば、ますます警戒して近寄らない可能性があります」

竹村の言うとおり、張り込みをするには、きわめて条件の悪い場所ではあった。だからといって、張り番の二人の刑事を撤収させてしまっては、緊急に身柄を確保するのが困難になる。

「じゃあ、山本が来たら、家の中に上がってもらってください。自分と木下が隣の部屋に隠れていましょう」

竹村は昌美に頼んだ。

静香は心配した。

「ママに、そんな器用なこと、できるのかしら?」

「できるわよ、その程度のこと。私だって舞台度胸はあるんだから」

昌美は胸を張った。

「だけど、もし暴力をふるわれたりしたら、危険じゃないの」

「いや、それは大丈夫でしょう」

竹村がすぐに否定した。

「相手は書類を受け取るのが目的だから、そんなことはしないと思いますよ。それに、何かあったらわれわれがすぐに飛び出して、相手を確保します」

「僕も手伝いますよ」

浅見が勢い込んで言うと、竹村はあっさり首を振った。

「浅見さんはだめ。かえって邪魔です。それに、民間人にそんな危険なことをさせるわけにはいかないのです。いいですね、何があろうと、絶対に手出しはしないでください。頼みますよ」

例によってクギを刺すような言い方だ。

竹村は車から木下を呼び寄せて、覆面パトカーを現場から立ち去らせた。

六時になると、静香は出勤して行った。夕食は旅館のほうで賄い飯を食べる習慣になっているそうだ。残った連中のために、昌美がチャーハンを作りにかかった。

それからおよそ二時間、ひたすら気詰まりな時が経過するのを待つばかりだった。テレビはつけてあるのだが、バカ番組を見ても、家の外に声が漏れる可能性があるから、大声で笑うわけにもいかない。

午後八時十分前に、浅見と竹村と木下は隣室に引っ込んだ。ふだんは静香の部屋として使っているのか、若い女性を連想させる化粧品の香りが漂っている。その中で三人の大の男が、黙りこくってじっとしているのは、何とも珍妙な姿ではあった。

外で車の停まる気配がして、テレビが八時を告げたとたん、じつに正確にチャイムが鳴った。

「はい」「山本です」というやり取りが聞こえて、昌美がドアを開けに行った様子だ。

「あ、あの、山本さんですか？」

玄関が暗いのか、確かめるように言い、相手も「はい、山本です」と答えた。声の印象では五十代の男を思わせる。

「お邪魔してもいいですか？」

山本は訊いている。

「はあ、はい、どうぞ……」

昌美は当惑げに言い、シナリオどおり、家の中に招じ入れている。さっきまで浅見たちが向かっていたテーブルを挟む位置に、山本と昌美は坐った気配だ。

「えーと、早速ですが、書類はご用意できているのでしょうか？」

「はあ、ええ、できてますけど、あの、どうしたらいいのでしょうか……」

「拝見できますか」

「ええ、まあ……」

明らかに様子がおかしい。竹村はついに我慢できなくなって、浅見が制止する間もなくドアを開けた。

「あ、ご主人ですか？」

山本は立ち上がり、腰を屈めてお辞儀をしながら、予想外のことを言った。昌美が未亡人であることを知っているはずなのだ。

「あなたは山本さんですか？」

竹村は訊いた。

「ええ、山本です。今後ともよろしくお願いします」

まったく悪びれる様子がない。

「ちょっとお聞きしたいことがあるのですがね」

竹村が警察手帳を出しかけた時、昌美が慌てて「あの、違うのですけど」と言った。

「この人、山本さんじゃないんです」

「えっ？……」

竹村と山本が同時に驚いた。

「いや、私は山本ですよ。さっきご主人にお電話いただいた……」

憤然として、胸の内ポケットから名刺入れを取り出した。

「山本不動産の山本孝幸《たかゆき》さんですか」

竹村は背後にいる浅見のために、名刺を読み上げた。うんざりした口調だった。名刺には「山本不動産株式会社　代表取締役社長　山本孝幸」と印刷されている。住所は飯田市内。たぶん個人経営の小さな不動産屋なのだろう。

「しかし、あなたいま、『書類は用意できてますか』とか言わなかったですか」

「ええ、言いましたよ。ご主人が……え？　あなた、ご主人じゃないんですか？」

山本もようやく、ただごとでないことに気がついたようだ。

「私は違いますがね。その『ご主人』がどう言っていたのですか？」

「それは、こちらのお宅を売りたいので、今夜八時に来てほしい。書類はすべて揃っているので、見てくれないか──そういうお話だったんですよ。じゃあ、ガセですか？　何てこったい、この忙しいのに」

山本は頭にきて、テーブルを両手で叩くようにして立ち上がった。

「まあまあ……」

竹村は宥めながら、警察手帳を示した。

「えっ、警察?……どういうことです?」

「じつは、ちょっと厄介な詐欺事件が横行していましてね。こちらのお宅も被害に遭いそうなので、警戒していたところです」

「詐欺って、どんな詐欺です?」

「いや、それは話せませんが。とにかくかなり悪質なものだと思ってください」

「だけど、私は関係ないですよ。こちらのご主人……いや、そう名乗る人から電話をもらって、わざわざ出向いてきただけ。あくまでも善意の第三者なんだから」

「分かってます。あなたも被害者であるというわけですね」

「だったら、もういいでしょう。帰らせてもらいますよ」

「まあまあ、ちょっと待ってください。ここはひとつ、あなたにも協力していただきたいのですが」

「協力って、何をするんです?」

「とにかく、坐ってください」

ようやく落ち着かせて、事態の収拾方法を相談することになった。

2

無関係の「代理人」を寄越すというのは、テキが一筋縄ではいかない相手であることを物語る。

というより、はっきりとこちらの出方を警戒している証拠だ。

「おそらく、このお宅の近くで、様子を窺っていると考えていいでしょうね」

浅見は言った。

だとすると、いつまでも時間をかけているわけにはいかない。「山本」が不動産屋であると知れば、「商談」は不成立に終わり、さっさと追い返されるはずなのだ。それがそうならず、「山本」がなかなか現れなければ、家の中で何かが起こったと思われる。

「ひょっとすると、すでに勘づかれているかもしれませんが、ともあれ、何事もなかったように振る舞って、お帰りください。なんだかわけの分からない話に巻き込まれた、善意の人——という、そのままで結構です。もしその人物から連絡があっても、警察のことなどは黙っていてください。妙ないたずらをされて、怒っていると言ってやるのがいいでしょうね」

「それだったら、本当に怒っているんですから、そう言ってやりますよ」

不動産屋はプリプリしながら、昌美に見送られて、玄関を出て行った。車はすぐ前の道路に停めてあった。その車が行ってしまうまで、昌美は申し訳なさそうに、何度もお辞儀をしている。むろん、それも、見えないテキに対する演技のつもりだ。

「周りには誰もいる様子はありませんでしたけど」

昌美は戻ってきて、告げた。

「いや、どこかにいますよ。家の中に奥さん以外の誰か、われわれ警察の人間がいるのではないかと用心しているのです」

竹村は声を潜めて言った。

「もしかすると、すでに気配を察知してしまったかもしれませんね」

浅見は悲観的な気分になってきた。

「とりあえず、奥さんから山本に電話してみていただきましょうか。いったいどういうことなのか、ごく当たり前のことを訊いてやればいいと思います」

昌美が山本の携帯の番号に電話した。

「出ませんよ」

しばらく受話器を耳に押し当ててから、昌美が不安そうに言った。

そして、それっきり山本との通信は途絶えたのである。


同じ頃――と後で分かったのだが、長野県議金子伸欣の事務所に電話があった。事務所には秘書の斉藤洋史が一人で残務の整理をしていた。ほかに三人いる職員たちは、知事候補の岩田誠三選挙事務所の応援に駆り出されて、朝からそっちへ行ったきりだ。

「金子先生はいませんか」

電話は男で、あまり印象のよくない口調であった。

「ここにはおりませんが、どういうご用件でしょう?」

「おたくさんは?」

「金子の秘書の斉藤という者です」

てなっ、ことにしていただくことになっております」


「ああ、あなたが斉藤さんか。金子先生の金庫番だそうですな」

「いや、そういうわけではありませんが、一応、ご用件はすべて私を通していただくことになっております」

「なるほど……まあいいでしょう。いや、岩田候補を引っ張りだしてバックアップしている金子先生に、ぜひお勧めしたい情報があるのですがね」

「情報ですか。どういう内容の？　いや、その前にあなたはどなたですか？」

「私は中川《なかがわ》です。中川知久《ともひさ》。ご存知じゃないですか？」

「申し訳ありません。存じ上げておりませんが、どちらの方で？」

「いや、どこにも所属していませんよ。いわゆる一匹狼というやつですな」

中川は「ふふふ」と含み笑いをした。

「それでですね、私が持っている情報を、買ってもらいたいのですが」

「ですから、どういう情報か教えていただかないと、判断がつきません」

「長野オリンピックがらみとだけ、言っておきましょうかね」

「オリンピック……また、ずいぶん古い話じゃないですか」

「古くて新しいですよ。これを持ち出せば、おたくの金子先生ほか、お尻に火がつきそうな人はずいぶん多いんじゃないかな」

「はあ、何の話です？」

「またまた、斉藤さんだって知らないはずがないでしょう。子供だったわけじゃないんだから。

あの時はいろいろ、阿漕《あこぎ》なことをやって、食い逃げした連中もいたそうですな」

「何のことを言っているのか、私にはさっぱり分かりませんね」

「なるほど、そうですか。それじゃ、この書類は秋吉陣営に持って行くか、それともマスコミに配信するか、いっそネットに載せちゃいますかな」

「それは、あなたが何をしようと勝手だが、そんなに価値のある物なんですか？」

「そりゃ、あるでしょう。岩田候補を担いでいる先生たちが、軒並み黒い疑惑に包まれているというんだから。ここに出てくる関係者の名前を見れば、あんたも楽しくなるに決まっている。秋吉知事にとっては、もっと楽しいでしょうけどね」

「誰の名前が出ているのですか？」

「それは言えないが、見本を見ますか」

「見本？」

「そう、最初の部分だけ見せますよ。プロローグってやつですな。それを見れば、どういう内容か分かるでしょう。おたくのビルの郵便受けに入れておいたから、見ておいてください。また後で電話します」

中川は一方的に電話を切った。

斉藤は窓に近寄って、街路を見下ろした。地方都市の夜は早く、この辺りはほとんど人通りは絶えてしまう。それらしい人物はもちろん、怪しい車も見当たらなかった。

一階に下りて、三〇二号室の郵便受けを見た。確かに封筒が入っている。ありきたりの茶封筒で、宛て名はなく、おそらく指紋もついていなさそうだ。

事務所に戻り、封を開けた。

中身はA4サイズのコピー用紙が二葉。その一枚目に書類の表題が書かれてある。

〔長野冬季オリンピック誘致準備委員会入出金記録〕

おそろしく長い表題だが、ひと目でその書類の性質が読み取れた。

二枚目からは、すぐに個別の収入、支出の金額と収支の発生した事由、目的などが書かれ、それに携わった関係者の名前までが詳細に書いてある。最初の項目は〔IOC事務局長訪問に関する旅費及び機密費〕で、金額は二千二百八十万円。関係者三名は、いずれも斉藤の知っている名前であった。そのうちの一人は、前回の県議選で落選した「反秋吉派」の中堅議員だった男で、彼が三名の中心人物だったと思われる。

日付を見ると、一九九〇年。長野の前々回の冬季オリンピックが開催される直前――つまり、一九九八年の開催地を決定するための招致運動が、ピークに達する頃である。

二千二百八十万という金額は、ヨーロッパまでの旅費にしてはあまりにも大きすぎる。機密費と書かれているように、招致運動のためにバラ撒《ま》かれた金と考えていい。誰の手に渡ったのか、どのように使われたのかなど、おそらく、一切は藪《やぶ》の中にちがいない。

一ページ目でこれだから、二ページ以降の内容も推して知るべしだろう。

確かに中川の言うとおり、これが公開されたら間違いなく「楽しい」ことになる。三名が三名とも、知事選では岩田陣営に参画している主要メンバーであることも大問題だ。

そもそも、現在の反秋吉派は、多かれ少なかれ、長野冬季オリンピック招致運動に携わった連中なのである。もちろん、オリンピック招致自体には長野県民の多くが賛成していたから、そのかぎりにおいては天に恥じることはないのだが、運動期間中、使途不明金を大量発生させた母体に、彼らの中の何人かが主体として関係し、動いていたことも勘案しなければならない。

現に一ページ目でよく知る名前が出てきたことから、この先、どれほど多くの人名が羅列されているか考えると、そら恐ろしいものがある。もちろん、ウチの先生も堂々と名を連ねているだろう。いや、ひょっとすると、当時長野五区選出の国会議員だった岩田誠三の名も、そこにあるかもしれない。岩田には県議や県職員を引き連れてヨーロッパまで陳情活動に出掛けた事実があった。

(やれやれ——)

斉藤はため息が出た。

書類に名前が挙がっているからといって、必ずしも後ろめたいことはないにしても、痛くもない腹を探られる程度の不快感は、およそ政治や行政に携わっている人間なら、誰だって持ち合わせているだろう。

まして時期が悪すぎる。

電話が鳴って、斉藤は跳び上がった。もちろん中川だった。

「見ましたか」

「ああ、見ましたよ。古い書類ですねえ」

「だから言ったでしょう、古くて新しいと。どうです。楽しいことが始まりそうな予感がしてきませんか」

「さあ、それはどうですかね。私には何の興味も湧きませんが」

「ははは、その続きを見たら、そんな強がりを言ってはいられませんよ。もっとも、いまの時期はおたくの先生よりも、岩田さんにとって切実な問題ですがね。さて、時間がもったいないので、早速、商談に移ります。その書類、もちろん原本ですが、ズバリ三千万でどうです?」

「三千万? ははは、恐喝ですか?」

「恐喝? 冗談言っちゃいけない。これはあくまでも商談ですよ。値打ちのある古文書なら、それでも安いくらいだ。岩田さんを担ぐ議員は何人いるか知らないが、三十人はいるでしょう。一人頭百万ずつ出せば三千万。安いもんじゃないですか。とくに、書類に名前の載っているセンセイ方にとってはね。さあどうします? 金子さんに訊いてみなさいよ」

「いや、そういった問題は私が処理することになっております」

「それじゃ、埒があかないな。分かりました。また明日の晩、電話しますから、あなたの携帯の番号を教えて下さい」

　番号を伝えるとすぐに電話が切れた。

3

八月に入ったとたん、それまでの天候不順を取り戻すかのような勢いで太陽が照りつけ、猛烈な暑さが襲ってきた。

本格的な夏休みシーズンに入り、長野県内の至るところに観光客がどっと押し寄せた。とりわけ戸隠高原への入り込み客は、旅館の予約状況もきわめてよく、その日は朝からマイカーが連なって登って行く。

長野市街から戸隠へ向かう道路はいくつかあるが、浅川沿いに行く「戸隠高原浅川線」も人気がある。人気の理由の一つは、途中のループ橋かもしれない。

長野市街を北へ抜ける辺り、浅川東条から西へ「浅川ループライン」を行くと、すぐに上りにかかり、まもなく真光寺ループ橋にさしかかる。時計回りに高度を上げる橋で、運転者は景色を眺めるゆとりはないが、ここからの眺めは絶景と評判だ。

ＲＶ車の助手席に乗っていた女性が、景色を眺めるついでに、何気なく橋の下に視線を送った時、一瞬、不快な物を見たような気がした。

「いま、下に、死体があったみたい」

橋を渡りきる頃になって、オズオズと言いだした。そしてその彼女が、死体の第一発見者となった。

警察に一一〇番通報があったのは、午前十時過ぎと記録されている。それまでに数えきれないほどの車が通過しているはずだが、偶然、死体に気づいたのは、彼女が初めてだったということのようだ。もっとも、彼女以外に気がついた人間がいたとしても、心理的に自分の見た物を否定したくなったとしても無理はない。あるいは、通報してかかわり合いになるのを避けたのかもしれない。

とにかく、通報があって間もなく、警察は死体を確認した。ループ橋から真っ逆様に転落した状態で、男性が死んでいた。死因は全身打撲で、とくに頭部の打撃が致命傷になった可能性がある。頸骨《けいこつ》も完全に折れていた。死亡推定時刻は昨夜から未明にかけて。おそらく午前一時前後と考えられる。

身元はすぐに判明した。所持品の中に運転免許証と名刺があったが、それより先に、刑事の一人が顔をひと目見て気づいた。

「あ、これ、信濃日報の記者さんじゃないですか！」

いわゆる事件記者ではないが、何かの時に顔を見かけている。そのとおりで、死者は信濃日報政治部記者の小林孝治であった。

警察は事故、自殺、他殺のいずれもあるという態勢で臨んだが、わりと早い段階で他殺のセンが濃厚と判断、長野北警察署に捜査本部を設置して捜査を開始した。自殺にしろ事故にしろ、ループ橋の転落場所まで、どうやって行くかが問題だ。付近にそれらしい車はなかったし、歩いて行ったとするなら、目撃情報がありそうなものである。

小林の昨夜の足取りを追っていて、夜に入ってから、一人の人物が浮かび上がった。昨夜、八時から十時にかけて、市内権堂の「マリクネ」というバーに小林はいた。その時、小林と一緒にいたのが、金子伸欣県議の秘書斉藤洋史だったのである。

斉藤はそのバーは馴染みだという。どうやら小林は斉藤の招待でマリクネに来たらしい。

「初めのあいだ、女の子も寄せつけないで、二人で話し込んでいましたよ。何の話かは分かりませんけど」

刑事にその時の様子を訊かれて、バーのママと女たちは、そう答えた。それから女性が二人ついて、楽しそうに飲んでいたということである。揉めていたとか、喧嘩していたということはなかったそうだ。十時頃、機嫌よく帰って行ったが、その後のことは分からない。

警察はすぐに斉藤に事情聴取をしようとしたが、斉藤の行方が摑めなかった。事務所の職員にも家族にも行く先を伝えないまま、夕刻から姿が見えなくなったという。

その状態で翌朝まで経過し、重要参考人扱いで、場合によったら指名手配でも——と思った矢先の午前九時、斉藤から警察に電話が入った。

「いま、東京のホテルにいます。事務所に連絡したところ、警察が探しているとのことですので、ご連絡しました」

警察は訊きたいことがあるので、長野に帰りしだい、出頭してもらいたいと伝えた。

その斉藤は正午前に長野北署に現れた。顔色が悪く、髭も剃《そ》っていない。ひと目見て、かなりの心労であることが分かる。むろん、小林が死んだニュースは知っていた。自分が容疑者になっていることも勘づいていると思われる。

「一昨夜、信濃日報の小林さんと、権堂のマリクネで一緒だったそうですね」

「はい、八時から十時頃まで一緒でした」

「その後、どうしました?」

「店を出たところで別れました。それからのことは知りません」

「あなたはどうしました?」

「もう一軒、寄ってから帰宅しました」

寄った「店」の名を言い渋ったが、いよいよ問い詰められると、店ではなく女性のマンションに寄ったことを話した。

「女房には内緒にしてくださいよ」

泣きそうな顔で懇願した。実際に帰宅したのは、午前三時頃だったそうだ。警察は直ちにそのウラを取ったが、「店」の女性も自宅の妻も斉藤の供述どおりのことを語った。ただし、口裏を合わせていることも考えられるし、家族の証言は必ずしも認められない可能性もある。

それから、斉藤は小林との会話の内容について追及され、ついに「中川」と名乗る男から電話のあった話をした。あるスキャンダルネタについて売り込んできた男で、その件を小林に相談したという。スキャンダルの内容については、口が裂けても言えないと頑張った。

「とにかく、小林さんと会ったのは、そのスキャンダルに絡んだものであるとだけは言えます。小林さんは、中川との折衝をしてくれると言っていました。その直後、中川から電話が入りました。したがって、別れた後、中川と会ったはずです」

もしそれが事実なら、がぜん「中川」という人物が重要参考人として浮上する。ところが、その中川なる人間の存在がきわめてあやふやなものであった。とにかく、斉藤は電話でしか接触していないのである。どこの人間なのか、それ以前に「中川」が本名なのかどうかも分からないという。

「中川氏の側が私を張っていた可能性はあるかもしれません。少なくとも事務所の周辺にいて、監視していたことは確かなのですから。小林さんは少し酔っていましたから、何かの拍子で言い争いになって、ループ橋の上から突き落とされた……そうですよ」

斉藤は刑事そこのけの推理を披露して、並いる刑事たちを苦笑させていた。しかし、それを頭から否定できる根拠もデータも、いまのところ警察にはない。捜査会議で、その方向での検討も必要だろうという意見が出た。

ところが、その矢先、中川が絶対に犯人でありえない状況が明らかになった。

# 第十四章　対決

## *1*

中川知久の惨殺死体が発見されたのは、小林の事件が発覚した翌日の午後のことだ。

発見場所は長野市松代から上田市真田へ抜ける「長野・真田線」という山道の、ガードレールを越えた斜面である。

この道はかつて、国道18号線が混雑するような場合の、一種の抜け道として使われることがあった。起伏の多い山道だが、地図の上で見ると、距離的にはいくぶん近くさえ感じられる。

しかし、長野自動車道ができてからは、地元の人間か、ドライブ好きの若者以外、あまり利用されることはなくなった。

ただし、山道だけに沿道の風景は美しく、ドライブは楽しい。長野市と上田市の境界付近は、かなり険しい地形で、道路はいくつものヘアピンカーブを経て登ってゆく。当然、急斜面に張り出すような箇所もある。

死体はその斜面の中腹に生える、松の幹に引っ掛かった恰好で見つかった。発見者は麓の集落で農業を営む五十四歳になる男性で、ことしはマツタケの出がいいかどうか、先日の豪雨禍で表土が流されたりしていないか、山の様子を確かめに来て、偶然、死体に遭遇することになった。

もし死体が松の木に引っ掛かっていなければ、そして男性が山を見に来なければ、事件の発覚は先のことになっていたか、あるいは永久に発覚しないままだったろう。その点、中川にとっては、せめてもの幸運といえなくはない。逆に犯人にしてみれば、予定外の不運な出来事だった。

死因は後頭部を鈍器様のもので殴打されたことによるもので、それが即、致命傷になったと推測された。被害者のジャケットから、運転免許証が見つかり、身元が判明した。東京都新宿区——の中川知久五十五歳。家族も結婚歴もない。所持品には免許証以外、財布、手帳、携帯電話等はなかった。その後の調べで、中川はマンションの自宅を事務所にして、いわゆる総会屋、会社ゴロのようなことをやっている人物であることが分かった。

死亡推定時刻は、死体発見の前々日の夜中頃——つまり斉藤と小林が別れ、小林が死ぬまでの数時間のあいだと見られる。少なくとも小林の死亡推定時刻より後ということはあり得ない。したがって、中川が小林を殺害することは不可能だったわけだ。

長野南署に捜査本部が設置されたが、小林が変死した事件との関係が無視できないという状況から、長野北署との合同捜査を行なうことになった。

その矢先、小林の車が発見された。小林の死体があった現場のループ橋から、一キロほど手前にある神社の境内に、隠れるように駐《と》めてあった。

このことによって、小林自殺説がふたたび浮上してきた。

捜査会議に出た仮説の中で、最も有力とされたのは、小林が中川を殺害した後、自殺した——というもの。時間的にいってもそれは不可能ではない。

中川を殴打、殺害し、死体を山中に投げ捨て、長野市内を抜けて、浅川から戸隠へ向かう道に入り、途中の神社で車を降り、ループ橋まで歩いて行って、そこから飛び下り自殺したというものである。

その推論を裏付ける根拠もあった。

斉藤の話によると、マリクネにいる時点で中川から連絡があり、斉藤の代わりに小林がゆく手筈にしたという。斉藤と別れた後、小林が中川と会ったことは、これでほぼ間違いないと考えられる。

「しかし、なぜ？……」

そういう疑問が当然、出た。殺害して自殺するという、動機がさっぱり分からない。

「ものの弾みということじゃないか。口論になって、カッときて殴ってしまって、気がついたら殺していた。しまったと思い、狼狽して自殺した——ということではないか」

常識で考えれば、そんなことはあり得ないと思うのだが、絶対にないとも言えない。最近の犯罪傾向の無軌道ぶりを見ると、もはや何でもありなのではないかと思える。

それに、小林が中川に会うことは、斉藤が知っているのだし、その中川が殺害されたとなれば、小林に容疑が向けられるのは避けられない。絶望的な気分になり、衝動的に自殺したとしてもおかしくはない。

一つだけ、現場付近で小林が歩いているのを目撃したという話が、いまのところ出てきていない点は引っ掛かった。ただ、これに関しては、たとえ目撃していても、名乗り出てこないケースも珍しくないから、一概に否定する根拠にはならない。

小林の変死事件は、大勢として急速に「自殺」の方向に傾いていった。

それでなくても、警察というところには、事件を矮小化して考えたいという、困った癖がある。茨城県で起きた事件で、山林を通る道路脇で倒れ、死亡していた男性を、いち早く「病死」で片づけたケースが発覚した。素人の誰が見ても異常な状況に思えるのだが、警察はあっさり結論を出したというものだ。

数年後、他の殺人事件で死刑判決の出ている被告が、上申書を提出、その「病死」事件も、じつは自分を含む数人が関係した殺人事件であったことを自供して、警察の無能、無責任ぶりが明るみに出た。

こういう事例があっても、警察の体質はいっこうに改善されない。今回もそのおそれは十分ある。

その流れに歯止めをかけたのは竹村岩男警部であった。飯田署の捜査本部から県警本部にやってきて、「ちょっと待った」と異議を唱えた。

竹村は中山刑事部長と古越捜査一課長に会って、「斉藤が小林に相談を持ちかけたという、問題のスキャンダルが何なのか、心当たりがありますか」と言った。

今回の事件捜査のネックの一つは、斉藤がその「スキャンダル」が何かを、ひた隠しに隠していることにある。竹村はそれが何であるのかを明らかにしてみせた。

「ほんとかね」

中山も古越も驚いた。

「それとですね。じつは、殺された中川という男ですが、阿智村の前川昌美という女性を訪ねてきて、『山本』と名乗り、執拗に書類のことを訊いていた男と同一人物なのです。そのことは、今度の事件が発覚した後、顔写真を前川昌美に見せて確認しました」

これもまた驚くべき新事実であった。

「じゃあ、その書類なるものが、現実にあったってことか」

「はい、あったのです」

「どこにある?」

「現在は浅見という人が持っています。警察庁の浅見刑事局長の弟さんです」

「えっ、浅見局長のか！　いったい、どういうことだ?」

竹村はこれまでの経緯について、かいつまんで説明した。

中山刑事部長はただちに、長野北警察署で「小林事件」の捜査主任をしている大河原《おおかわら》警部と、南警察署で「中川事件」の捜査主任をしている手塚《てづか》警部を招集し、秘密会議を開くことになった。

その会議に、竹村は特別にという条件をつけ、この事件及び関連する事件の事情に精通しているという理由で、「民間人」を同席させることを希望した。

「それはまずいでしょう」

大河原も手塚も反対した。

「秘密会議に民間人が参加するなど、聞いたことがありませんよ」

二人とも頭の固い性格で、万事につけ融通がきかない。捜査方針の立て方なども、ごくスタンダードだ。

「いや、いいんだ」

中山刑事部長が二人を黙らせ、県警本部長室で秘密会議が開かれた。ここには当然、部屋の主である小沢県警本部長も顔を出している。以下、中山刑事部長、古越捜査一課長、大河原、手塚、それに竹村の三人の警部という顔ぶれだ。

「民間人」はいうまでもなく、浅見光彦である。問題の書類の秘密を握っている、海千山千の男だと想像し、どんなやつが現れるのか——と、手ぐすね引いて待ち構えていた大河原と手塚は、竹村に案内されて、三十そこそこの青年が、ひょうひょうとした様子で入ってきて、白い歯を見せて笑い、ペコリと頭を下げたのを見て、拍子抜けした。

「この人は浅見光彦さんといい、フリーのルポライターをやっています」

竹村の紹介も、いまいち迫力に欠ける。

「ルポライターですか。つまり、トップ屋とか、いまはやりのパパラッチみたいなもんじゃないんですか」

大河原が言った。そんな得体の知れない相手を、秘密会議に招き入れることに、まだ抵抗を感じている。

「まあ、そう言わないで」

事情を竹村から聞いている小沢が、苦笑しながら言った。

「じつは、浅見さんは警察庁の浅見陽一郎《よういちろう》刑事局長の弟さんなのだ」

「えっ、浅見局長の、ですか？……」

大河原も手塚も小さい目を精一杯開いて、墓石のように固まってしまった。

「そういうことだから、余計な心配はしないで、忌憚のない話し合いをするように」

県警本部長のお墨付きが出て、竹村は「それでは」と浅見に合図を送った。

「はじめにお願いしておきたいことがあります」

浅見は立ち上がって、言った。

「この席は秘密会議ということなので、あえて申し上げる必要もないとは思いますが、ここで話された内容については、くれぐれも極秘にしておいていただきたいのです」

「それは当然、秘密は守りますが、起訴段階や裁判になった場合、犯行動機に繋がるような事実関係については、オープンにしないわけにいきませんよ」

大河原警部は難色を示した。

「もちろん、立件に必要な事実は明らかにしていただいて結構ですが、ほかにプライバシーに関わるような点があるのです。たとえば情報提供者の存在などは、ぜひとも伏せていただかなければなりません」

「なるほど。それはいいんじゃないのかな、大河原君、どうだね」

小沢が言って、大河原もしぶしぶながら了解した。

浅見は「書類」を入手した経緯を簡単に説明した。簡単といっても、その過程の中には岡根寛憲や渡部公一が殺害された事件との関わりも含まれているから、それなりに長い話にはなった。

事実が明らかになるに連れ、小沢県警本部長以下、県警幹部の五人は一様に驚くとともに、問題の書類に対する関心が、最大にヒートアップしてきた。

その雰囲気の中で、浅見はアタッシェケースから、おもむろにその書類を取り出した。コピーではなく、もちろん、本物のほうである。

2

書類はテーブルの真ん中に載せられ、浅見と竹村を除く全員が額を寄せ合うように覗き込んだ。

〔長野冬季オリンピック誘致準備委員会入出金記録〕

「これですか……」

オリンピック関連で使途不明金問題が表面化していることと、その不正を示す重要書類が「焼却」されてしまったことは、長野県在住の人間なら、大抵は知っている。それが明るみに出れば、かなりの波紋を呼ぶであろうことも、おおよその推測はつく。

「なるほど、斉藤が隠したがるわけも理解できますね」

古越一課長は同情的に聞こえかねない口調で、言った。実際、いくらかは同情している面がないとはいえない。たとえ警察関係者といえども、長野県人である以上、全国的に話題になりそうな地元での破廉恥事件など、暴露されたくない気持ちもあるのだ。

竹村がゆっくりとページを繰った。要所要所、記憶に留めたいところを、無言で指し示した。その主なものは人名である。一同がよく名前を知っている人物が次々に、そして同一人物が繰り返し登場した。

政治家、県議会議員、県職員、業者、スポーツ団体関係者の名前もあった。使途、金額なども克明に記録されている。

小沢本部長は県外から着任しているから、オリンピックが行なわれた頃は、長野県にはまったく関係していない。それだけに、どういう名前に出くわしても、さほど驚くことはないのだが、残りの四人はしばしば「おーっ」という、ため息混じりの声を発した。

「この人もかね……」

中山刑事部長は知った名前が出るたびに、うんざりしている。県職員や県議会議員の中には、ごく親しく付き合っている人物も少なくない。

金子議員の名前も何度か出てきた。忠実な秘書である斉藤が、自分の不利を承知で、ボスを守りたかったはずである。

意外だったのは、前の県知事櫻井一朗《さくらいいちろう》の名前がまったくないことだ。オリンピック誘致の立役者だった桜井が不正に関わっていないことは、長野県民である五人の警察官にとっては、最大の救いではあった。

「寄ってたかって、人の好い櫻井前知事を利用した構図が見えてきます」

浅見はそういう彼らに、冷水を浴びせるような言い方をした。

「オリンピックというイベントは、一般の県民や国民にとっては、華やかな世紀の祭典ですが、同時に、経済効果で計算すると、数千億という規模の金が動く巨大ビジネスでもあるのです。その内の一割が裏金に流れたとしても、数百億単位になります。事業に携わる人間から、まともな金銭感覚が失われても、むしろ当然と言えるかもしれません。この書類というか、帳簿というか、記録を見ていると、つくづくそんな諦めのような気分になります」

「確かにね……」

小沢県警本部長も憂鬱そうに頷いた。県警のトップであると同時に、エリート官僚でもある小沢にしてみれば、こういう官僚や政治家が絡む不正を明るみに出すことは、正直なところ、あまり望ましくはない。

「しかしまあ、何があったにしても、あれからすでに十年になろうとしている。すべて時効ですな」

中山刑事部長も、むしろ、時効でよかったような口ぶりだ。

「その点が残念です。ドサクサまぎれに甘い汁を吸った連中を、みすみす見逃してしまうわけですから」

竹村だけが善光寺にある閻魔大王のような顔をしている。

「それはともかくとして」

大河原警部が言った。

「とっくに時効がきているこんな書類が、恐喝のネタになったり、ましてや殺しの動機になるはずはないでしょう」

「そうですね」

手塚警部もその意見に同調した。

「それは一概にそうとも言えないだろう」

古越一課長は首をひねった。

「県知事選の真っ最中という、時期が時期だけに、いま旧悪が暴露されるのは、好ましくないと思う人間がいたとしても、不思議はないよ。とりわけ、知事候補を担いでいる人物にとってはね」

さすがに、熟達した捜査官らしい、冷静な判断だ。

「ということは、南信濃の二つの殺人事件も選挙絡みというわけですか？」

大河原は得心いかない顔だ。

「もちろんそうでしょう」

竹村はじれったそうに言った。

「この書類が動機になっているとしたら、選挙への影響を恐れるがゆえの犯行以外には考えられません」

「というと、岩田候補陣営に属す人物による犯行ということですか」

「まあ、そうでしょうね。秋吉知事はオリンピックには関係ないのだから」

「しかしどうですかねえ。とっくに時効が成立したようなこんな書類など、たとえ明るみに出たとしても犯罪を立件できるわけでもなし、やっぱり恐喝のネタにはなりそうにないんじゃないですかねえ」

「それは違うでしょう」

浅見が静かに言った。

「法的に時効は成立したとしても、事実に時効はありませんよ。事実を知れば、賢明な県民なら、投票行動に自ずから影響を受けないはずはないと思います。たとえば大河原さんはいかがですか。この人たちが応援する候補に投票する気は変わりませんか？」

「いや、それは……自分のことはともかくとして、一般論として言いますと。かりに、使途不明金に関係した人物が応援していたとしても、知事候補自体は関知しないことだし、それだけで投票が左右されるはずもないでしょう。それに、オリンピックでは、物質的精神的を問わず、ほとんどの人間が何らかの恩恵を受けていますからね」

「なるほど。それが長野県民の一般的な考え方なのですね」

「自分は違いますよ、浅見さん」

竹村が憮然として言った。

「この書類の内容を見れば、自分なら判断に影響を受けますね。不正に関わった人間が推すような人物を、信用することはできませんからね。うちの女房でもそうでしょうな。いや、一般的なことを言っても、長野県民はそれほど非常識ではない」

「それはガンさん、いや竹村君のほうが正しいだろう」

古越捜査一課長が裁定を下した。

「私も当然、判断材料に加えるな。そりゃ、選挙民の全部が全部、そうするとは言わないが、このスキャンダルがマスコミで流されたりすれば、かなりの人間は影響を受けると思う。ねえ部長、そうですよね」

中山刑事部長にふった。

「ん？　ああ、まあ、そうだろうな。本部長はいかがですか？」

「おいおい、私にそういうデリケートな問題を答えさせる気かね」

小沢県警本部長は老獪《ろうかい》に笑って見せた。

「しかし、常識的に考えれば、古越君の言ったとおりだろうね。オリンピックそのものは悪くなかったし、長野県民の多くは、物心両面で十分楽しませてもらったにしても、やはりそこに不正があったと知ったら、愉快ではないにちがいない。日頃、きれいごとを並べている人が関わっていたとすれば、失望するだろうし、行政に不信を抱いたり、政治そのものに嫌気がさすことだってあるかもしれない。影響が出ることは避けられない」

「いったい、この書類にはいくらくらいの価値があるんですかね？」

手塚が誰にともなく、訊いた。

「斉藤秘書は、中川の言い値は三千万だったとか言ってますよ」

大河原が答えた。

「ちょっと待てよ……」

古越捜査一課長が気がついた。

「ここに本物の書類があるということは、中川は実際には書類を持ってはいなかったわけじゃないか」

「そのとおりです」

浅見が頷いた。

それを受けて、竹村が、昼神温泉の前川母娘に接触して、書類を手に入れようとしてきた中川をおびき寄せ、確保する作戦が失敗に終わった経緯を話した。

「中川は本物が手に入らないので、やむなく二枚のコピーをダミーに使って、斉藤氏を恐喝しようとしたのです」

「なるほど、そういうわけか」

古越にも、それに県警の他の四人にも、事件の全体像がようやく見えてきた。

「そうすると、南信濃の二件の殺人事件は、中川の犯行ということになるのかな」

小沢県警本部長が、結論を求めるように言った。

「その可能性はありますが、まだ断定はできません。そうですね」

竹村は浅見を振り返った。

「ええ、少なくとも中川氏の単独犯行とするには、いろいろ無理な点があります。まず第一に、中川氏は車の運転はできますが、マイカーを持っていません。レンタカーで行動していたかどうかは、全国のレンタカー会社のデータを検索すれば、簡単に割れてしまいますから、そんな単純なことはしないものと考えられます」

「だとすると、どういったことが考えられるというのです？」

大河原がつっかかるような口調で言った。

「結論から言うと、南信濃の二つの事件は、中川氏の犯行ではなく、別の人物によるものだと思います」

「しかし、あっちの事件とこっちの事件は関係があるって言うんでしょう？　それはこの書類繋がりってことですか？」

「もちろん書類繋がりですが、その前に、南信濃の第二の被害者、渡部公一氏と中川氏は一匹狼の同業者同士ということで、親交があり、情報交換などの可能性はあります。だとすれば、その過程で今回のオリンピック使途不明金問題もキャッチしたのでしょう。だからといって、単独で渡部氏を殺害してまで、その『権利』を奪うような単純なことを、中川氏がするとは思えません。現に肝心な書類を手にいれてないのですからね。そうではなく、何者かと共謀したか、それともそそのかされたかして、金目当てに渡部氏を殺害したことはあり得るかもしれません。そうなると、真に凶悪なのはその共犯者ですね」

話しながら、浅見はふと、あることに思い当たった。表情が急に暗くなった。大河原と手塚の話を聞いた時点で、すぐに気づくべきであった。

「あっ、まずいな……」

思わず呟いた。反射的に時計を見る。すでに午後七時を回ろうとしていた。

## 3

「まずいって、何がまずいんですか？」

竹村が驚いて、心配そうに浅見の顔を覗き込んだ。

「はあ、うっかりしていましたが、前川さん宅の警備は解いたのではありませんか？」

「ああ、先刻、中川氏の死体が確認された時点で警備を解きましたよ」

「だとすると危険です。犯人はこの書類が前川さんのところにあると思い込んでいるのです。殺された中川さんの口からそう聞いているはずですからね」

「えっ、そうすると、浅見さんは小林氏は自殺ではないと断定するわけですか」

大河原警部が目を剝いた。

「当然ですよ。一連の事件の犠牲者です」

浅見は呆れたように言った。

「そんなことはともかく、一刻も早く前川さんのお宅を警備しなければ危険です。竹村さん、緊急配備をしてくれませんか。それも、犯人に気づかれないよう、隠密裡《り》にやってください」

「それはいいですが、浅見さん、すると、犯人は前川さん宅を襲うのですか？」

「まず間違いないと思います。今回発生した事件について、大河原さんと手塚さんからいろいろお聞きした印象から言って、犯人は歯止めのきかない状態に陥っているようです。おそらく最初に岡根寛憲氏を手にかけてしまった時から、正常な精神状態ではなくなったのではないでしょうか」

「じゃあ、浅見さん、すでに犯人が何者か、分かっているんですか？」

「分かってはいません。おぼろげに見当はついてはいますが……いや、もし分かっているのなら、前川家で犯人を待ち伏せしたりしないで、直接、身柄を確保したほうがいいに決まっています。とにかく、竹村さん早く……」

急《せ》かされて、竹村は本部長室の電話から、飯田署の捜査本部に連絡した。待ち伏せの仕方は木下刑事が心得ているはずだ。

「本当に来ますかね」

受話器を置いて、竹村は自信がなさそうに言った。

「たぶん……あとは待つだけです」

浅見もあまり自信はない。

「小沢本部長、秋吉知事にお会いすることはできますか」

いきなり言ったので、小沢は意表を衝かれた。

「さあ、どうかな。選挙戦の真っ最中だし、ただでさえお忙しい人だから、アポイントを取ってみないと分かりませんがね」

そう断りを言いながら、一応、知事室に連絡を取ってくれた。

「やはり、午後八時過ぎ、遊説《ゆうぜい》が終わるまでは体が空かないようですな。その後に連絡をくれるそうです」

「分かりました。それまでお待ちします」

「それで、浅見さん、知事に何か？」

小沢は心配そうだ。この若いルポライターが、向こう見ずに知事に突進して、何をしようというのか、気になるのだろう。

「知事にちょっと、確かめたいことがあるのです」

「どういったことですか？」

「中川氏から知事のところに、書類の売り込みがなかったかどうかです」

「えっ、それは……」

小沢ばかりか、ほかの者たちも、竹村までが、一様に驚きの目を浅見に向けた。

「中川氏からは、斉藤氏のところより先に、むしろ秋吉知事のところに売り込みがあって当然だと思うのです。しかし、知事からそういう話があったという事実は、いまのところ報告されてきていないのでしょう？」

「ああ、それは、確かにまだですな」

中山刑事部長が苦い顔をした。

「報告がきていないということは、何もないからじゃないのですかなあ」

「はたしてそうでしょうか。この書類の利用価値ということなら、秋吉陣営にとって、さらに効果を発揮するはずです。中川氏がまず売り込みを画策し、高値で売りつける相手として、秋吉知事のところを考えるほうが当然ではないかと思いますが」

「うーん、そういう考え方もあるが……いずれにしても、知事にその真偽のほどを確かめるのは、いささかねえ……本部長、どうお考えになりますか？」

「そうだねえ、時期が時期だけにねえ。下手に動いて、選挙妨害だなどと受け取られても具合が悪いしなあ」

「確かに、公式に警察が動けば、そのおそれはあるかもしれません」

浅見は言った。

「しかし、僕のような民間人なら、誰の目にもつきません。マスコミも気づかないでしょう。さり気なく、インタビューをするようなポーズでお邪魔します」

「なるほど……」

小沢本部長は頷いた。

「いいでしょう。あくまでもルポライターとして、秋吉知事の現在の心境を聞く――みたいな話なら、問題はない」

「ありがとうございます」

浅見は丁寧に頭を下げた。

あらためて、小沢が段取りをつけて、午後八時半に、秋吉選挙事務所で秋吉知事と会う手筈を整えた。

それまでのあいだ、竹村とともに、大河原、手塚両警部から、現在までの捜査状況を説明してもらい、みんなで食事をすませた。

午後八時二十分、浅見は一人、ソアラで秋吉選挙事務所を訪ねた。ちょうど遊説先から選挙カーが引き上げてきたばかりのところらしく、事務所前には片付けをする運動員の姿が見える。陽が落ちると、盆地の長野市は山から降りてくる風でいくぶん気温が下がる。それでも、選挙活動の熱気は冷めやらないのだろう。彼らは誰もがTシャツ姿で、しきりに汗を拭っていた。

三十分きっかりに、浅見は開けっ放しのドアを入った。事務所内は冷房が効いて、スーッとする。正面の壁に「必勝」と大書した紙が貼られ、その前のデスクにやや太りぎみの秋吉知事が坐っている。

ドアを入ってくる浅見に気づいて、すぐに素性を察知したのか、大きな目をいっそう見開いて、にっこり笑った。

## 第十五章　蹉跌《さてつ》の果て

### 1

秋吉は選挙運動の激しさを物語るように、ふだんは色白の顔が赤黒く日焼けして、精悍な印象を受けた。

「やあ、浅見さんですね。秋吉です」

手を差し伸べて握手を求めた。浅見もそれに応じた。女性的な、柔らかくふっくらした手だ。

隣に佇んでいた男が脇から「秘書の平木です」と名乗り、名刺を交換した。「秋吉泉事務所　平木由紀夫《ゆきお》」と印刷されているところを見ると、秋吉の私設秘書なのだろう。

「県警のほうから、浅見さんはフリーのルポライターとお聞きしていますが、知事にどういったご質問を？」

問い掛けるのを、秋吉が制した。

「きみは席を外してくれないか」

平木は「はあ……」と、困惑した表情を見せたが、やむを得ないという思い入れで退いた。ただし、選挙事務所の中はいくら広いといっても人が行き来する。落ち着いた気分で会話を交わす雰囲気ではなかった。

「浅見さん、このあと、午後十時過ぎには、私はホテルに入ります。時間を置いて、密かに訪ねて来ていただけませんか」

秋吉は囁くように言った。

「承知しました」

浅見はさり気なく、当たり障りのないインタビューをする情景を演じて、間もなく事務所を辞去した。その会話の中でホテル名とルームナンバーをメモした。

十分な時間を置いて、指示されたSホテルの部屋へ向かった。地方都市の夜は早いが、午後十一時を過ぎると、長野市の中心にあるこのホテルの周辺も、ほぼ完全に人通りが絶える。東京とはえらい違いだ。

浅見は目的のフロアより二階下でエレベーターを降り、階段を利用した。

ドアを軽くノックすると、すぐに応答があってドアが開いた。意外にも竹村警部の顔が出迎えた。

「あれ?」

さすがの浅見も意表を衝かれた。竹村は笑顔だが、黙って浅見を招じ入れ、ドアの外に顔を突き出し、廊下の気配を窺っている。尾行のないことを確かめたのだろう。

部屋はスイートで、入ったところには大振りの応接セットがある。そのソファーに腰を下ろそうとした時、ベッドルームのドアが開いて秋吉が現れた。シャワーを浴びたのか、すっきりした顔で、カジュアルな服装に着替えている。

「竹村さんからお聞きしましたが、浅見さんはすでに、竹村さんのことをご存じなのだそうですね」

挨拶を交わして、秋吉は切り出した。

「ええ、以前、軽井沢で起きた殺人事件で、たまたまお世話になって、その後、贋コシヒカリにからむ殺人事件の時にも偶然、同じ対象を追いかけるという因縁がありました。南信濃で岡根さんが殺害された事件を取材しに行った時、旧木沢小学校の古い校舎の中でバッタリ顔が合って……あ、そうそう、竹村警部からうかがいましたが、あの校舎を保存しようと決めたのは秋吉知事だったのだそうですね」

「まあ、決定したのは私ですが、保存を進言してくれたのは、亡くなった岡根さんだったのですよ。彼には何か、あの小学校には特別な思い入れがあるのか、住民たちの保存運動を熱心に応援してましてね。もっとも、かりにそういうことがなくても、ああいう文化財的に価値のあるものは、なるべく大切にしたほうがいいと、私はかねがね思っていました」

「えっ、岡根さんは何か、木沢小学校にこだわりがあったということでしょうか」

竹村がすぐに飛びついた。

「それは初耳ですが、もし知事のおっしゃることが事実だとすると、なぜ南信濃が事件現場だったのかという疑問について、重要な示唆を与えることになります。つまり、土地鑑があったとかです。いったい、どのような思い入れがあったのでしょうか？」

「さあ、私は詳しい事情までは聞いていません。とにかく、岡根さんが現地の人の意見やら、校舎の写真などの資料をまとめて、私のところに持ってきましてね。文教県長野のシンボル的な存在だと説得されました。彼は信州大好き人間でしたねえ」

秋吉はその時の情景を思い出すのか、懐かしそうな目を天井に向けた。

「分かりました。早速、岡根さんと木沢小学校の関係を調べてみることにします」

竹村は窓際に下がって、携帯電話で捜査本部に連絡を入れた。小声で部下に指示を出している。話が終わって、携帯電話を畳みかけたところに、着信があった。しばらく小声で話してから、竹村は浮かない顔で戻ってきた。

「前川さん宅に張り込んでいる部下の報告によると、ついさっき『高橋』と名乗る男から前川さん宅に電話があって、後で書類の残りを受け取りに行くと言ってきたそうです。一千万円を持参するので、渡して欲しいということのようです」

「一千万円……」

浅見は驚いたが、すぐに「なるほど」と納得した。これですべての筋書きははっきりしたと思った。

「どういうことですかね？」

竹村は事態が飲み込めていない。

「その前に、知事さんのお話をお聞きすることにしましょう」

浅見が言って、二人は席についた。秋吉は正面のひじ掛け椅子に、浅見と竹村はそれに向かい合うソファーに並んで坐った。

「いずれにしても竹村さんと知り合いということなら話が早いですね。早速、本題に入りましょう」

秋吉知事が口を開いた。

「浅見さんのおおよその用向きは察しがついてはいますが、ともあれ、浅見さんのほうから話していただきましょうか」

促されて、浅見は言った。

「端的にお聞きします。長野オリンピックに関する使途不明金問題ですが、それを立証する書類のことです。秋吉知事のところにも、その書類の売り込みはありましたか？」

「ありましたよ」

秋吉はあっけらかんと答えた。

「何なら、その経緯を話しましょうか。すでに竹村さんには、概略、話しましたが」

「お願いします」

浅見が頭を下げて、秋吉は滑らかな口調で喋った。鈴木という選挙事務所の責任者を通じて、秋吉に持ち込まれた、書類買い取りの話だ。

「鈴木の話によると、先方は善光寺太郎という、とぼけた名前を名乗ったそうです。さっき竹村さんに聞いたところによると、本名は中川という人物で、驚いたことに、長野から真田へ行く道路脇の山中で殺害されていたのが、その人物だったのだそうですね。善光寺——いや、中川氏の要求金額は最初、五千万円と言ったが、断るように指示しましたが、その後、三千万まで値下げしたということです。私は鈴木からその話を聞いてすぐ、断るように指示しましたが、鈴木の考えは違って、さらに交渉をしてみると言っておりました。ただしこれはもちろんオフレコ、ここだけの話ですよ。竹村さんもそうしていただく」

秋吉は大きな目をギョロリとさせて、きっぱりとクギを刺した。

「その後、鈴木さんが先方と接触した事実はありませんか」

浅見が訊いた。

「最初の電話の後、もう一度電話があったということは聞きました。しかし話は進展しないのか、それ以降は何の報告も受けていません。正直に言いますと、先方から電話があった時に鈴木は値引き交渉をしたのですが、鈴木が示した一千万という言い値に対し、相手はせせら笑うばかりだったと言います。それで、さらに、希望額を用意するよう努力するからと時間をもらったのだそうですが、中川氏が亡くなってしまったのだから、結局、それっきりになったということなのでしょう。もっとも、たとえ連絡があったとしても、実際には、要求された金額まで上積みするアテなどなかったはずですがね」

「知事が断るように指示したのに、鈴木さんがさらに交渉を重ねようとしたのはなぜですか」

「それは浅見さん、私と鈴木の立場の相違というものです」

「と、おっしゃいますと？」

「いや、私も気が回らなかったのだが、必死の度合いが、ですね。つまり、私はかりに選挙に負けても、帰るべき場所がある。文筆業に戻ればいいのですから。しかし鈴木たち、私のために働いてくれている人びとには、死活問題だということです。鈴木にそのことを言われて、私は愕然としました。彼らは、何が何でも選挙に勝ちたいのですよ」

「なるほど……」

浅見も竹村もシュンとなった。

「そうすると、鈴木さんは、ぜひとも問題の書類が欲しかったのでしょうね」

浅見は気を取り直して、言った。

「そうだと思います。いや、選挙情勢はいまのところ接戦ではありますが、必ずしも楽観を許さないきわどさであることは否定できません。ことに、今回の豪雨被害によって、脱ダムに対する懐疑的な気分が、県民の中に強まった可能性があります。そのことを鈴木はしきりに懸念しています」

「だとすると」と、竹村が膝を乗り出して言った。

「やはり鈴木さんはその後、中川と接触した可能性がありますね」

「いや、それはですから、いまも言ったように接触しようとしたことは確かだが、それっきりになったというわけです」

「本当にそうでしょうか？」

「本当に……ほほう、竹村さんは鈴木のことを疑っているのですか」

「警察としては、一応、あらゆる可能性を追求します。鈴木さんが知事に内緒で先方と交渉を続けている可能性は、十分、あり得ると思います。失礼ですが、後ほど、鈴木さんにも事情聴取をさせていただきます」

「それは結構ですが、ただし選挙期間中に事情聴取などをやられては具合が悪い。仮にも鈴木は私の選挙参謀であり、事務所の責任者ですからね。場合によっては、選挙妨害と見なされますよ」

「おっしゃるとおりです。事情聴取をするとしても、もちろん選挙後ということになります。それならばよろしいですね?」

「もちろん、構いません」

何となく、気まずい空気が流れた。そこに割って入るように、浅見が口を開いた。

「ところで、鈴木さんはいま、どちらにいらっしゃいますか?」

「ん? ああ、それはたぶん選挙事務所にいると思いますよ。毎晩、この時間ぐらいまでは事務所に詰めているはずです。聞いてみますか」

秋吉は気軽に携帯電話を出して、登録された鈴木の番号をプッシュした。しかし、先方は電源を切った状態らしい。続いて事務所に電話している。

「事務所は出たそうです。どうやら今夜は早めに帰宅したようですね。自宅のほうにかけてみましょう」

そう言いながら、もう一度、かけ直した。相手が出たが鈴木本人ではなく、鈴木夫人だったようだ。秋吉は浮かない顔で携帯電話を畳んだ。

「まだ帰宅していないそうです。どこかで飲んでいるのですかね。しようがないな」

「浅見さん！……」

竹村がふいに気づいて、切迫したような声を発した。

*2*

「まさか、昼神温泉へ向かったんじゃないでしょうな」

「そうですね、その可能性はあります」

浅見は平然と答えた。

「えっ、本当にそう思うんですか？」

竹村は慌てて、携帯を摑むと、再び窓際に急いだ。相手は木下刑事だ。

緊迫した口調で、あれこれと細かい指示を送っている。戻ってきて、浅見に「高橋の代わりの人物が書類を受け取りに来るそうです。鈴木という人物だそうですよ」と言った。

「それじゃ、やっぱり鈴木さんが……」

「ご本人かどうかは、分かりませんがね」

二人とも憂鬱な顔になった。

「どういうことですか？　鈴木がどうかしたんですか？」

秋吉が眉をひそめて、訊いた。二人の客のあいだで、自分の身内が勝手に取り沙汰されているのが心外なのだろう。

「これは想像ですけれど、鈴木さんが、例の書類を手に入れるために、行動を起こしている可能性があるということです」

浅見が穏やかな口調で説明した。

「行動を起こすと言っても、いったい鈴木がどこへ向かって、どのように行動を起こすことができると言うんですか？」

「それは分かりません。それ以前に、これはすべて仮定の話です。単に鈴木さんが前川さん宅へ向かった可能性があるというだけのことです」

「しかし、仮定にしろ、それは少なくとも、鈴木が前川さん宅に書類があると知っていなければあり得ないことではないですか。鈴木がどうしてそんなことを知っていると、あなたたちは考えるのですか？」

「それも分かりません」

「分からないというのはおかしいですね」

秋吉は憤然とした面持ちになった。

「殺された中川氏しか知らないはずの事実を鈴木が知っているということは、すなわち鈴木が中川氏殺害の犯人であるというのとイコールじゃないのですか。なぜはっきりそうだと言わないのですか」

「いや、そう断定してしまうのはどんなものでしょう。それとも知事は、鈴木さんがそんな、殺人のような愚挙に出るとお考えなのですか？」

「まさか！　何ということを言うんです。そんなことを私が思うはずがない」

「それなら心配することはないじゃありませんか」

「しかし、それはあなた、浅見さんがそう言ったからでしょう」

「僕はただ、鈴木さんが、前川さん宅に書類があることを知って、それを受け取りに行った可能性があると言ったにすぎませんよ。それだから中川氏殺害犯人だなどと、そんなことは言った覚えはありません。むしろ、知事が絶対にあり得ないと信じておられるのをお聞きした以上、僕も鈴木さんは犯人ではないと信じることができました」

「浅見さん！……」

竹村が呆れて、慌てて浅見を制した。

「いくら知事がそう言われたからって、そんなにあっさり断定しちゃ困るな。鈴木さんに事情聴取をしてから……いや、とりあえず、鈴木さんの居場所を確かめてから判断しましょうよ。浅見さんだって、ひょっとすると前川さんのところに行ったのじゃないかと思っているって、たったいま、そう言ったばかりじゃないですか？」

「ええ、その可能性もあると思ってはいますよ。だから至急、手配をしなければならないのです」

「えっ？　どうもよく分からないな。いったい何を考えているんです？」

竹村もついに業を煮やして、少し怒鳴るような声になった。

浅見は対照的に冷静に言った。

「鈴木さんが携帯の電源を切っていることが異常だと、僕は思うのですが、知事はそう思いませんか」

「ああ、それは確かに妙ですね。あれはホットラインのようなもので、彼は私からの連絡を予想して、携帯は常にオープンにしていなければならないはずなのです」

「にもかかわらず電源を切っている理由は、何でしょうか？」

「さあ……」

「唯一、考えられるのは、知事からの指示を拒否しているからではありませんか」

「ん？　どういう意味ですか？」

「鈴木さんとしては、何が何でも自分の意志を貫きたい。誰にも……知事にも邪魔をされたくない。それと、知事と連絡を取れる状態で、つまり、知事がその問題に関与した状態でことを進めては、後に知事に累を及ぼすことになりかねないと、そのことに配慮しているのではないでしょうか」

「うーん……そうですかねえ……たとえそんなことをしても、最終責任は私が取ることに変わりはないのだが……」

秋吉は悩ましげに腕組みをしていたが、しばらく思案して、愕然となった。

「いや、そんなことより浅見さん、鈴木が前川さん宅へ向かうということは、さっき竹村さんも言ったように、中川氏殺害に関わったことを意味するのじゃありませんか。あなたはそうじゃないと言うが、それ以外には考えられないでしょう」

「そうですよ、浅見さん」

竹村も非難めいた口調になった。

「殺人犯の可能性のある人物が、前川さん宅に向かっているというのに、のんびり構えていては、具合が悪いんじゃないですか」

「いや、鈴木さんは中川氏を殺してはいませんし、危険人物ではありませんよ」

「しかし、どうしてそんなふうに断言できるんですか?」

「それはさっき、知事がおっしゃったじゃありませんか」

浅見の言葉に、秋吉は驚いた。

「は?　私がですか?　いや、確かにそうは言いましたが、それは私は立場上、鈴木が殺人事件の犯人だなどと思えるはずがないからに決まっているでしょう」

「それではなく、もう一つのことです」

「もう一つのこととは、何です?　私が何を言ったというんです?」

「知事はさっき、鈴木さんが毎晩、この時刻までは事務所にいるとおっしゃいました」

「そうですよ。たまたま今晩は違うが、選挙事務所の責任者として、ずっとこの時間まで詰めています。それどころか、午前様になることも珍しくありませんよ」

「一昨日も、ですか？」

「もちろん」

「あっ……」と、竹村が気づいた。

「そうか、もしそれが間違いでなければ、鈴木さんにはアリバイがありますね」

「そういうことです」

浅見は頷いた。

「なるほど……」

秋吉はほっとした顔になったが、すぐに眉をひそめて言った。

「しかし、それにもかかわらず鈴木は昼神温泉の前川さんのところへ向かっているというのでしょう？　そこのところがさっぱり分からないのですがね」

「そうですよ浅見さん、鈴木さんがその情報を中川氏から仕入れたのは、いったい、いつだと考えるわけですか？」

竹村は尋問口調になった。

「その前に、鈴木さんが情報を仕入れたのが中川氏だったかどうかを考えるべきではないでしょうか」

浅見が応じた。

「えっ、じゃあ、浅見さんは、情報源は中川氏ではないと言うんですか？」

「ええ」

「驚いたなあ……それじゃ、誰ですか？」

「そんなこと、分かりませんよ」

浅見は呆れて、苦笑した。

「分かりませんが、中川氏殺害の真犯人か、あるいは真犯人に限りなく近い人物であることは間違いないでしょうね」

「うーん、なるほど……つまり、鈴木さんはその真犯人から情報を得て、前川さん宅へ向かったというわけですか……えっ？　だとすると、鈴木さんはその相手が、中川さん殺害の犯人であることを知らずに、動かされている可能性があるんじゃないかな？」

「そうだと思います。ひょっとすると、いまだに相手が『善光寺』氏で、それが書類の在り処を知る人物だと思い込んでいるのかもしれません」

「その場合の『善光寺』氏とは、最初に鈴木さんに電話をかけてきた人物――つまり、金子事務所の斉藤氏のところにも売り込みをかけた中川氏のことですね。しかし、現在、鈴木さんが接触しているのは、贋の『善光寺』氏ということですか」

竹村は頭の中を整理するように、大きく二度、三度、首を傾げた。

「しかし、もしそうだとすると、その贋『善光寺』なる人物は、なぜ鈴木さんを動かしているのですかね？」

「用心深い性格なのでしょうね。前川さん宅に罠が仕掛けられていることを恐れ、代理の鈴木さんに書類を取りに行かせる。そして、うまく鈴木さんが書類をゲットできたら、どこかで鈴木さんと落ち合うのでしょう」

「つまり、鈴木さんに書類を受け取らせておいて、後で落ち合って金を貰うと、そういう手筈ですか」

「いや、それは違いますよ」

浅見は呆れ顔で手を振った。

「違うとは、どうしてですか？」

「だって、その時点では、鈴木さんの一千万円は前川さんのところに渡されてしまっているじゃないですか」

「あっ、そうか……じゃあ、鈴木さんはそれ以外にも金を用意したんですかね？」

「それはあり得ないと知事はおっしゃってましたよ。一千万円が精一杯だということでしたが。そうですね？」

浅見が確かめ、秋吉が頷いた。

「おそらく無理でしょうね。たとえ上積みできたとしても、何百万単位でしょう」

「うーん……だとすると、どういうことなんですかね？　やはり、前川さん宅を襲って、一千万円を奪い取るつもりですか？」

「いや、そんなことはしませんよ。そもそも贋『善光寺』氏の目的は、金ではないのですから」

「えっ、えっ？　そんなばかな……あっ、そうか、テキの狙いは金ではなくなったということですか」

「そう、そうなんですよ」

「ちょっと待ってください」

秋吉が、たまりかねて声を発した。

「どうも私には話の中身がさっぱり見えてこないのだが。浅見さん、要するに鈴木は一千万円を持って前川さん宅へ行って、問題の書類を受け取るということですね？」

「そのとおりです」

「そしてその後、『善光寺』氏に会う」

「そうです。ただし、鈴木さんは気づいていないが、それは実は贋『善光寺』氏なのですけどね」

「それで、会ってどうするのですか？」

「経過報告を『善光寺』氏にするおつもりなのでしょう」

「するつもりって……それだけですか？　金はどうするのですか？」

「鈴木さんとしては、金は前川さんに渡せば、それで済むつもりなのでしょう」

「また『つもり』ですか。ということは、実際は鈴木の考えとは違うという意味なのですね？」

「ええ、相手の『善光寺』氏の考えはぜんぜん違います。勘違いしそうですが、鈴木さんは、現在交渉している相手が贋の『善光寺』氏であることに気づいていないのですよ。それをいいことに、贋『善光寺』は鈴木さんから書類を強奪するつもりです。つまり、その人物こそが、中川氏や小林記者を殺害した犯人なのです」

「何ということを……」

秋吉は絶句した。それに代わって、竹村が訊いた。

「だけど浅見さん、訊きますけどね、なぜその人物が、中川氏殺害の犯人であると断定できるのですか？」

「それは、彼が鈴木さんに電話連絡しているからです」

「は？　どういう意味です？」

「犯人は鈴木さんの電話番号を中川氏から聞いたか、それとも中川氏から奪った携帯電話に登録してある鈴木さんの番号に、連絡しているのだと思いますよ。おそらく後者のほうでしょう。すべての事情を知っていて、しかも鈴木さんの電話番号を知っている人物は、犯人以外考えられません」

「なるほど……そうですな……ん？　だとすると、鈴木さんはきわめて危険な状況じゃないですか」

竹村は立ち上がった。

「そうだ。鈴木は書類を持って、犯人に会おうとしているのですね」

秋吉も腰を浮かせた。

「いえ、その心配はありません」

浅見は対照的に落ち着いて言った。

「鈴木さんが犯人——つまり『善光寺』氏に会うことはないのです」

「どうしてです？」

竹村が嚙みつくように言った。

「だって、そうじゃありませんか。鈴木さんが例の書類を手に入れることはないのですからね」

「あっ、そうか……」

竹村はすぐに気がついたが、秋吉には通じない。「どういうことですか？」と、訊いている。

「いや、それはですね。前川さん宅には、問題の書類など置いてないからです。したがって鈴木さんは書類が手に入らない。それで、必然的に犯人とも会うことはないと、そういうわけです」

竹村が三段論法ふうに解説した。

「なるほど……確かにそうですね。それで安心しましたが……しかし、そうなると鈴木はどうしますかね？　いや、前川さんのお宅へ行って、どういうことになるのかな？……これもまた心配ですね」

「自分はとりあえず、書類を取りに来た人物を確保するよう、張り込んでいる刑事に命じておきましたが、その後、どういうことになりますかね」

竹村も不安の色を隠せず、秋吉と共に浅見に視線を向けた。

「作戦はあります」

浅見は笑顔で答えた。

## 3

阿智村は山間の里のようなところだが、昼神温泉だけは、夜更けまで、ホテルや旅館から、さんざめきの気配が流れ出ている。とくに、夏の夜は涼風を楽しむ客たちが、遅くまで川べりの道を散策したりする光景がそこかしこに見られる。

しかし十時を過ぎると、さすがに静寂に支配され、無駄な灯が消えてゆくにつれて、闇はいっそう深まってくる。

「高橋」から最初の電話がかかったのは、静香が帰宅して一時間経って、そろそろ刑事たちも引き上げようかという頃である。その電話には静香が出た。

「例の書類を全部買い取りたい。金額は一千万円。どうでしょうか」

静香はうろたえた。「えっ、一千万円？」と復唱しながら、メモ用紙に会話の内容を書きなぐり、母親や木下刑事たちに伝えた。

〔もう一度、電話をかけ直すように〕と、木下はとりあえずメモった。

ひとまず電話を切って、どういうことだろうと、対応に苦慮した。「高橋」という名前は「山本」同様、偽名の臭いがする。信用していいかどうか、疑問だ。

「第一、書類なんて無いのですから」

昌美と静香は不安そうだ。

「いや、書類なんかは要らないのです。それはともかくとして、とりあえず竹村警部に連絡をしておきましょう」

木下は竹村に電話を入れた。竹村は「先方から再び電話があったら連絡するように。いずれにしても、もし挙動の怪しい人間が現れたら、ただちに確保すること。それが既定の方針なのだ」と言っている。

「了解しました」

連絡を終えてしばらくすると、「高橋」からふたたび電話がかかった。

「どうですか。売っていただけますか」

「ええ、いいですけど、金額は一千万円なのですね？」

「そうです。それ以上は出せません」

「分かりました。ではお売りします。いついらっしゃるのですか？」

「夜分、申し訳ないが、これから伺おうと思っています。代わりに鈴木という者が参りますので、よろしく」

「えっ、これから？……」

またメモで刑事に知らせた。木下は「零時過ぎにするように」と書いた。それまでのあいだに、竹村と連絡を取るつもりだ。

竹村からの電話が入ったのは、その直後である。

突発的な事態が発生したことについて報告すると、竹村は「しばらくそのままで待機するように」と指示した。

それからまたしばらく経って、ふたたび竹村から電話が入り、今度はこと細かな指示があった。そして時間は経過した。八月二日から三日へと、日付が変わった直後、前川家の前で車の停まる音がした。

チャイムが鳴って、静香が応対すると「鈴木ですが」と名乗った。

鈴木は大柄で、精悍な体軀の持ち主だ。年齢は四十代後半といったところだろうか。日焼けした顔は浅黒いが、そんなに悪そうな印象は受けない。物腰も柔らかく、「夜分、恐縮です」と、しきりに頭を下げている。

静香が「どうぞお上がりください」と部屋に招じ入れたところで、隣の部屋から木下たち刑事が二人、現れた。鈴木はギョッとなって、椅子から立ち上がった。刑事のほうが、鈴木よりよほど人相が悪い。

木下はすぐに警察手帳を示した。「長野県警の者です」と名乗ると、鈴木は観念したように、ガックリと腰を下ろした。

「早速ですが、秋吉知事の選挙事務所の鈴木さんですね？」

木下は単刀直入に言った。

「えっ、どうして？……」

いきなり言い当てられて、鈴木は度肝を抜かれた様子だ。

「事情はすでに把握しております。書類を買うために、一千万円を用意されたと聞きましたが、間違いありませんね？」

「はあ、まあ……」

「それで、ここに来るよう、鈴木さんに指示したのは『善光寺』氏ですか？」

「そ、そうです」

「当然、偽名ですね」

「たぶん」

「実体が何者か、ご存じですか？」

「いや、知りません。電話だけで連絡していて、会ったこともないのです」

「そのようですね。ところで、鈴木さんは信濃日報の小林記者の変死事件と、中川という人が殺された事件のことはご存じですか」

「ええ、ニュースなどで知っている程度ですが」

「じつは、その二つの事件の重要参考人と思われる人物が、『善光寺』氏であると考えられるのです」

「えっ、本当ですか」

「まず間違いないと思われます。それ以上の詳しいことは自分らも把握していないので申し上げられないが、したがって、鈴木さんは現在、きわめて微妙で、しかも危険な状態にあると思ってください」

「危険と言いますと？」

「この後、鈴木さんは『善光寺』氏と会う約束になっているのではありませんか？」

「ああ、そうです。先方から連絡があって、落ち合う約束です」

鈴木は腕時計に視線をやった。

「そろそろ連絡が入る頃ですか」

「ええ、その場合、どうしたらいいのでしょう？」

「とりあえず、先方の言うとおりにしてください。ところで、お訊きしますが、会う目的は何なのですか？」

「書類を確かに受け取ったことを、確認したいと言っておりました」

「ふーん、妙な話ですね。そうは思いませんでしたか？」

「思いましたが、しかし、そういう希望ですから、断るわけにいかなかったのです。それより、肝心の書類は受け取れないわけですよね。手ぶらで行って、大丈夫ですかね？　相手が凶悪な人物だとすると、危険なことになりませんか」

「危険なのは、書類があっても同じこと。むしろそのほうが危険です。もともと『善光寺』氏は鈴木さんを殺害して、書類を奪うのが目的なのですから」

「ほんとですか」

「しかし心配は無用です。『善光寺』氏には書類が手に入ったと言っておいてください。そこから先は、警察が何とかします」

木下は胸を張って見せたが、鈴木は不安そうだ。警察力をあまり信用していないにちがいない。

それからしばらくして、鈴木の携帯電話が鳴った。「善光寺」からの電話で、やはり書類のことを確かめている。携帯で聞く声はこもっていた。鈴木は木下に指示されたとおり、はっきりと「書類は入手しました。約束の一千万円もお支払いしました」と言った。

「善光寺」は「旧道の和田峠で午前三時に落ち合おう」と言った。

「えっ、和田峠ですか？」

鈴木はメモ書きをしながら、思わず問い返した。

和田峠というのは、諏訪湖畔の下諏訪から佐久方面へ抜ける国道１４２号＝中山道にある。この峠近くに、元治元年に死んだ水戸浪士の塚があることで知られる。

かつては和田峠越えが、この街道の最大の難関だったが、新和田トンネルが完成して、冬季でも問題なく通れるようになった。

それと共に、峠道の旧道は廃止されてもおかしくなかったのだが、美《うつくし》ケ《が》原《はら》のビーナスラインへ繋がる道であることや、林業に役立つこともあって、いまも存続している。初夏から秋にかけて、ドライブを楽しむ若者などには人気のある道だ。

しかし、鈴木は一度も通ったことがない。深夜の和田峠と聞いただけで、身の毛のよだつような気分だった。

「まあ、あまり行きたいところではないが、人目につかない点では最高だろう」

「善光寺」は笑いを含んだ声で言った。

「分かりました」

鈴木は木下に目配せされて、了解した。

「やはり、私を殺す気ですね」

電話を切って、鈴木は肩をすぼめた。

「まあそうでしょうね」

木下刑事は当然のように言った。

「それで、どうすればいいのですか?」

「ただちに態勢を整えます」

木下は竹村に連絡を取った。午前三時に和田峠——という指示には、さすがの竹村も驚いていたが、テキの出方に即応できる態勢を作ると言っている。

午前三時まで、ちょうど二時間だ。

4

夏真っ盛りだが、未明のこの時刻、しかも和田峠の頂上とあって、少し寒く感じられるほどの気温だった。かすかに夜霧も湧いているようだ。

鈴木は車を出て、周囲の様子を窺った。峠の頂は、数台の車が駐車できる程度のスペースがある。しかし、ヘッドライトに浮かぶ車影も人影もなかった。どうやら、「善光寺」はまだ到着していないらしい。

仕方なく車に戻って、ラジオをつけ、チューナーを選んでいると、佐久側からサーチライトのような明かりが、揺れながら登ってくるのが見えた。鈴木はふたたび車を出た。

樹林の間からヘッドライトが真っ直ぐこっちに向いて現れ、一瞬スピードを緩めたが、躊躇うことなく、鈴木の車と二十メートルほど離れ、向き合う位置まで近づいた。

エンジンもヘッドライトもそのままに、相手はドアを開け姿を現した。ライトの眩しさに埋まった姿はおぼろで、顔かたちなどまるで判別できないが、近づくと、帽子を被り、サングラスをかけ、おまけに大振りのマスクまで着用しているのが分かった。

身長は鈴木よりいくぶん小柄だが、相撲取りのように恰幅のいいシルエットだ。夏物らしいジャケットを着ている。

「鈴木さんだね」

訊いてきた。その時、鈴木は何となく、どこかで聞き覚えのある声だと思った。

「そうです。善光寺さんですか」

「ん？　ああ……」

男はかすかに笑った。

「例の物、手に入ったそうだね」

「ええ、お蔭様で」

「見せてもらおうかな。本物かどうか怪しいからね」

「いいですよ。車の中に置いてあります」

背中を見せる危険を避けて、鈴木はドアの前まで後ずさりした。相手はあえて近寄っては来ない。あくまでも、ヘッドライトの光芒の中に身を置きたいのだろう。

鈴木は助手席に置いてある書類の入った大型の角封筒を摑むと、「善光寺」の前に戻った。

「これです」

書類を差し出した。

「善光寺」は左手を伸ばして書類を受け取りながら、同時に右手を腰の後ろに回した。

鈴木の目はその動きを捉えていた。

「善光寺」がズボンのベルトから金属バットを引き抜き、鈴木の頭蓋目掛けて振り下ろすよりも早く鈴木は飛びのいていた。テキの攻撃を予測していたのと、「善光寺」の動きが思いのほか緩慢だったのが鈴木を救った。マスクで隠されているが、かなりの年配であることがそれで分かった。

「ちっ！」

舌打ちをして、さらに鈴木を追い詰めようと「善光寺」が足を踏み出した時、鈴木の車の後部ドアが左右に開いて、木下刑事とその部下が転がるように飛び出した。

「やめろ！」

木下が怒鳴った。

「善光寺」はたじろいで、身を反転させて自分の車に向かおうとした。

いつの間にか、車の両脇に二人の男が佇んでいた。長身のほうの一人がドアを開け、エンジンを切った。

「長野県警捜査一課警部、竹村です」

もう一人のほうが名乗った。

「金子伸欣さんですね？」

静かな口調で訊いた。

「善光寺」はヘッドライトにまともに照らされ、顔を背けて、立ちすくんだ。

「殺人未遂の現行犯で、身柄を拘束させていただきます」

竹村は馬鹿丁寧に言って、ゆっくりと「善光寺」に近づいた。「善光寺」は反射的にバットを掲げかけたが、その手が力を失って、バットは表面の剝げかけたアスファルトの上にカラカラと音を立てて転がった。


長野県議会議員金子伸欣が長野北警察署に留置されたのは、午前五時前、夜が明けかける頃であった。

ことはすべて秘密裡に進められ、この事実はその後四日間、長野県知事選挙の投票が終わるまで、金子県議の関係者を除いては、完全に伏せられることになる。もちろん、マスコミには一切、キャッチされなかった。

当事者である鈴木も秋吉知事も、警察の指示に従った。事実を公表すれば、秋吉陣営にとって有利に展開した可能性が強いのだが、秋吉はあえてそれをしなかった。問題の書類は警察が一時預かることになったが、それも了解した。それには、鈴木の行動が、必ずしも正義に基づいたものではなかったことへの配慮もある。

もっとも、当の鈴木にしてみれば、大いに不満だったろう。何しろ、危うく「善光寺」の凶行の犠牲になるところだったのだ。

そのことを言うと、竹村はいくぶん冷やかな口調で、「その恐れはまったくなかったと思います」と言った。

「鈴木さんは十分、間合いを取って攻撃を避《よ》けました。金子氏の動きは、私が注意したとおりだったでしょう。予測さえしていれば、ぜんぜん心配はない。それ以前に、あんなバッティングでは、止まっているボールも打てっこないですよ」

しかし、実際は中川知久と小林孝治を殺害した際、金子は似たような条件下で、みごとに（?）両名の頭蓋を一撃しているのだ。竹村はそのことは鈴木には黙っていた。

金子に対する事情聴取は、勾留初日から竹村警部自身によって行なわれた。

当初、訊問はかなり難航するかと思われたのだが、金子はすべての事件について、意外なほど素直に自供した。

岡根寛憲が金子に接触してきて、金子は初めて長野オリンピック関連の「書類」が現存していることを知った。関係当局者が「焼却した」と言明しているにもかかわらず、どこかに隠されているのではないかという噂が根強く流れてはいた。

「公表をされたくなかったら、秋吉下ろしはおやめなさい」

岡根はそういう言い方をした。

「書類の中には、あなたの名前が最も頻繁に出てきます」

そうも言った。

これは金子にとって脅威だった。書類がもし公表されれば、金子はもちろん、県議会の保守会派が大打撃を被ることは間違いない。金子を含め、その中の何人かは、政治生命を絶たれるかもしれない。

それにしても、岡根の要求が単純に金銭がらみではなく、秋吉の苦境を救おうという、ただそれだけの目的であることが、金子のような利権まみれの男には意外だった。岡根は秋吉と喧嘩別れしたというのが、もっぱらの定説になっているのだ。

金子がそのことを言うと、電話の向こうで岡根は笑いを含んだ気配を見せた。

「秋吉さんとは、性格的、それに手法的には考え方が合いませんが、目指そうとしている政治目標は同じでしたよ。しかも、あなた方と違って、利権や営利を目的とする思想はまったくない。その彼が挫折しようとしているのを、見るに忍びないのです」

金子が「ともかく、一度会おう」と持ちかけると、岡根は「いや、君子危うきに近寄らずです」とはぐらかした。

金子は岡根の所在を突き止め、何度か接触を試み、買収を持ちかけたが、まったく歯が立たない。あとは強引に実力行使するほかに手だてはなくなった。

金子は県下の温泉場に拠点を持つ暴力団の知り合いに頼んで、岡根に対して脅しをかけた。

「月夜の晩ばかりではないぞ」といった、それこそ月並みな脅迫だが、それに実効を伴わせるように、岡根の周辺にそれらしい人間を徘徊させたりもした。

それでも埒があかず、ついに金子は最後の手段に出る決心をつけた。

岡根の誘《おび》き出しには、全国スケート連盟理事の永井克義を利用した。永井には長野オリンピックの時にたっぷり甘い汁を吸わせているばかりか、その後、長野で開催される冬季競技の誘致を働きかける際など、交友関係を続ける中で、彼が選手強化費の横領を行なっている証拠をキャッチしてある。そういう無防備なところが永井にはあった。

永井は、彼の愛人が女将をやっている、新宿の小料理屋に岡根を誘い出した。要件は秋吉知事の支援について話がしたいということだった。

食事をしながら話し合い、その途中、ビールの中に睡眠薬を忍ばせた。効果は覿面《てきめん》だった。いや、効果がありすぎて、思いがけない事態が発生した。睡眠薬の種類や量を間違えたのか、それとも岡根がアレルギー体質だったのか、とにかく突然、岡根はショック症状を起こした。

永井は驚いて、次の間に潜んでいた金子を呼んだ。金子は眠りに落ちた岡根を車で、暴力団組長のところに運び、その連中に脅迫させ、書類の在り処を吐かせるつもりでいた。手筈どおりにことが運んでいると思った矢先の異変だった。

ともあれ、ぐったりした岡根を金子と永井が二人がかりで、店の前の駐車場に停めてある金子の車まで運び後部座席に押し込んだ。外見的には、飲みつぶれた男を介抱しているように見えないこともない情景だ。

車を走らせているうちに、岡根の呼吸が停まったのが分かった。助手席にいる永井は、後ろの様子を窺ってはおろおろしたが、もはや取り返しがつかない。

「慌ててもしようがない。善後策を講じるだけだ」

金子自身、本音はパニック状態だったのだが、無理やり恐怖を押し殺して、言った。

「問題は死体の遺棄場所だな」

闇雲に車を走らせて、気がついたら中央自動車道を長野県方面へ向かっていた。(帰巣本能というやつかな――)と、金子は自嘲ぎみに苦笑した。

その時、岡根がかつて、木沢小学校の保存に熱心だったことを思い出した。岡根がそれにこだわる理由は、彼の亡くなった夫人が子供の頃の一時期、木沢小学校に在籍していたことがあって、その思い出を懐かしそうに話していたということのようだ。

秋吉知事の側近になったばかりの頃、県会議員とのコミュニケーションを取ろうと、岡根はときどき積極的に動いていた。そんな時に一度、金子相手の雑談でその話をした。

「家内に誘われて、木沢小学校のある遠山郷へはちょくちょく行きました。ただ行って、風景を眺めて帰ってくるだけのドライブでしたが」

そんなことを、照れ臭そうに言っていた。

(遠山郷か――)

あの辺りなら、捨て場所はいくらでもあると思った。もしかすると、警察は岡根が自殺の場所に遠山郷を選んだと思うかもしれない――と、都合のいいことを考えた。

東京から飯田インターまでノンストップで走り、真夜中の道を、カーナビ頼りに南信濃へと急いだ。片道四時間の道のりだ。

木沢の集落に入り、遠山川沿いに左折、川を少し遡ったところで死体を捨てた。

「後は野となれ山となれ、だ」

金子は脅えきっている永井に、自棄《やけ》ぎみに宣言した。

「大丈夫だよ。何の証拠もないし、動機だって、おそらく警察は摑めないだろう。それより、岡根のマンションを家宅捜索しなければならない」

岡根の服のポケットから、マンションの鍵を取り出していた。

東京へ帰り着いたのは、すでに明るくなってからだった。金子は永井を彼の自宅まで送り届けて、ついでに上がり込んで、ひと眠りさせてもらった。秘書の斉藤と自宅には、東京に出張したと伝え、永井の名前を出して安心させた。

日中は人目があるので、その夜、遅くなってから岡根のマンションを訪ねた。ありふれた古いマンションで、路地は人通りもなく、誰にも目撃されずに部屋に入り込むことができた。

ゆっくり時間をかけて部屋を調べた。大した家具もなく、調べるのに手間はかからなかったが、目指す書類は見つからない。まさか天井裏に隠すようなことまではしないだろうと思う。それに、天井板や壁を剝がしたりすれば、隣近所に怪しまれる。

金子は諦めて引き上げた。ことによると、書類を持っているというのは、岡根のハッタリかもしれないと思った。

だが、永井のほうは諦めてはいなかった。岡根から奪った携帯電話に、岡根の生前、頻繁にかかっていたと思われる番号から渡部を割り出した。

（この人間が何か、秘密を握っている——）

ピンときて、渡部の素性を洗い出した。その矢先、渡部の側から永井に接触を求めてきたのである。

## 5

渡部は、永井が帝国ホテルのロビーで、人との待ち合わせの時刻を調節している時に、唐突に近づいてきた。

「永井さんですね。渡部と言います」

いきなり話しかけて、無遠慮に永井の隣の席に腰を下ろした。

永井は若い頃、アイスホッケーをやっていたくらいだから、体格には相当、自信はあるのだが、渡部は圧倒されるほどの大柄だ。

「じつは、岡根さんから預かった、とても面白いブツがあるのですが。岡根さんのことは、ご存じですよね」

笑いながら、世間話でもするような様子で語りかけてくる。

「岡根さんのことはもちろん、よく存じておりますが、あなたと岡根さんとは、どういうご関係ですか？」

「あまり自慢できるような関係ではありません。あの人は立派だが、私は不真面目なほうでしてね。いろいろな企業や団体のコンサルタントのような仕事をしております。まあ、そんなことから、私を便利に使ってくれた、いわば恩人みたいな人ですよ。奥さんが長野県に縁のある人で、長野県知事の誘いがあった時、東京を離れてしまった。しかし、長野県に引っ張られてからは、あまり愉快な暮らしではなかったようですな。とどのつまり、職を辞することになった。退職金もスズメの涙程度だったそうです。ただし、その代わりみたいに、岡根さんはえらいブツを手に入れたってわけです」

「何なのですか、そのブツというのは？」

仕方ないので、永井はとおりいっぺんの答え方をした。

「長野オリンピックにまつわる、ちょっとした危険物ですよ。誘致委員だった永井さんにとっては、なかなか興味深いものだとは思いますがね」

「ふーん、どういう物か知らないが、私には興味はありませんな」

「そうですかねえ。じつは、私が預かっているそのブツというのがですね、岡根寛憲さんが持っていた代物なのですが」

「えっ……」

不覚にも顔色を変えた。

「ご存じだとは思いますが、岡根さんは殺されましてね。何か予感があったのでしょうかねえ。

その直前、ブツを私に預けたというわけです。しかもですね。岡根さんはその後、永井さんに会う予定があると言っていたのですよ。そのことはまだ、警察からは何も言ってきませんか？」

「け、警察？　ど、どういう意味か、私にはさっぱり分からんですな」

「そうですか。警察はまだ気がついていないんですかねえ。まあ、そんなことはどうでもいいのですが。ところで、ここで偶然、お会いしたのも何かの縁でしょうね。どうでしょう、ひとつ、問題のブツを買っていただけませんかね？」

「な、なぜ、私がそんな物を買わなきゃならないのかね」

「ははは、それは永井さんご本人がいちばんよく分かっているじゃないですか。十分に価値のあるものですよ。なんでしたら長野のほうに持って行ってもいいのだが、その前に永井さんのところに声をかけておこうと思いましてね。ことは大きくならないほうがいいんじゃないですか？」

長野——と聞いて、永井は観念した。

「分かった。それで、いくらで売ってくれるのかね？」

「そうですなあ、五千万てところですか」

「馬鹿な！……」

思わず口走った。

「ははは、何も永井さん一人から戴こうなんて思いませんよ。関係各位から応分の寄付を募れば、そのくらいの金、何でもないでしょう」

「いまはそんな金、持ち合わせていない」

「分かってます。明日でも結構。この名刺の携帯のほうの電話番号に連絡してください。時間と場所を指定してくれれば、どこへでもすっ飛んで行きます」

渡部は無造作に名刺を渡すと、さっさと行ってしまった。

永井は平然を装ったが、内心は震え上がっていた。

すぐに金子に連絡すると、案外冷たい対応だった。

「どうせそんなのは、ハッタリに決まってますよ」

「ハッタリでなかったらどうします」

「確かめてみたらどうです。ガセでない証拠に、現物の一部でもいいから見せてもらいたいとか言って」

永井は早速、渡部に連絡を取った。

「いいですよ、見せましょう」

そう言いながら、いざその段取りを立て、約束の日時と場所を決めると、渡部は突然、都合が悪くなったと断ってくる。やはりガセなのではないか――と責めると、「いや、そんなことはない。たとえば、あんたがヨーロッパへ出張した時の『持参金』なんか、いろいろ面白いことが書いてある。四谷の常磐家《ときわ》での会合で、現なまが配られた話もある。保守党の笹岡氏《ささおか》も一緒だったね」

具体的なことを指摘した。

ここまで言われるとガセとは言えない。永井は渡部に証拠を見せなければ金は出せないと突っぱねる一方で、金子に対しては危険な状況であることを訴えた。

「やつは長野との関連を匂わせて、書類の代金は、そっちの関係者から寄付を募れというようなことを言ってますよ」

「うーん……そこまで知っているとなると、ただ者ではない。捨てては置けませんな。しかし、いずれにしても、私にはどうすることもできない。永井さんのほうで片づけてくれませんか」

「片づけるって、簡単に言うが、どうすればいいのです？」

「永井さんのところにだって、子飼いの荒っぽいのがいるんじゃありませんか？　毒を制するには毒をもってせよって言うでしょう。それですよ」

「毒……」

瞬間、岡根の死に顔が脳裏を過《よぎ》った。七十年の人生の中で、最もいやな記憶だ。

同時に、その裏返しのように中川知久の顔が浮かんだ。中川は企業舎弟の頭脳役を務めているような男で、本人は「弁護士崩れ」を自称している。敵に回すと煩《うるさ》いが、手懐けておくといろいろ役に立つ。これまでにも、スケートの地方大会などで、地元の暴力団組織と一悶着がありそうな時、手早く話をつけてもらうなど、ギヴアンドテイクの関係にあった。むろん、その中には犯罪性のあるものも少なくなかった。

中川は、永井から渡部の話を聞くとすぐ、「殺《や》っちゃいましょう」と言った。

「それしかないですよ。その手のやつは、味をしめると際限なくつきまとう。後顧の憂いをなくすには、消しちまうのがいちばん」

それで永井は踏ん切りがついた。早速、渡部を例の小料理屋に招いた。今度は最初から殺意をもって臨んだ。事前に中川に頼んで、渡部の周辺を調べておいた。渡部は一匹狼で、しかも妻子とは離縁している。どことも腐れ縁はありそうになかった。

料理をつまみ、ビールを飲みながら、永井はさらに渡部の交友関係などを探った。事前の調査どおり、完全に独りで動いていることが確かめられた。話の中で、渡部はしきりに別れた女房のことに触れた。苦労ばかりかけて——と、悔やんでいた。

「長野県の連中には話がついた。金はその者たちが何とか集めると言っています。しかし、私の口からでは信憑性が薄いということで、ご本人に信州へ来てもらって、直接、話を聞きたいそうです。できれば問題のブツなるものを見たいとも言っております」

「いいですよ。信州に行きましょう。皆さんが集まるなら温泉はどうです? 阿智の昼神温泉なんかだとありがたいですな。あそこには私の別れた女房と娘がいましてね。しばらくぶりに顔が見たい」

渡部はいかにも調子よさそうな口ぶりで言った。

三日後、永井と渡部は中川の運転する車で信州に向かった。途中、渡部は「南信濃へ寄っていきたい」と言いだした。永井はいやな気分だったが、逆らう理由もない。ずいぶんな回り道をして、遠山川の畔、遺体発見現場の近くに着くと、渡部は車を降りて、川岸で手を合わせて祈った。かなり雑駁な人間に見えるが、その実、人情味のある性格なのかもしれない。

それから「土産物を買いたい」と言って、和田城というところに立ち寄らされた。やはり独りで降りて行って、茶店で饅頭を買ってきた。

そこから先は永井が運転を代わった。カーナビは国道を指定しているが、裏道を行く必要があった。助手席に坐った渡部には「こっちが抜け道です」と説明した。

「例のブツは持って来たのでしょうね？」

「ちゃんと自宅に置いてありますから、心配しなくていいですよ」

こっちの魂胆を見透かしたような、なめきった口調だ。しかし、それだけ聞けば、あとは用はなかった。

集落が切れ、まったく交通が途絶えた森の中で、中川が背後からロープをかけ首を絞めて、殺害した。すでに何度も経験しているのではないか——と思えるほど、あっさりとやってのけた。

「なに、その気になれば簡単なもんです」

そう言って笑った。永井は恐ろしくて、ハンドルを握る手が震えたが、笑って人を殺せるような、そういう度胸の据わった人間というのはいるものなのだ。金子もそのクチかもしれない。

犯行後、渡部の所持品を調べたが、やはり「ブツ」は持参していなかった。

夜になるのを待って、永井はふたたび遠山川の「現場」近くに戻った。はっきり同じ場所かどうかは定かではなかったが、適当なところで、死体を川に放り投げた。中川にしてみれば、金子に対する脅しの意図もあったようだが、暗闇の底から、グシャッというような水音を聞いて、永井は自分が水に落とされたような寒けを感じた。

翌晩、中川と二人で渡部のマンションの部屋を家捜しした。しかし岡根の時と同様、問題の書類らしき物は出てこない。それどころか、驚くほど家具什器のたぐいの少ない部屋であった。おそらく、別れた妻子のために、全財産を提供したにちがいない。そう思えるほどの殺風景であった。

「もともと、何もなかったのだろう」

永井はそう言った。半分は諦め、半分はほっとしたような気分だった。しかし中川はそれですます気にはなれない、粘着質の性格らしい。

「いや、このまま引っ込むのは業腹《ごうはら》です。どこかに書類があるはずです。何もなければ、渡部がそういうことを言ってくるはずがないですからね。必ず突き止めます。それより何より、そもそも長野県議の金子って言いましたっけ。年寄りのデブおやじの野郎が、まるで他人事のように無責任な顔をしてるのが気に食わない。それなりの落とし前をつけてやるべきですよ」

「まあまあ、そう言いなさんな。おたがい、脛《すね》に傷持つ身だしな」

「それとこれとは別ですよ。このままでは筋が通らない」

まるで正義漢のような口ぶりだった。

それから先の中川は、永井の与《あずか》り知らぬところで暴走したことになる。まず、秋吉事務所に売り込みを図り、渡部の別れた妻子——前川母娘の所在を突き止め、「山本」を名乗って書類をせしめようとしたこと。書類の一部を手に入れて、金子事務所に売り込みを図ったこと——そこまでは分かったのだが、その先の詳しい経緯は、当の中川が死んだいまとなっては、斉藤と金子の供述が頼りで、ほかは推測しなければならない部分が多い。

「中川は最初、斉藤秘書に折衝したのですが、斉藤は小林君に折衝役を頼みました」

金子はそう説明した。

「それでは埒があかないと判断したのか、今度は私に直接、連絡してきました。おそらく私を甘く見たのだと思います」

金子は中川の呼び出しに応じて、会見場所に浅川の神社の境内を指定した。人けのない場所だけに、警戒するかと思ったが、中川は案外あっさりと、その指定を了解した。それにはそれなりの備えがあったことは、後で分かることになる。

境内の暗い街灯の下で落ち合った。中川は長野オリンピックの例の「書類」の一部をコピーしたものを渡した。

金子が「これだけでは話にならない」と詰《なじ》ると、「心配しなくてもだいじょうぶ」と言い、秋吉事務所の鈴木とも交渉中であることを、面白おかしく話したという。鈴木に対しては「善光寺」を名乗ったと言い、ほとんど遊び感覚のような口調だったそうだ。

その話の中で、問題の「書類」がどうやら渡部の別れた妻のところにあるらしいことが分かった。中川にしてみれば、書類が全部ある必要はなかったのだそうだ。その辺りが、書類を全部手に入れなければならない金子との相違だ。

そうして、少しはしゃぎぎみだった中川だが、土壇場になって、中川は金子の思わぬ反撃を食らった。金子が言うように、「年寄りのデブおやじ」と甘く見たのが運の尽きだったのかもしれない。和田峠で鈴木に対した時の、金子の作戦は見るべきものがあったのだ。

金子本人もそう供述している。

「後ろに隠し持ったバットで一撃すると、信じられないという顔をして、倒れました」

だが、中川は金子を完全に甘く見たわけではなかった。

中川が倒れた時、背後の車から人影が飛び出した。

金子はギョッとして、闇を透かして見て、さらに驚いた。

「小林君か……」

信濃日報の小林記者だった。

「先生、大丈夫ですか」

小林は駆け寄って来た。しかし、金子の足元には、大丈夫でない男が横たわっている。慌ててしゃがみ込み、中川の息が停まっているのを確かめた。

「死、死んでますよ……」

「そうか。しかし、そいつが悪いのだ」

「どうしましょう。一一九番しますか。それとも警察を……」

「きみ。わしを突き出す気か」

「えっ、いえ、とんでもない……」

「だったら手伝ってくれ」

「ど、どうすればいいのですか?」

「死体を山の中に捨てる」

「えっ……分かりました」

金子は中川の所持品を奪うと、小林に手伝わせて、中川の死体を車のトランクに運び入れた。それから小林を助手席に同乗させ、長野・真田線の山道へ向かった。

道中、小林は中川との会見の話をした。

小林はマリクネで斉藤秘書と会い、中川の話を聞き、厄介な交渉役を頼まれた。そこへ中川から電話が入り、早速、会うことになった。

その点だが、警察に供述した斉藤の話によると、代役を新聞記者が務めると聞いて、敬遠されるかと思ったが、中川は「マスコミか、いいじゃないか」とむしろ歓迎した。小林のほうも、場所が浅川の神社の境内と知って、ややビビったが、記者特有の突撃精神で会見に応じたそうだ。

「小林が現れた時は、私も驚いたが、小林のほうはもっと驚いたようです」

金子はその話をする時、なぜか不敵な笑みを浮かべた。

長野・真田線を登って、途中の山中に死体を遺棄した。死体を突き飛ばした谷底の闇を覗き込む小林の背後から、金子は金属バットを一閃させた。

小林はすぐには絶息しなかった。虫の息状態の小林を車に押し込み、金子は浅川のループ橋へ行き、前後に車のないことを確かめてから、まだ息のある小林を真っ逆様に突き落とした。

長野県知事選挙は新人の岩田誠三が現職の秋吉泉を破って当選した。投票日の午後十時前には当確が出て、秋吉知事の、敗北を認める記者会見が行なわれた。

「私の政治手法の欠陥や、議会及び県職員との軋轢を解消できなかったことを敗因とする見方が多いようですが、とどのつまりは、県民の皆さんの過半数が、脱ダムや県財政の建て直しなど、私の政策を可としなかった審判の結果だと受け止めます」

秋吉はこう述べ、政策遂行の半ばにして頓挫しなければならない無念さを滲ませながら、壇上を去った。

その翌日、金子伸欣に対する逮捕状が執行された。逮捕容疑は「殺人及び死体遺棄及び殺人未遂」である。

現職の県議会議員の逮捕、しかも容疑の内容が報じられると、長野県民は大きなショックを受けた。騒ぎ立てるどころか、シュンとなってしまった。金子が岩田派の有力者であったことから言って、もしこれが投票日前だったら、選挙の結果はどっちに転んでいたかしれない。

事件の背景に長野オリンピック当時の「使途不明金」問題があるらしいことが分かってくるに

つれ、それをなおざりにしてきたことへの反省の弁も囁かれた。しかし、それも一過性のものだ。人の噂も七十五日と言うが、市民の心はまことに移ろいやすいものなのである。

金子への取調べが進む中で、東京の永井克義が共犯容疑で逮捕されている。事件の全貌は次第に明らかになってゆく。


お盆休みに宇都宮夫妻が、直子夫人の郷里である長野県下條村へ「里帰り」するのに、浅見も便乗させてもらうことになった。

「汚い家で、いやだったでしょうけど、家の者がみんな、ぜひ浅見さんに来ていただきたいって言うんです」

直子は熱心に勧めた。

「往復ともおれの車に乗ればいい」

宇都宮は浅見の懐具合を心配して、そう言った。

ラッシュを避けるために、まだ夜が明けないうちに宇都宮が迎えに来て、白々明けの中央自動車道を走った。

「岡根さんも渡部さんも、この道を運ばれたんですね」

直子はしみじみした口調で言った。

確かにそのとおりなのだが、浅見の脳裏には遠山郷の風景ばかりが蘇って、点と点を結ぶ「線」にはさほど意識が及んでいない。そういう感性はどちらかというと女性特有のものかもしれないと思った。

考えてみると、岡根にしろ渡部にしろ、生前の彼らを知っているのは直子だけなのだ。それだけに、死者への思い入れも強いのだろうか。

「ねえ、丸西屋へ寄って、お蕎麦食べて行かない？」

直子が少し甘えた声で言った。

「ああ、いいかもね」

宇都宮は逆らわない。

「丸西屋っていうのは、南信濃で、直子の従兄がやってる蕎麦屋なんだ。純粋に手打ちで、けっこう評判の店だよ」

浅見に解説した。

鈍感な宇都宮は気づいていないらしいが、直子が南信濃の現場近くを通って行こうとしているのは、単に手打ち蕎麦や従兄に会うことだけが目的ではないにちがいない。

「いいねえ、手打ち蕎麦もいいし、ついでに和田城へ寄って、饅頭を買おう」

浅見も夫妻に負けず、陽気に言った。

しばらく走って、直子が「浅見さん」と、少し湿っぽい声を出した。

「遠山川の現場、案内してくれませんか」

「えっ、そんなところへ行くのかよ」

浅見が答えるより先に、宇都宮が呆れたように、やや非難めいた口調で言った。

「いいじゃない。だって、そうしないと気がすまないんだもの」

「それがいい。僕も同じ気持ちですよ」

浅見は直子に賛成した。

「彼らの冥福を祈ってあげたい」

「分かった」

ようやく直子の考えていることが通じたのか、宇都宮も了解した。

飯田インターを下りて、伊那平を横切り、矢筈の長いトンネルを抜けると、国道152号＝秋葉街道に出る。そこから約十キロ南下すると木沢で、左折して遠山川を少し遡った辺りが「現場」だ。

遠山川は前回来た時より水量は減っているが、透明度はよく、水晶のような流れが夏の陽射しにキラキラ光る。鮎かヤマメを狙うのだろうか、川筋のそこかしこに釣り人の姿が見えた。岡根と渡部の死体が遺棄された場所を特定せず、浅見は眺めのいいところに車を停めてもらった。赤石山脈を背景に、濃厚な緑、真っ白な川原、清冽な水と、まるで長野県を象徴するような風景だ。

三人は並んで、川に向かって黙禱《もくとう》した。直子だけが手を合わせていた。

まだ食事の時間には早いので、丸西屋の前を素通りして、先に和田城へ登った。

饅頭屋のおばさんは浅見を見て、「あれ、あの時の」と目を丸くした。

「やあ、憶えていてくれましたか」

「そりゃあ、あんた、忘れっこないに」

おばさんは大仰に手を振った。

「あの時の事件は解決したんだに。知ってなさるかね？」

「ええ、新聞で読みました」

「あの女の方は、あれからどうされたんかなあ？」

「元気にしていると思いますよ。そうだ、寄ってみようかな。彼女は阿智村の昼神温泉の人でしてね。じつは舞踊家だということが分かったのです」

「へえー、踊りの先生かね。花柳流なら、わたしも少し習ったことがあるけど」

「さあ、そういうのとは違うかもしれない。じつは見たことがないんです」

言いながら、浅見は本気で前川静香の踊りを見たい気分になってきた。しかし、話に聞いたかぎりでは、「しほの家」という高級温泉旅館に宿泊しなければ見られないらしい。慢性金欠病の浅見には、所詮、高嶺の花だ。

「とにかく、お饅頭をお土産にしよう」

おばさんに二十個入りの箱を頼んだ。思えば、渡部もこんな風に饅頭の土産を買って、昼神温泉を訪ねるはずだったのだ。

宇都宮夫妻も実家への土産に饅頭をたっぷり仕込んでいる。

テーブルに落ち着き、饅頭でお茶のひとときを楽しんだ。おばさんが奥へ引っ込んだチャンスに、直子が囁いた。

「浅見さん、事件を解決したのが浅見さんだってこと、どうして言わないんですか?」

「ははは、そんなこと言いませんよ。第一、事件を解決したのは、あくまでも長野県警ですからね」

「うそ、浅見さんが教えてやったんじゃないですか」

「いいんだよ」と宇都宮が直子を窘めた。

「浅見ってやつは、そういう奥床しいところが長所なんだからな」

「あら、長所はほかにもいっぱいあるじゃないですか。あなたとは大違い」

「おい、おれとどこが大違いなんだよ」

「ごめん、そんなに違わない。でも、あなたのほうがデブッチョだし」

「ははは……」

浅見は笑ってしまった。ばかばかしいが、じつに楽しい夫婦だ。

それからゆっくり時間をかけて和田城の天守閣を見物して、丸西屋へ向かった。予約を入れておいたから、営業時間を繰り上げて店に入れてくれた。直子の従兄はやはり小柄で、ちびまる子の男性版といった感じだ。新蕎麦にはまだ早すぎるのだが、それでも打ちたての信州蕎麦はさすがに旨い。

下條村まではそこからひとっ走りだ。昼過ぎにはもう、直子の実家に着いた。家の人たちは歓迎してくれたが、時間を持て余しそうなので、昼神温泉まで行くことにした。宇都宮の車を借りて、浅見は独りで行くつもりだったが、宇都宮夫妻も一緒に行きたいとついてきた。

さすがにお盆の最中とあって、道路は混んでいたが、裏街道をすり抜けて、思ったよりは早く昼神温泉に着いた。

前川家の前に、車が一台停まっていた。一見するとふつうのセダンだが、浅見の慣れた目には覆面パトカーであることが分かる。

警察が事情聴取に来ているのだろうか——と、恐る恐る近づくと、中から思いがけなく竹村警部が現れた。

「やあ」「やあ」と、たがいに驚きの声を発した。

「どうしたんですか?」

竹村のほうが先に訊いた。

「友人の実家が下條村にあるので、遊びに来たのです」

浅見は宇都宮夫妻を紹介して、「まだ事情聴取ですか?」と訊いた。

「いや、そうじゃなくて、飯田署の捜査本部が本日をもって解散するので、ご挨拶に寄らせてもらっただけですよ」

外の気配を察して、前川母娘が家から出てきた。

「あっ、浅見さん……」

静香は大きな目をさらに見開いて、いまにも泣きだしそうな表情になった。

「これ、和田城のお土産です」

浅見は先手を打って、饅頭の包みを差し出した。しかしそれはかえって、父親の渡部のことをぼした。

思い出させる結果になったらしい。土産を手にして、静香はもう何も言えず、ポロポロと涙をこ

宇都宮夫妻はびっくりして、浅見と静香の顔を交互に見ている。直子は「へえーっ、そういうこと……」とでも言いたそうだ。

「じつは、静香さんの踊りを見たいと思っているのですが、やはり旅館に泊まらないと見られないのでしょうね？」

「いいえ、そんなことはありませんよ」

娘の代わりに、母親の昌美が言った。

「本当はそうですけど、私たちのお客さんなら見学していただいても大丈夫。まして浅見さんなら大歓迎ですわ。そちらのご夫妻も、それに警部さんもぜひどうぞ」

「いや、自分は残念ながら仕事がありますので失礼します」

竹村は律儀に、警察官風に頭を下げた。それから別れ際、車に乗り込みながら、浅見に笑顔を見せて、小声で言った。

「浅見さん、例の書類の出所、あの宇都宮さんのところですね？」

「えっ……」

なぜ分かったのか――と、正直に浅見は驚いた。急いで否定しようとしたが、その間も与えずに、竹村はドアを閉めた。走り去る車を追って、山の涼風がスーッと降りてきたように思えた。

この作品はフィクションであり、文中に登場する人物、団体名は、実在するものとまったく関係ありません。なお、風景や建造物など、実際の状況と多少異なっている点があることをご了承ください。

（著者）

『長野殺人事件』は「小説宝石」二〇〇六年一月号から二〇〇七年四月号まで掲載されたものに、著者が加筆修正いたしました。（編集部）

装幀／坂野公一（welle design）
カバー装画／日置由美子

# 長野《ながの》殺人《さつじん》事件《じけん》

二〇〇七年五月二十五日　初版一刷発行

著　者　内田康夫《うちだやすお》

発行者　篠原睦子

発行所　株式会社　光文社
〒一一二-八〇一一　東京都文京区音羽一-一六-六
電話　図書編集部　〇三（五三九五）八一六九
販　売　部　〇三（五三九五）八一一四
業　務　部　〇三（五三九五）八一二五

印刷所　慶昌堂印刷

製本所　ナショナル製本

落丁・乱丁本は業務部へご連絡くだされば、お取り替えいたします。
Ⓡ本書の全部または一部を無断で複写複製（コピー）することは、著作権法上での例外を除き、禁じられています。本書からの複写を希望される場合は、日本複写権センター（〇三-三四〇一-二三八二）にご連絡ください。

© Uchida Yasuo 2007 Printed in Japan

ISBN978-4-334-92553-6

# 「浅見光彦の家」

検索

http://www.asami-mitsuhiko.co.jp/

**最新情報満載！ ▶**

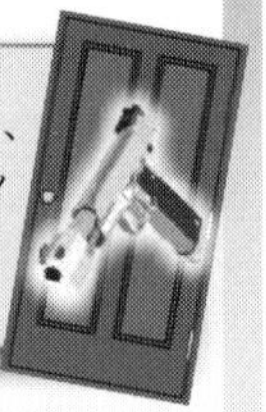

「トピックス」&「ニュース」では、内田作品の新刊情報を始め、映像化情報やイベント情報など、最新ニュースをいち早くゲット！　時にはテレビドラマのロケ見学情報などもあるので要チェック!!

**内田作品を徹底網羅！ ▶**

「作品データベース」では、内田康夫著作を完全紹介。全ての作品について、出版形態・価格などをご案内しています。全作品を一覧できるのはもちろん、50音順、探偵別、刊行年代順などで検索もできる優れもの！　是非あなたも未読の作品を探してみて!!　また、早坂真紀作品や、浅見光彦倶楽部関連書籍も紹介。書店で見つけられないような作品も、ここでチェックしよう！